著 阿井りいあ
イラスト にもし

TOブックス

キャラクター紹介

メグ

気付けば美幼女エルフに憑依していた元日本人アラサー社畜の女性。前向きな性格と見た目の愛らしさで周囲を癒す。頑張り屋さん。

ギルナンディオ

特級ギルドオルトゥス内で一、二を争う実力者で影鷲の亜人。寡黙で無表情。仕事中にメグを見つけて保護する。親バカになりがち。

シュリエレツィーノ

穏やかで真面目な男性エルフ。腹黒な一面も。メグの自然魔術の師匠となる。その笑顔でたくさんの人を魅了している。

サウラディーテ

オルトゥスの統括を務めるサバサバした小人族の女性。存在感はピカイチ。えげつないトラップを得意とする。

ジュマ

戦闘馬鹿な脳筋の鬼族。物理的にも精神的にも打たれ強く、その回復力もオルトゥス一である。後先を考えない言動が多い。

ケイ

オルトゥス一のイケメンと言われている女性。華蛇の亜人で音もなく忍び寄る癖がある。ナチュラルに気障な言動をする。

Welcome to
the Special Guild

ルドヴィーク

医療担当のトップで透糸蜘蛛の亜人。平凡な顔立ちの穏やかな年配の男性。

レキ

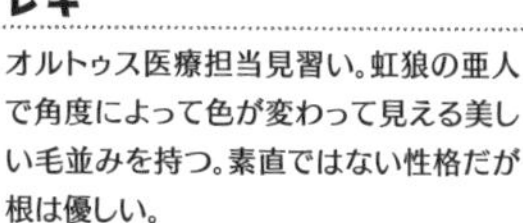

オルトゥス医療担当見習い。虹狼の亜人で角度によって色が変わって見える美しい毛並みを持つ。素直ではない性格だが根は優しい。

ユージン

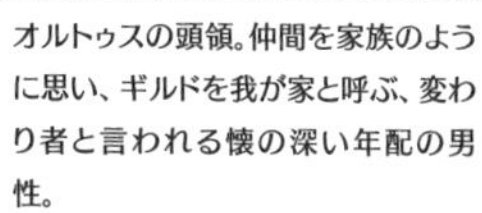

オルトゥスの頭領。仲間を家族のように思い、ギルドを我が家と呼ぶ、変わり者と言われる懐の深い年配の男性。

ザハリアーシュ

魔大陸で実質最強と言われる魔王。まるで彫刻のような美しさを持ち、威圧感を放つが、素直過ぎる性格が故にやや残念な一面も。

リヒト

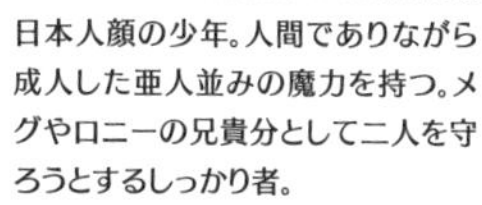

日本人顔の少年。人間でありながら成人した亜人並みの魔力を持つ。メグやロニーの兄貴分として二人を守ろうとするしっかり者。

ロナウド

通称ロニー。ドワーフの子ども。小柄ながらも力持ちで、とても優しい気質の少年。人と話すのが少し苦手。

ラビィ

リヒトの育ての親で姉御肌な人間の女冒険者。面倒見がいいものの、意外とスパルタな一面も。責任感が強い。

ゴードン

鉱山近くの山小屋に住んでいるラビィの古い友人。言葉使いや態度がやや荒々しい中年の男。

目次

Welcome to the Special Guild

イラスト：にもし Nimoshi　デザイン：ヴェイア Veia

第1章・温かな居場所

1　目覚め

じわじわと覚醒（かくせい）していくのを感じた。自分は今眠っていて、もうすぐ起きるんだなーってわかりつつも、まだ目は開けられないっていう、そんなひととき。最初に感じたのは音だ。

「……!……から、……なさい」

なんだろう、騒がしいというか賑（にぎ）やかというか、複数人の声がする。誰の声かな。なんだか懐かしい。ゆっくりゆっくり感覚が戻ってきて、私の近くに何人か人がいるんだなってわかった。ここは、どこだっけ。危険な感じはしないな。

「少しだけ……ないの！」

「いい加減に……!!」

ん？　賑やかっていうか、大騒ぎしてない？　いや、これは、喧嘩（けんか）!?　誰と誰が？　一体どういう状況なんだろう。それを確かめたくて重たい瞼（まぶた）を無理やり開けた。何度か瞬きを繰り返してみたけど、まだぼんやりとしている。でも、この喧嘩は止めなきゃ。だって、わりと本気で怒っているトーンなんだもん。起きて、私。起き上がらなきゃ。私はグッと身体に力を込めた。

「っ、喧嘩は、ダメーっ！　ケホッ」

どうにかこうにかガバッと上半身を起こしてそう叫ぶと、よく知った顔が一斉にこちらを向いた。

喉がカラカラで、声が掠れちゃったけど、ちゃんと伝わったならよし。軽く咳き込みつつ、すぐに周囲の状況を確認する。一斉にこちらを見る驚いたような顔、顔、顔。ようやく視界もはっきりしてきたことで誰が誰なのかが認識出来た。え、あれ？　ここってもしかして。

「め、め、メグちゃぁぁぁぁんっ!!」

涙と鼻水でグチャグチャなサウラさんが私に向かってダイブしてきた。ひょーっ!?　けど、私に着地寸前でヒョイッと誰かに腰を掴まれ、サウラさんは宙を掻くように手足を動かしてもがいている。なにこれ、ちょっと可愛い。さながら親猫に咥えられた子猫のようだ。近くにはメアリーラさんとレキの姿。ということは……。ああ、やっぱりここは。

「オル、トゥス……？　私、帰って、きたん、だぁぁ……」

「ああっ、メグちゃんっ！」

寝起きなのに急に上半身を起こしたからか、まだ疲労が抜けきってないからか。うまく力が入らなくて私はそのまま後ろにポフンと倒れこんだ。ただいま、枕。うぅ、世界が回るぅ。まだ夢の中にいるかのようなフワフワ感。でも、ここってオルトゥスだよね？　前みたいに、これは夢でしたってオチにならない？　まだ現実味がないから疑ってしまう。でも頭がクラクラして気持ち悪さを感じるってことは、夢じゃない、よね？

「いい加減にしないか！　ほら、起きてしまっただろう!?　心配するのはわかるが、面会謝絶だ！出て行きなさい」

近くでルド医師が注意している。大きな声ではないのに確かな迫力があって、その場にいる人たちが揃って背筋を伸ばした。寝た体勢の私でさえ思わず気を付けの姿勢を取ってしまったし。数秒間の沈黙が流れた後、静かに口を開いたのはサウラさんだった。

「ごめんなさいルド。メグちゃんも、騒がしてくしてごめんね。でも、でも、もうすぐ目覚めるって聞いたから私たち、いてもたってもいられなくて。それに今、目を覚ましてくれたから、嬉しくて……」

「……はぁ、まったく。その気持ちは皆同じだ。だけど、今はすぐに出て行きなさい。いいね？」

ルド医師が底冷えする声色で、有無を言わせないオーラを放ちながら、この場にいた全員にそう声をかける。さっきの注意よりは少しだけ柔らかくはなった気がするけど、それでも言うことを聞かなかったらヤバいことが起こるオーラをヒシヒシと感じる。全員がコクコクと無言で首を縦に振る様子は異様であった。片腕にプラーンと抱えられながら項垂れるサウラさんっていうのがまたシュールさを演出している。なるほど、サウラさんを宙で掴んで止めたのはルド医師だったのか。改めて目だけで周囲を見回せば、この場にはケイさんやニカさん、マイユさんにカーターさん、他にもいっぱい来てくれていたみたい。あ、扉の近くにはシュリエさんもいる。ちゃんと状況を理解してその場所にいるんだな、さすがだな、なんて一瞬思ったけれど、足元にジュマ兄がひれ伏しているのを見つけてなんとも言えない気持ちになった。な、なるほど、踏みつけているからこちらに来ないんだね。おそらくだけど、中に押し入ろうとしたジュマ兄をそこで押しとどめていたのだろう。唖然としながらその様子を観察していたら目が合った。シュリエさんは私が目を覚ましたことに安堵したように美しい笑みを浮かべてくれたよ。……うん、足元は見なかったことにしようかな！

「ごめんなさいなのです、メグちゃん。グスッ、すぐ静かになるのですよ！　もうっ、こんな大騒ぎになるなら、目を覚ます兆候があるなんて知らせなければ良かったのですーっ」

「あの人たち、全く言うこと聞かないから」

近くにいたメアリーラさんが鼻声でそう言ってくれた。見れば目元も鼻も赤くなっている。レキは相変わらずの不機嫌顔だけど、目の下にクマが出来ているのが見て取れた。それだけで、たくさん頑張ってくれたんだってことがわかって胸が詰まる。

「メアリーラさん、レキも……」

それ以上何かを口にしたら涙も溢れてきそうだったから、二人の名前を呼ぶことしか出来なかった。そうして声に詰まっていると、寝ている私の枕側からそっと伸びてきた手に頭を撫でられた。

この手の感覚には覚えがある。私はその方向に少し顔を向けた。

「メグ、もう少し休め」

「ギルさん……」

ふわりと感じた優しい手と、眼差し。それは大好きなギルさんのものだった。それがわかってほっと息を漏らす。ルド医師が言うには、ギルさんだけは側にいることを許したんだって。その方が、私も安心出来るだろうからって。ナイス判断ですルド医師。実際とても癒されましたし安心しましたとも。

今一度、周囲を目だけで見回す。たくさんの見知った顔が、心配そうだったり、嬉しそうだったり、泣きそうだったりの表情をこちらに向けてくれていた。心配をかけてしまって心苦しいけれど、それ以上に嬉しさが込み上げてくる。どの顔も私の知っている顔だっていうことが、こんなにもホッとするなんて。ここは、オルトゥス。オルトゥスだ。私の、家。そっか……。私、帰ってきたんだ。帰ってこられたんだ。

「っ、う、うぅぅ……！」

「メグ……!?」

実感したら、ボロボロと涙が次から次へと溢れ出てきた。出来れば心配をかけてしまったみんなにはずっと笑顔を見せていたかったんだけど、もう我慢の限界だった。だって、ちゃんと帰ってきたんだよ？　夢じゃなくて、本当に。ずっと信じていたし、帰るのを諦めたりなんて絶対にしなかった。だけど……っ！

「うっ、ぐすっ、た、ただいまぁっ、オルトゥスぅぅぅ……！　うわぁぁぁん!!」

今くらい、泣いたっていいよね？　もう気を抜いてもいいよね？　私は遠慮なく大声で泣いた。そばにいた人たちも、それを許してくれた。みんなで、頭を優しく撫でてくれて、頑張ったね、辛かったねって声をかけてくれる。メアリーラさんは一緒に泣いてくれたし、ルド医師も、あのレキでさえ少し涙ぐんでくれて。ギルさんが、優しく手を繋いでくれて。おかげで私は、ますます泣いた。

いつも通りの日常が、こんなにも嬉しい。この当たり前は、当たり前なんかじゃなかったって思い知った。ある日突然、この日常を失うなんてことが誰にでも起こり得るんだってわかった。だから私はこの幸せを、ずっと守っていきたいと思う。そのために、もっともっと強くなろうと心に決めたのだ。たくさん泣いた後は、もう泣かないよ。だから今は幸せの中、たくさん泣かせてください。みんなに会えなくて寂しかった。辛かった。痛かった。怖かった。そして……。こうして再会出来て、すごく嬉しい。

ただいま、オルトゥス。

その後、お見舞いに来てくれた人たちはルド医師によって物理的に追い出された。私が目覚めたのを確認出来たからか、皆さん大人しく言うことを聞いてゾロゾロと去っていったよ。おかげで、室内がとても静かに感じる。医務室なんだからこれが普通なのにちょっぴり寂しいって思っちゃう。

私の涙が落ち着いた頃、絶妙なタイミングでシュリエさんが紅茶を運んできてくれた。今さっきの騒動の後だったからか、医療メンバーは警戒を露わにしていたけれど、控えめなノックと来訪の理由を丁寧に告げたこと、それから人望もあってシュリエさんはすぐに通される。さすがだ。たとえそれが全て計算だったとしても、それも込みでシュリエさんである。

「これを置いたらすぐに出て行きますから。ですが、その……。少しだけ、抱きしめても？」

もっちろんだよシュリエさぁぁぁん!!　やや気恥ずかしそうに言うシュリエさんはその美貌(びぼう)もあって私の心を撃ち抜いてくれた。キュン！　なのでむしろ自分から、とシュリエさんにダイブしようとしたのだけど、思っていた以上に力が入らず、ベッドから落ちそうになってしまった。情けない。しかしそこはさすがシュリエさん。おっと、と言いながら優しく抱きとめてくれて、仕方のない子ですね、と苦笑を浮かべつつもギュッと抱きしめてくれました。ああ、優しい。それにいい匂(にお)い。懐かしいなぁ。また涙が出そうになっちゃう。こらっ、私！　もう泣かないんだってばっ！

泣きそうになるのを我慢するのといい匂いを堪能したいのとで、私はシュリエさんの胸にグリグリと顔を押し付けた。誤魔化したともいう。

「……これは、理性を掻っ攫っていかれますね」

「耐えるんだぞ？　シュリエ」

シュリエさんの呟きに、呆れたように答えるルド医師。くすぐったかったかな？　ごめんね、シュリエさん。でももう少しだけ堪能させてね。グリグリ。

少しして、名残惜しくもシュリエさんは退出した。さすがは紳士である。約束はきちんと守る。だからこそ信頼されるんだよね。私はそんなシュリエさんをベッドで寝たままの姿勢で見送ると、シュリエさんが持ってきてくれた紅茶を飲みたいとルド医師に訴えた。喉もカラカラだったし、飲み物はちょうど良かったのである。ただ、私はまだまだ安静が必要とのことで、お行儀が悪いけどベッドの上で紅茶をいただくことになった。上半身を起こすと、すかさずギルさんが後ろにクッションを置いてくれたので、楽に座ることが出来たよ。それからハーブの香りがほのかに漂う紅茶をゆっくりと味わう。熱すぎない飲みやすい温度になっていたからすぐに飲めた。気遣いに感謝だ。

はふぅ、美味しい。一見、優雅なティータイムに見えるかもしれないが、握力が落ちているせいでカタカタとカップを鳴らしてしまったため、ギルさんに手ずから飲ませてもらっている。絵面が酷いけど美味しく飲めればいいのである。ホッと息をついたところで、今のうちに少し説明しておこうか、と私が寝ている間の話をルド医師から聞くこととなった。

「まず、メグ。君が気を失ってから今日まで、二十日ほど経過している」

続くその言葉に思わず噎せて咳き込んだ。紅茶を吐き出さなかっただけエライ、私！　でも涙目になったよ。ギルさんが背中をさすってタオルを渡してくれた。甲斐甲斐しい。その様子を見て、飲み終えてから話すべきだったね、とルド医師は苦笑を浮かべて謝ってくれた。いいの、気にしないで！　で、でもさすがに二十日は予想外だったなぁ。半月以上でしょ？　寝すぎでは？　どうりで身体がうまく動かせないわけだよ！

「その間、頭領と魔王は人間の大陸から戻ってきていないよ。あちらでのやることが多くて忙しいっていうのもあるけどね。実は、二人は向こうでメグが目覚めるのを待っているんだ」

「私を？　人間の大陸で？」

話を聞くと、どうやらお父さんたちは、ラビィさんやゴードンの処罰を私に決めさせろ、と皇帝さんに交渉したらしい。それまでは絶対に処刑するな、って。そしてその権利を見事にもぎ取った、と。な、何してんのお父さん……!?　いや、実際ありがたいけどね？　知らない間に処刑されていたら、立ち直れないもん。

「一応、女冒険者をこちらで保護出来ないか、っていうのも頼んでみたらしいよ。でも、さすがにまだ罰も決まっていない重罪人を魔大陸へは連れて行けない、と断られたのだそうだ。これは初めから無理だとわかっていただろうけどね」

そっか、わかっていても聞いてくれたんだね。そのことに感謝だ。決まりごとに対してワガママは言えないもん。案外、先に無理難題を言うことで、私を待つという条件を受け入れやすくさせたのかもしれないし。そういう交渉術、あったよね。うん、たぶんそれだ。

「だから、メグはまた人間の大陸に向かうことになる。辛いかもしれないけどね。君はたぶん、自分から行くって言うんじゃないかって思ったんだよ」

私のことをよくわかってらっしゃる！　それはもちろんその通りだ。せっかく私に処罰を決めさせてくれるって手を打ってくれたんだもん。そのためには直接会った方が絶対にいい。何より、私が会いたい。だって、ラビィさんには言いたいことがたくさんあるんだから。ちゃんとしたお別れだって言ってないし、何より……。心配、だもん。確かに、人間の大陸って聞くと怖いし、辛い。あれから二十日が過ぎているとはいえ、たった今目覚めたばかりの私にとっては昨日のことのように思えるから。でも、だからといって行かないという選択肢はない。怖いより、行きたいっていう気持ちの方が強いのだから。なので、肯定の意味を込めて私はゆっくりと頷いた。

「やっぱり迷いのない目をしているね。医師としては複雑だけど、こればかりは止められないからね。もちろん、その時はギルも一緒だよ」

「もう決してそばを離れない。信じてほしい」

今度はギルさんと一緒に……？　それなら余計に何も心配はいらないね。でも、ギルさんはどこか不安げに瞳を揺らしている。責任感の強いギルさんのことだ、私から離れてしまったことにまだ負い目を感じているのかもしれない。あれは仕方のないことだったって、誰にでもわかるのに。けれど、たぶんそれはギルさんだってわかっているよね。理屈じゃないんだ。その気持ちは私にもわかる。だから私はそっと、ギルさんの手を両手で握った。

「私、一度もギルさんを疑ったことないよ？　今回だって、ちゃんと助けにきてくれたもん。だからこれまで通り、ずっとギルさんのことを信じるからね」

私の言葉を聞いてギルさんは目を見開くと、ふわりと笑みを浮かべて嬉しそうにそうか、と言う。それから一度目を伏せてから、真剣な表情で再び目を合わせてくれた。

「なら、その信頼に答えよう。それが俺に出来ることだからな」

二人で数秒間、顔を見合わせる。それから同時にふふふと笑い合った。ああ、幸せだなぁ。信じて、信じてもらえて。ギルさんとはこれからも、こうしてお互いに信頼し合える関係を築いていきたいなって思った。

「メグ……？　なんだか、成長したようだね」

「ふえ？」

すると、その様子を見守っていたルド医師が何かに気付いたようにそう告げた。確かに、色んな経験をしたから、自分でもそれなりに成長はしたと思う。そんな風に見えるのなら嬉しいとも。けど、起きてからちょっとしかやり取りをしてないのに、すぐに見てわかるものだろうか。不思議に思っていると、ルド医師からは思ってもみなかった言葉を告げられた。

「話し方が流暢（りゅうちょう）になっているね。噛まなくなってる」

「えっ」

ほ、本当に⁉　言われてみれば最近噛んじゃって、うわぁって悶絶（もんぜつ）することが少ない気がする。全くないわけじゃないけど……。でも、ほとんど噛んでないよね？　だけど疑問も残る。オルトゥスを離れていた期間は果てしなく長く感じはしたけど、ほんの数ヶ月間だ。魔大陸に住む者からすればわずかな期間。子どもは数ヶ月でものすごく成長するっていうし、そんなこともなくはないとは思うんだけど、そう簡単にあの噛み噛み癖が治るものだろうか。たくさん練習していたのに、一向に上手く言えなかったあの状態からこんなにすぐに。

そこまで考えてハッと気付く。これはただの仮説なんだけど、もしかしたら実はもっと前から、私はもう噛まずに話せたんじゃなかろうか。いや、悔し紛れの言い訳みたいだけど一応、そう思った理由もある。噛み噛みだったのは、あれは……。私の「甘え」の表れだったんじゃないかなって。私はオルトゥスで、色んな人に優しくしてもらっていて、甘やかされるまま流されていた。しっかりしないと、って思っていても、思っていただけだった。甘やかされている生活が心地良かったから、自ら甘えていたんだ。本当の意味で、自立しようとしてなかったのかもしれない。だけど、今回は自分の力でなんとかしなきゃいけない状況になって、たくさん努力をしたし、生き延びるために色々考えた。そりゃ、他のオルトゥスのメンバーに比べればたいしたことはしてないかもしれないけど、間違いなく意識が変わったんだ。自立しなきゃいけない、しっかりしなきゃ命に関わるんだって。だから、成長したのかなって。

ちょっとばかり無理のある仮説な気はするけど、そう考えると妙にしっくりくる。よし、また甘やかされる生活に戻っても、甘えすぎないようにしよう。今度こそ本当に、自分でも気を付けて成長していくんだ。私は、オルトゥスのメグなんだから。

「今なら、呼べる気がする！」

「何をだ？」

私が拳を握りしめて宣言すると、ギルさんが首を傾げた。ふふふ、そりゃあもちろん、アレですよ。噛まなくなったら絶対に言いたいって決めていたんだから。むしろそのためにずっと練習してきたんだから、今言わずしていつ言うというのだ。私は自信満々にニヤリと笑ってギルさんを呼んだ。

「ギルにゃんディオ、さん……うぁ、なんでぇっ⁉」

今なら呼べると思ったのに！　ここまで全く噛んでなかったのにどうして今⁉　悔しい。悔しすぎる。調子に乗るな、と何かに言われたような気分だ。ガックリと肩を落として打ちひしがれていると、ルド医師が最初に吹き出した。それに続いてメアリーラさんもレキも腹を抱えて笑いだす。ギルさんも少し遅れて肩を震わせ始めた。いや、そこはひと思いに笑ってくれ！　はぁ、締まらない。私の甘えが完全にとれるには、もう少し時間がかかりそうだ。うわぁん‼

さて、ひとしきり笑われたところで話を戻してもらおうか。他にも聞きたいことはあるんだからっ！　ぐすん。

「ああ、ごめんね。ふふ、久しぶりに笑ったよ」

「やっぱりメグちゃんがいるとオルトゥスが明るくなるのです！　メグちゃんがいるから、みんな笑顔になるのですよ！」

ルド医師やメアリーラさんがそんなフォローを入れてくれるけど、私のハートはすでに砕け散った後である。いいの、みんなを楽しませられたならそれで……。いや、良くない。この雪辱はいつか絶対に果たす。とまあ、いつまでも羞恥に悶えていても仕方ないので、気になることを自分から聞くことにしよう。私のガラスのハートは割と簡単に復元出来るのだ。

「あの、私の他に、子どもがあと二人いたと思うんだけど……」

最も気になっていたのはこれである。熱に魘されていたから記憶がおぼろげなんだけど、たしかギルさんのコウノトリ便で二人も一緒に運ばれていたと思うんだよね。鉱山でアドルさんが交渉してくれていたり、ギルさんが怒っていたりしたのをなんとなく覚えている。だから私の予想が正しければきっと……！

「ああ、リヒトくんとロナウドくんだったよね。あの子達も今はうちに来てもらっている。それぞれ別室で寝泊りしているんだ。二人とももう目を覚ましているよ」

やっぱり！　二人ともオルトゥスに来ていたんだ！　それを聞いてとっても安心したよ。リヒトも応急手当てをしてもらったとはいえ、かなり重傷だったし、ロニーだって火傷も酷くて魔力も枯渇していたから心配だったのだ。でも、オルトゥスに来ているのならもうなんの心配もいらない。うちの医療チームが二人を治せないわけがないのだから！　なぜか私が自慢げになってしまうのは許してほしい。

「ど、どこにいるの!?　今すぐ……」

二人がもう目を覚ましている、と聞いたらすぐに顔を見たくなってきた。ベッドから身を乗り出す勢いで私がそう言いかけると、ギルさんが私の身体をそっと押し戻し、ルド医師がやんわり首を横に振った。えぇーっ!?　と声を上げそうになったけど、二人からは優しい動きながらも有無を言わせないという迫力を感じたので押し黙る。

「会いに行きたいって言うんだろう？　でも、もう少しだけ我慢だ。ドクターストップだよ、メグ。

本当はもう数日は安静にしてもらいたいところだけど……。そうだな。また明日、検査をして大丈夫そうなら条件付きで案内しよう。なに、二人とも逃げ出しなんかしないよ」

ぐぬぬ、すぐに会いたいところだったけど、ドクターストップなら仕方ない。それに、ドクターモードなルド医師に逆らえる気がしない……！　大人しくします、はい。

「自分ではわからないかもしれないけど、メグ。君はかなり重傷なんだよ？　手足首の酷い火傷、殴られて腫れた顔、足なんかあと少し傷がズレていたら二度と歩けなくなるところで……。やっぱり戦争が起きてもいいから消しておくべきかな」

「いつでも行くが？」

怖い怖い怖い！　最初は私を諭すように説明していたルド医師だったけど、最後の方は表情こそニコニコしていたけど、背後にドス黒いオーラが見えたからね？　ギルさんもすかさず賛同するのはやめよう？　落ち着いて！

「だっ、ダメだよ！　平和がいいっ！」

とりあえず慌てて二人を止めておいた。さり気なく、消し炭に出来なくて残念なのです、とか黒い発言を笑顔で言うメアリーラさんも怖い。甘過ぎるよ、って呟いたレキも相当だ。うーん、医療メンバーは治療する側だからこそ、人を傷付けるという行為を許せなかったのかもしれないなぁ。いや、それなら軽々しく消し炭とかも言わない方がいいのでは。……深く考えるのはよそう。

「ふぅ……。メグがそう言うなら仕方ないね。まぁ、我々がいて傷痕が残るようなことはないからいいものの。残っていたらメグが止めようが聞かなかったかな」

優秀な医療チームでこれほど喜ばしいと思ったことはないよ！　これ、半分以上は本気だよね？　怖い、とても怖い。でも、そこまで心配して私のために怒ってくれるのは正直、嬉しい。ええ、本当に感謝の気持ちでいっぱいだよ！

「話を戻そうか。以前にも何度も繰り返し説明したことだが、怪我がそこまで治ったのは、薬や魔術のおかげってわけじゃない。それらを使って、メグの自然治癒力を無理に覚醒させたからなんだよ。だからその体力を補うためにメグは二十日も眠っていたし、今もまだとても疲れやすい身体のはずなんだ」

「眠っている間もずっと高熱が続いていたのですよ？　このまま目を覚まさないんじゃないかって、それはそれはみんなで心配したのです！　もちろん、私たちがその加減を間違えることはないのですから、そんなことにはならないのですけどっ」

うん、それはわかる。体感的にも、たしかに上半身起こしているだけでまだ少し目眩がするもん。頑張って戦ってくれたんだね、私の身体。そして皆さんも。

「ありがとう、ございます。……助けてくれて」

だから、少し頭がフラつくけど、しっかり頭を下げてみんなにお礼を伝えた。心配をかけてごめんなさい。でも謝るより、感謝を伝えた方がいいよね？

「助けるのは当たり前だよメグ。特にメグは、オルトゥスのメンバーで、我々の家族なんだから」

「そうなのです！　家族は助け合うのが当たり前なのですよ！」

うっ、泣きそう！　いや、もう泣かないんだもん！　ぐっと堪えてどうにか笑顔を作ってみせる。

「それでも、です！　だって、嬉しいから！　本当に、ありがとうございました。信じてたよ！」

「メグちゃんんんんん！」

私の代わりにメアリーラさんが号泣し始めた。ああっ、泣かせちゃった！　ギュッと両手を握りしめてくれたメアリーラさんの手を握り返し、ほんのちょっぴりだけもらい泣きした。これは、そう、嬉し泣きだからノーカウントで！

「さて、そろそろ休みなさい。少しずつ体力を戻していこう」

二十日も寝ていたんだもんね。身体も思うように動かなさそうだから出来るだけ早く慣らしたいところではあるんだけど、まだ頭がクラクラする自覚があるので大人しく言うことを聞いて横になる。ああ、あんなに修行したのに！　でも、身体を慣らしてしまえば次はすぐに出来るようになるはず、と信じよう。覚えたことは、忘れてないからね！

「んじゃ、今度は僕の番。ギルさん交代だよ。目覚めたらって約束だろ？」

「…………わかっている」

レキがスッと私の側にきて、近くにいるギルさんにそんなことを言い出した。ギルさん、嫌そう。ものすごく嫌そう。無表情と無言だけどオーラだけで察せてしまう。レキは半眼になってため息を吐いた。

「心のケアは僕の仕事！　別に、近くにいたくているわけじゃないんだ。し、仕方ないだろ！」

あ、そっか。レキの虹色モフモフパワーで癒してくれるんだね！　それは楽しみかも。全く、とブツブツ呟きながら今までギルさんが座っていた椅子に交代するように腰掛けるレキ。でも……。

「そばにいるの、嫌なの……？」

「うっ……！」

照れ隠しで言っちゃっただけなのかもしれないけど、もし本音だったらお姉さん悲しい！　そんなこと言ったらわがままかな？　でも私は、こんな憎まれ口を叩くレキとも会いたかったし、会えて嬉しいんだけどな。

「べっ、別に嫌じゃ、ないけど……」

「まったく、素直じゃないのです、レキ！」

「メグがいなくなった時は、サウラに食ってかかるほど焦っていたのにね？」

モゴモゴと答えるレキに、メアリーラさんが呆れたようにため息を吐き、ルド医師が聞き捨てならないことを言った。なにそれ!?　サウラさんに食ってかかったの!?　レキが!?　く、詳しく!!

説明を求めてルド医師を見つめると、ふふっと笑いながら教えてくれた。

「サウラは頭に血がのぼったギルに、しばらく仕事をさせなかったんだよ。そしたら、一番の適役なのになんで早く探しに行かせないんだってレキが……」

「ばっ……！　黙れ！　黙れよ!!」

「ルド、俺もその件については耳が痛い。やめてくれ」

えぇー!?　そんなことがあったの？　頭に血がのぼったギルさんはわからなくもないけど、サウラさんが仕事をさせないって決断を下すほどなんて、一体何をしたんだろう。き、気になる。もっと聞きたいけど……。レキは顔が真っ赤になりすぎているし、ギルさんは見るからに肩を落としていて、なんだか二人ともかわいそうなので突っ込まないでおいた。あ、あとでこっそり聞いちゃおうかなぁ。

「二人とも反省しているようだし、いじめるのはこれくらいにしよう。つい長話をしてしまったね。さあ、メグ。今度こそ本当におやすみ」

「……うん、わかった」

「じゃあ、いい加減にこいつから離れてギルさん。もっとあっちに行ってくれないと、邪魔」

私が寝るために仰向けになると、呆れたようにレキがギルさんを押しやった。意外と遠慮がない！

「随分な言い方だな……」

「だってこのやり取り何回目？　こいつが目を覚ます前からずっと言ってるでしょ。ほら、早く退いて」

レキがさらに遠慮なく言い放つと、ギルさんは渋々といった様子で壁際へと向かった。も、ものすごく不服そうだ。

「それに、ギルさんだって休まなきゃダメ。こいつが起きるまで、ずっとここにいるでしょ。ちゃんと寝てきて」

えっ⁉　それって二十日間寝てないってこと⁉　いくら亜人の中でも超ハイスペックなギルさんとはいえ良くない！　良くないと思いますっ！　そんな気持ちを込めてジッとギルさんを見つめる。

そんな私の視線に気付いたギルさんは、気まずそうに目を逸らした。

「このくらいなんてことは……」

「ギルさん！　ちゃんと休まなきゃ、めっ!!」

ギルさんの言葉に食い気味に私は叫んだ。私のせいでギルさんが体調を崩すなんて絶対ダメだもん。きっと、本当にギルさんは大丈夫なんだろうけど、いくらなんでも二十日間は長いよ！

「……次、起きたら、一緒にご飯食べよ？　だから、ね？」

「……わかった」

もはや懇願（こんがん）するようにそう告げると、ギルさんは観念したようにようやく首を縦に振った。はぁ、よかった。これで私も安心してもう一度休めるってものである。

「どっちが子どもかわかんないね、これ」

レキっ、もっともな意見だけどそれは言っちゃダメなやつ！　ギルさんはレキをひと睨（にら）みし、割と力を込めてレキの頭をグシャグシャと撫でた。「ちょ、やめてよ、ギルさんっ！」という抗議にも知らんふりだ。ギルさんたらお茶目。傍（かたわ）らでルド医師とメアリーラさんもクスクス笑っている。

「頼んだぞ、レキ」

「ん。……まかせて」

だけど、最後にはしっかりそう言い合っていたのが、なんだか嬉しかった。この二人は特別仲がいいわけではなかったと思うけど、私の知らない間に信頼関係が生まれているんだなぁって思ったらなんだか感動だ。レキの返事を聞いたギルさんは、すぐには部屋を出て行かなかった。私が寝るまではいてくれるのかな？　そんなことを考えていると、レキが私の近くに座ってそっと私の手を取った。ほわん、と温かい何かが心に広がる。魔物型のレキの毛皮に埋もれた時のような幸福感。

すごい、人型でも出来るようになったんだね。でもちょっぴり、あの毛皮も恋しいなぁなんて思いながら、私はゆっくりと瞼を下ろした。

2　あの時保護者たちは

【ギルナンディオ】


あれほどの怒りを覚えたことはなかった。

少し離れた位置でメグの穏やかな寝顔を見ながらも、思い出すのはあの時のことばかり。目の前に無事な姿でいるにも拘らず、未だにメグを失うかもしれなかった恐怖で手が震えた。いや、失うことはなかっただろう。なんせ、あの組織はメグを生涯、魔力源として扱う気でいたのだから。いずれは俺たちが見つけ出し、保護していたのはたしかなのだが、数秒でも遅れていたらメグも、少年たちも、取り返しのつかない怪我を負っていただろう。身体だけではなく、心にも。

「……っ」

またしても手が震える。眠っている間に心の治療もするからと、メグの側にはレキがいて、手を握っている。俺も、ずっとその位置にいたかった。ほんのわずかに離れてしまっただけなのに、たったこれだけの距離さえ耐えられずにいる自分が心底情けない。もう大丈夫だと、わかってはいるのに。

「ギル。こっちに来てくれ」

ジッと動かずにメグとレキの様子を見続けていたら、ルドに声をかけられた。そっちに行くということは、また少しメグと離れることになる。それがどうにも受け入れられず、俺はその場から一歩も動けずにいた。すると、ルドは困ったように微笑みながら自分から俺の元へとやってくる。

「君にも、治療が必要なようだね」

「……俺に？　必要ない」

人間の大陸でも、俺は擦り傷一つ負っていないし、戻ってからもずっとここにいるのだから怪我をする機会さえなかったというのに、おかしなことを言う。ルドの質問の意図がわからないと思っていると、俺の訝しむ様子を察したのかルドはやれやれと肩をすくめた。

「自覚なし、か。それなら自覚してもらう必要があるな」

自覚？　どういうことだ、と目で訴えると、ルドはその眼差しを医師としてのそれに変えて俺を真っ直ぐ見つめた。こういう目をしている時のルドには逆らわない方がいい。俺も心して聞くとしよう。

「いいかい、ギル。君に必要なのは心のケアだ。身体に傷は負っていないが、心に深い傷を負っているだろう？　わかりやすく言うなら、精神的に参っているだろう？」

心の？……ああ、そういうことか。言われて初めて気付く。俺は、精神的に参っていたのだ、と。メグと離れるのが怖かったのも、少し考えれば異常だ。ほんのわずかでも離れるのが怖いなどと。

そんな俺の心情をルドは簡単に見抜いてくれたのだろう。恐れ入る。

「ギルは感情が表情にも態度にも出にくいからね。だからかなり気付きにくいんだが、今回はわかりやすかったぞ？」

そうなのだろうか。いつもと変わらないと思うのだが。しかしルドが言うには、俺はメグと関わるようになってからというもの、かなり感情表現が豊かになったのだという。ただ、それでも変化に気付けるのは古い仲だけだろう、と。

「実際、メアリーラもレキも、気付かなかっただろう？　サウラやシュリエなんかは、メグの方に気を取られていたから気付かなかっただけで、君を見ていたら気付いたと思うよ」

そうなのか。別に、気付かれなくともなんとかなるから構わないのだが……。気が置けない相手に気遣われることについては、悪い気はしない。いや、正直に言えば、助かるのは確かだ。

「あ、もう一人いたね。君の変化に気付ける人物が」

続けてルドは思い出したようにクスッと笑った。もう一人？　黙って言葉の続きを待っていると、スッと視線をベッドの方に向けてルドは言った。

「メグだよ。あの子は元々、人の感情の変化に敏感だ。特に信頼しているギルの変化には、誰よりも早く気付くだろうね」

メグか。たしかに、よくドキリとさせられることが多いように思う。あの大きな紺色の目で見つめられると、全てを見透かされてしまうような、妙な気持ちになる。普通であればそれは警戒すべきことなのだが、メグが相手だと不思議と嫌な気にはならない。それどころか、求めていた言葉を言われることが多いため、むしろ嬉しいとさえ思う。どこまでも不思議な子だ、メグは。

「君にとってメグは、もはやかけがえのない存在だろう。それはもちろん私たちにとっても同じことだが、目の前でボロボロな状態を見たんだろう？　大切な存在のそんな姿を見て、冷静でいられないのは当たり前のことなんだよ。その傷がそう簡単に癒えないのもまた然りだ」

ルドはそう言いながら軽く目を伏せた。似たような経験をしたことがあるのだろう。その言葉には重みがある。かなり前に、ルドは番を目の前で喪ったのだと聞いたことがある。おそらく、その時の痛みが未だに心に残っているのだろうことが容易に想像出来た。俺など、メグが傷を負わされただけでこんな状態なのに、目の前で、それも番を亡くしたルドの喪失感はどれほどのものだっただろう。とても計り知れない。

「……だから、ギル。君には治療が必要なんだ。受けてくれるね？」

「……わかった」

そんなルドの言葉に否と言えるわけもない。俺は素直に首を縦に振った。

ルドのおかげで少し気持ちが落ち着いた俺は、相変わらず後ろ髪を引かれる思いはしたがその場から離れることが出来た。といっても、移動したのはルドの診察室。扉を挟んですぐ隣にはメグが眠っている部屋があるため、何かあればすぐに駆けつけることが出来る。まぁ、俺は影を通って移動するから距離など大した問題はないのだが、それでもどこか安心してしまったのは気持ち的な問題なのかもしれない。

「そこに座ってくれ。コーヒーはブラックでいいな？」

「ああ、すまない」

ルドは慣れた手つきでカップにコーヒーを注ぐと、すぐに俺の前のテーブルに置いた。最初からここで話すつもりだったのだろう。すでにコーヒーを淹れていたとは、準備がいい。

「さて、治療のためにはまず、ギルの話を聞く必要がある。自分の中の記憶の整理や気持ちの整理をするのに、誰かに話すというのはとても有効なんだ」

だからメグを救出したあの時のことを、一つ一つ聞かせてくれないか、とルドは告げた。なるほど、誰かに話すことで整理をする、か。基本的に俺は自分のことを人に話す機会がない。話そうとも思わないからな。結局のところ、誰かに相談したところで解決しないと知っているからだ。どんな悩みも、自分で考えて自分で答えを見つける以外に、解決の道はないのだから。

だが、ルドに俺の悩みや迷いを解決してやろうなどという、そんな意図はない。ただ人にわかるように説明することで、自分で気持ちの整理をしてみろと言っているのだ。その考えは信頼出来た。

俺は一度コーヒーに口をつけ、カップを置いてから静かに語り始めた。


人間の大陸にある大国、コルティーガ。その国のトップに君臨する皇帝と、俺たちは話し合いを行った。そこで明かされたのはなんとも胸糞が悪い話で、要はずっと裏の世界で暗躍していた非認可の人身売買組織による犯行だったのだ。皇帝は転移陣によって人間の大陸へと連れて来られた子どもたち、メグ、リヒト、ロナウドの三人を保護しようと動いてくれていた。だが女冒険者ラビィがリヒトという少年に、出会った頃からずっと嘘の情報を吹き込んでいたため、国こそが自分たちを狙っているのだと思い込んだ子どもたちは、女冒険者とともに逃げ続けることとなった。おそらく女冒険者は鉱山へ向かおうと唆し、人身売買組織の本拠地へと連れて行ったのだろう。そこで初めて、子どもたちは騙されていたことに気付いた。その時の子どもたちが受けたショックは相当なものだったはずだ。それを想像して、俺たちは怒りを抑え込むのに必死だった。

「ギルはこの後すぐに精霊が言っていた場所に行き、メグの元へ案内してもらえ」

話し合う俺たちの前に現れたメグの精霊によって、ついに子どもたちの居場所が判明した。俺は頭領の指示の下、すぐに影を通って精霊との待ち合わせ場所に移動。ほどなくして声の精霊と合流し、この奥にある洞窟の地下にメグたちがいると聞いた俺は、すぐに今いる場所からその洞窟に影の魔術で道を繋いだ。この影の道は俺しか通ることが出来ないが、声の精霊よりも速く移動することが出来る。ただ、そうなると声の精霊を置いていくことになってしまう。それが少々申し訳ないとは思ったが、精霊自身が先に行ってご主人様を助けてくれと訴えたため、その言葉に甘えることにして迷うことなく影に潜った。その選択は正しかった。洞窟の入り口に着いた瞬間、メグの俺を呼ぶ叫び声がちょうど耳に入ってきたからだ。

「ギルさぁぁん!!」

それは初めて聞くメグの声だった。恐怖、焦燥、絶望。それらの感情が悲鳴から感じ取れたのだ。助けて、と。そんな心の声が聞こえた気がした。たぶん、実際そう思っていたのだろう。そんなメグの悲鳴を聞いた瞬間、ビリビリと身体中を何かが駆け巡るのを感じた。そんな感覚は生まれて初めてで、そしてなぜかこの瞬間から、メグの今の状況や居場所が手に取るようにわかった。不思議

だ。だがこの感覚に間違いがないことだけは断言出来た。だから俺は迷うことなくメグの元へと向かったんだ。

瞬時に駆けつけてみれば、敵と思しき男がサーベルを振り上げており、赤毛の少年が危険に晒されているところだった。もちろんそれも気になったが、真っ先に目に飛び込み、俺の感情を荒ぶらせた光景は――。

血塗れで、ボロボロになった、メグの姿だった。

正直な話、その瞬間の記憶はない。頭に血がのぼり、目の前が真っ赤になったところまでは記憶しているが……。今も鮮明に思い出してしまう。記憶の中でニコニコと笑っているメグの姿と目の前にいる痛ましい姿のメグがすぐには一致せず、混乱もしていたと思う。我を失う、というのも初めて体験したな。出来れば二度と体験はしたくない。自分では何かをした覚えがないのに、気付けば空間全体に影を落として、殺気を放っていたのだから。無意識下の中で、メグやメグの仲間と思われる子どもたちを巻き込むことはしなかったようだが、正気を失った状態でその程度で済んだことに安堵した。驚かせてしまったことについては、申し訳ないと思っているが。もし、これで怪我を負わせていたら自分が許せないところだった。しかも、俺は結局メグが戸惑いがちに俺を呼ぶまで我に返ることが出来なかったからな。魔物型の本性ともいえる獰猛な瞳を見られてしまったことといい、俺はまだまだ未熟だと実感した。とにかく気を落ち着かせることを考えようと、一度ゆっくり目を閉じた。落ち着け、落ち着けと自分に言い聞かせながら。だが、再度メグの全身を見てみれば、やはりかなりの重傷だ。少し冷静になった頭で見たからこそ、それがよくわかった。せっかく落ち着いたというのに再び怒りが込み上げてきたが、また己の失態を晒すわけにもいかない。なんとか耐えたが思わず殺気のこもった声で、誰が傷を負わせたのか問うてしまった。その時は、黒髪の少年の言葉によってなんとか落ち着けたが……。まったく情けない。だが、自分でも抑えの利かない状況に、酷く困惑したのを覚えている。ほんの僅かなことでも感情が荒ぶってしまい、どうにもならなくなっているのがわかったからだ。どうしたんだ俺は、と自問したさ。これほどまでに余裕がないとは。こういった現場や流血程度、見慣れているというのに。血を流しているのがメグだというだけで、こうも自我を失うとは。とにかく落ち着かなくてはと、ひたすら自分を制御することに集中したが、いつまた爆発してしまうかわからない状態だったと思う。

そんな時、メグと黒髪の少年がどちらが先に治療するかで揉め始めた。もちろん、お互い相手を心配するがゆえに、自分は後でいいと譲り合っていた。メグはもちろんだが、この中で最も重症であろうあの少年がメグを優先させたことに感心したな。年上として、男として、どうにかメグを守ろうとしているのだと、少年の気持ちがよく伝わってきた。二人同時に治療が出来ればそれが一番いいのだが、医療の知識があまりない俺の目から見ても少年は危険な状態だとわかった。心苦しいが、ここはメグに少し待ってもらって少年を先に、と俺が考えをまとめた時、メグが斜め上の考えをしていたことが次の瞬間に明らかとなった。

「魔力、ちょーだい!!」

久しぶりに聞いたメグのおねだり。元々、あまりおねだりをするような子ではないが、久しぶりの再会というのも相俟って、その愛らしさに思考停止してしまったな。こんなにボロボロな姿であってなお、その破壊力は健在なのかと。いや、むしろこんな姿であるからこそ、庇護欲をそそったのかもしれない。おかげで暴走気味だった俺の精神がかなり安定した。やはりメグはすごいな。冷静になった頭で考えればすぐにメグの意図も理解出来た。おそらく、メグが魔力を欲しているというより、精霊に魔力を渡したいのだろう、と。メグが契約している水の精霊は、驚くほどよく効く薬を作り出すことが出来るからな。俺が空気中に魔力を放出することで、精霊は魔力を取り込むことが出来るようになる。直接魔力を渡せれば一番いいのだが、契約者以外からは受け取れないのだそうだ。というより、正確には相性さえ合えば出来ないわけではないらしいが、少なくとも俺の魔力の質的には無理だったのだろう。効率はかなり悪いが、その時精霊に魔力を渡すにはこの方法しかなかった。メグはこの切羽詰まった状況で、瞬時に最善の方法を考えついたのだ。そのことに驚くと同時に、自分の回復魔術の不得手さに腑甲斐なさを感じた。今すぐにでも休んでもらいたいのに、その方法を取るしかなかったのだから。

　嘆いていても始まらない。すぐにでも行動を開始しようと思ったが……。改めてボロボロなメグの姿を見ていたら、どうしようもなく苦しい思いが胸の奥から溢れ、俺の心を支配した。確かめたかったんだ。メグの温もりを。本当に目の前で、ちゃんと無事であると五感で感じたかった。俺はメグを強く、それでいて負担をかけぬよう細心の注意を払って抱きしめた。ずっと欲していたこの腕の中の小さな命。どれほど不安だっただろう、どれほど辛かっただろう。そんな思いをさせてしまって申し訳ないという気持ちでいっぱいだった。守ると約束したのに、その約束を守れなかったのはすでに二度目だ。後悔と、自分への憤り。やり場のないこの気持ちは、メグに謝ることでさえ言うんだ。

晴れない。だが、メグはそんな俺の懺悔を静かに聞き届け、ちゃんと間に合ったと、ありがとうと

――あぁ。

不安で、辛くて、どうしようもなかったのは、俺の方じゃないか。小さくも大きな存在感。この温もりを感じるだけで、全てが許されたのだと感じる。もちろん自分のことは許せないが。だからこそ、俺の生涯をかけよう。メグの力となり、盾となり、支えていこうと。そう誓った。俺の誓いなど、もはや説得力はないかもしれないがな。もう二度と、離さない。

メグのおかげでだいぶ通常通りの落ち着きを取り戻した俺は、ひとまずメグを含む子どもたち三人に応急手当てをして回ろうと行動に移した。ルドからある程度の薬や包帯を預かっていたからな。合間にメグが、魔力を回復させた精霊の力を借りて、自然魔術で薬を作り、それを使って俺がそれぞれの治療をしていく。それでもこの大陸で力を使うのはやはり厳しいらしく、精霊はすぐに休むことになったようだった。どのみちたくさんあったとしても、薬をあるだけ使えばいいというものでもないからな。十分な量を確保出来たといえよう。この地は、自然魔術の使い手にはあまりに住みにくい。目の前でその光景を見たことで、より実感が出来た。種族柄、体力もあるドワーフの少年と違って、魔術だけが頼りになりがちなエルフ、それも子どもにとって、最も厳しい環境なのだな。本当にメグはよく生き延びてくれたものだ。

「あの、僕より、あの人を、助けてもらえませんか？」

優先度の高い怪我から治療していったため、後回しになってしまったドワーフの少年の元へ向か

おうとすると、少年は首を横に振り、そんなことを言った。あの女冒険者か。元凶とも言える、許せない人物だ。たしかに生死に関わる重症のようだが、ドワーフの少年も他の二人と比較すれば軽傷というだけで、腕と足の火傷はそれなりに深刻な怪我だというのに。正直、気が乗らなかった。態度にも出ていたと思う。だが、彼の意志は固かった。それだけならまだしも、メグでさえ治療を懇願してくる。……メグに言われたら、俺は断れないだろう。心の中で盛大にため息を吐いた。

「後で、話を聞かなければならないからな。死なれては困るだけだ」

　そう言い残して女冒険者の元へ向かうと、喜ぶメグの姿に何とも言えない複雑な感情を抱いた。扱いが少し雑になってしまうのは仕方ないと思え、女冒険者。メグが許しても、俺は絶対に許さない。

　こうして治療を続けている合間に、ようやく頭領がやってきたようだ。魔物型の許可を得たのだろう、想定よりもずっと早く到着してくれた。俺一人では荷が重いと思っていたところだったから、かなり助かった。敵の駆逐や捕縛、子どもたちの保護は出来るが、アフターケアまでは出来ないからな。当然のことながら、ボロボロなメグの姿を見てそれぞれが大騒ぎをしていたが、メグの説教でなんとか落ち着いた。メグには要らぬ無理をさせてしまったが、おかげで誰も荒れ狂うことがなかったのは確かだ。これがなかったら今頃、人間の大陸は一部、消えていただろう。

　現場の片隅に簡易マットを用意し、子どもたちを休ませた後は、さすがは頭領と言える対応でテキパキと話を進めてくれた。時折、グッタリとしているメグたちの様子を確認しながら、俺は頭領にこれまでのことを報告した。

「敵は全員、影縛りをしてある。あの女冒険者も。……命が助かる程度には治療をしてある。あとは地下に複数部屋があって、そこに亜人の子どもが数十人程捕らえられているのを確認済みだ。まだ現場には行けてない」

「チッ、やっぱり魔大陸の子どもを狙ってきやがったか。禁忌に触れたな、この組織は。よし、そっちは俺に任せておけ。お疲れさん、ギル。……理性を保ってしっかり仕事をこなしてくれたようだな」

「…………ああ」

「……なんだ、その間は。まあいい、結果オーライだ」

理性を保てたとは言えないからな。軽く目を逸らすと、頭領は察してくれたようだ。もし最初に駆け付けたのが自分だったらどうだったか、とでも想像したのだろう。自分で言うのもなんだが、俺の対応はかなり優しいものだったと思われる。

「こいつらはこの国の連中に引き渡そう。そういう約束だからな。だが、女冒険者か。……メグが必死で守ろうとしていたって？」

頭領は腕を組んで唸り始めた。組織のヤツらはこの国の者たちが罰する。故にこの女冒険者だけを特別にギルドに連れ帰り、保護するのは難しいという。この大陸の者はこの大陸の者が罰するのが鉄の掟。先に子どもを攫うという鉄の掟を破ったのはこの大陸の組織なんだがな。まぁ、それはいい。俺としてもギルドに女冒険者など一歩たりも入れたくはないからな。

「俺たちがこのアジトも、この屑共も、なぜ消し炭に出来ないかわかるだろ？　メグをあんな目に遭わせておいて、この手で報復したいのに出来ないのには全く納得がいかねぇ。いかねぇが！……

はぁ、それでもこの一線を越えることは出来ねぇんだよなぁ」

そう、ここは人間の大陸。たとえ大切な娘を攫われ、傷つけられたとしても、ここが人間の大陸である限り、俺たち魔大陸の者は手出ししてはならない。これも鉄の掟、というより互いの身の安全のためにも仕方のないことだった。

魔大陸の者は、人間より遥かに強く、本気を出せば一瞬で大陸を沈めることも出来るだろう。だが、人間より圧倒的に人数が少なく、繁殖力も低い。我々のような魔の者は、今回のように子どもを狙われ続ければ、年数はかかるがいずれ絶滅してしまうような存在。それに、人間の大陸全土から攻めて来られれば、強者以外はあっという間に駆逐されてしまう。人間より丈夫で魔術も使えるとはいえ、皆が抵抗出来るほどの力を持っているわけではない上に、絶望的に人数の差があるのだから。どれほど個が強かろうが、圧倒的多数には勝てないこともあるということだ。

だから遥か昔に両大陸は、互いに平和を脅(おびや)かすような干渉は決してしない約束をした。貿易はするが、互いの大陸で起きた戦争や事件には介入しないという約束だ。その中で、裏の人身売買は常にグレーゾーンとして見過ごされ続けていたのだが、今回を機に見直されるだろう。魔王の娘が被害にあったんだ。もはや見て見ぬ振りは互いに出来ない。むしろ、これまで本腰を入れて対応してこなかったからこそ、こんな事件が起きたことを思えば、俺も微力ながら協力しておけば良かったと後悔する。頭領や魔王なんかは、よりその想いが強いはず。徹底的にこの問題を解決に導くだろうな。手が必要とあれば俺も協力は惜しまないつもりだ。

「俺個人としては、人間の大陸と全面戦争でもいいんだけどよ」

「やめてくださいよ!?　そんなことをしたら魔大陸の……」

「わかってるよ、アドル。力を持たない魔大陸の民が多く被害に遭う。魔の者が絶滅の一途を辿っちまうからな。だからこうして耐えてんじゃねぇか」

頭領はそう言ったが、その本音は俺としても賛成だ。もちろん、全く同じ理由で行動には移さないが、もしヤツらが魔大陸に来ることがあったなら、その時は容赦しない。それこそ、こちらのルールに従って動くまで。組織の連中の罰が、魔大陸送りであればいいのにと冷酷な考えが自然に頭に浮かぶ。……メグには怯えられるだろうか。そう考えると、天秤はメグに傾くな。

「だが、先に魔大陸の子どもに手を出したのは人間だ。犯罪組織だったとはいえ、人間側から禁忌を犯したってわけだな。その辺りをチラつかせて交渉は出来そうだなぁ……?」

ふむ、やはり頭領もそこを衝く気満々だったか。心強く、そして悪い笑みを浮かべる頭領を見ていたら、最大限こちらの要望を通してくれるだろうな、という安心感があった。策を頭領が練り、魔王がその権限を使って話を通す。この二人を相手に交渉をすることになるとは、皇帝には少し同情するな。もう会うことはないだろうと思っていたが、案外すぐに再会することになるだろう。

報告とこれからについての話し合いを進めながら組織の者たちをひたすら縛り上げていると、簡易マットの方からドワーフの少年、ロナウドの焦ったような声が聞こえてきた。慌てて駆けつけてみれば、メグと黒髪の少年リヒトが高熱に魘されている。せめてここに捕らえられている魔大陸の子どもたちを保護してから、共に魔大陸に帰りたかったが、事態は一刻を争う。頭領の指示の下、俺はアドルと一緒にこの子どもたち三人を連れて先にオルトゥスへと帰還することとなった。影の中から大きな籠（かご）を取り出し、子どもたち三人を中へ運ぶ。やや狭いが仕方ない。少年二人もぐったりとしていたが、メグの弱々しさはそれ以上だ。少しでも力加減を間違えたら、この命が消えてしまうんじゃないかと……。そう思ったら恐ろしくてたまらなかった。

　魔物型になる許可は得ているようなので、遠慮なく影鷲（かげわし）姿となって思い切り飛ばした。アドルが子どもたちの保護に集中してくれているおかげで遠慮なく急ぐことが出来る。幸い、ここから鉱山は近い。あっという間に到着し、すぐさまドワーフたちに声をかけた。

「ロナウド！　おい、無事にって約束はどうした⁉」

　子どもたちの様子を見れば、ドワーフの族長ロドリゴもすぐに通してくれるだろうという考えは甘かった。むしろ、息子の苦しむ様子を見てショックを受けた様子で、元々融通（ゆうずう）の利かない頑固さに拍車がかかったようだった。アドルが出来るだけ平和にと、ロドリゴを諭すように説得を試みてくれていたが埒（らち）が明かない。痛々しい我が子を前に、我を忘れてしまうその気持ちはわかる。俺だってそうだったのだから。だが、それどころではないのだ。このままでは取り返しのつかない事態になりかねないという焦りは、俺を苛立（いらだ）たせた。

「いい加減にしろ！　こんな状態の子どもたちを見て、お前はなんとも思わないのか⁉」

　自分でも驚くほど、声を荒らげてしまった。こんな風に怒鳴ることなど、俺の人生においてほぼ初めてなのではないかというほどだ。初めての経験ばかりだな……。人とは、追い詰められた時に本性が現れると言うが、俺の本性はなかなかに短気らしい。おかげで熱に魘されている子どもたちを驚かせてしまった。反省している。だが、俺の言葉はロドリゴに届いたようだ。その後のアドルの説得に応じ、俺たちはようやく転移陣で魔大陸へと渡ることが出来た。ロドリゴには、必ず息子のロナウドを完治させて戻ると約束をし、俺たちはすぐにオルトゥスへと飛び立ったんだ。

「そこから先は、お前もわかるだろう」

「ああ、そうだな。ギルが子どもたちを連れ帰った時は、オルトゥスのメンバーの殺気で街が滅びるんじゃないかと本気で心配したよ」

それは、俺も思った。今でこそクックッと笑いながらルドは言っているが、あの時は本当に洒落にならない雰囲気だった。オルトゥスに到着した時、俺が帰ってくるのを察知していたサウラやルド、他にもたくさんのメンバーが待ち構えていたから余計に。おそらく殺気で満ち溢れるだろうことは予想出来たが、まず子どもたちをルドたち医療メンバーに診てもらうことが最優先だったため、俺は迷うことなく皆の前に降り立ったのだ。籠の中を覗き込んだ者たちは揃って絶句。まず、メグが危険な状態だということを認識して怒りを覚え、次に他二人の子どもたちが似たような状況であることに気付き、さらに怒りの炎が燃え上がった。怒りと困惑と心配という様々な想いが溢れかえり、一時は本当に誰が爆発するかわからない状況下、子どもたちの乗った籠をサッと抱えた医療チームにより事なきを得たのだ。

「何を優先させるべきか考えろ！」

ビリビリと空気を震わせるほどのルドによる一喝で、誰もが我に返った。何を優先させるか、それはもちろん子どもたちの治療に決まっている。瞬時に道が開けられ、医療チームが子どもたちを医務室へと運んだ。今ここで怒りを爆発させても、無意味に街を破壊することになるだけだと誰もがその一言で気付かされた。鬼気迫る様子のルドの迫力は、オルトゥス随一の恐ろしさを誇る。誰もが萎縮し、気付かされ、反省した。普段は穏やかで、大抵のことは笑って許してくれるルドが、実際はどれほどの男なのかってことを、メンバーは改めて認識させられただろう。

「ルドのおかげでそうならずに済んだ。あの状態のメンバーを一声で黙らせられるのはお前だけだと思う」

「はは、褒め言葉かな？　ありがたく受け取ろう」

思ったままを言っただけなのだが、本当にわかっているのだろうか。まあいい。ルドはこういう男だ。妙に気が抜けて、フッと小さく息を吐いた。そんな俺の様子をルドは全てを見透かすように目を細めて見ている。不思議なものだ。特に何か治療をしてもらったわけじゃない。それなのに、淡々と起きた出来事と、その時の俺の心情を話して聞かせたことで、かなり気持ちが落ち着いたのがわかった。自己完結するのが楽だと思っていたが、こうして誰かに話すことも時には必要なのだな。肝に銘じておこう。

「だいぶ心の整頓が出来たようだね」

「ああ。根本的なことは何も変わっていないが……。自分がどんな状態なのかを客観的に知ることが出来た。感謝する」

「それが最も大切なことだからね。ただ、ギルもわかっているように、しばらくの間はメグから離れるのが怖いと感じるだろう」

それは、そうだろうと思う。今は信頼出来る者が側にいて、自分もすぐに駆けつけられるとわかっているから落ち着いているに過ぎない。いや、それでも心配なのだが先ほどのように手が震えるようなことはもうない。先が思いやられるな。俺の仕事は遠方に出ることが多い。今はメグのそばにいてやるようにと言われているからいいものの、こんな状態では碌に仕事もこなせない。そこでふと気付く。そばにいるよう指示を出したのは、ルドだったな。……そうか、俺のことも見越してルドはサウラに、俺にしばらくの間は仕事をさせるなと進言してくれていたのか。理由をメグのため、ということにして。ただでさえ、捜索のために長期間オルトゥスを留守にしていたのだから、俺がやる予定だった仕事は山積みだというのに。サウラは少し渋ったはずだ。だが、メグのためを思えば、とその意見を通しただろうことが容易に想像出来た。つまり、ルドは俺の事情についてはきっと誰にも明かしていないのだろう。全く、頭が上がらないな。

「まぁ、ギルのその症状についてはたぶん、心配はいらないと思う。遠からず解決するだろう」

「？　どういうことだ？」

時間が解決する、ということだろうか。いや、それだと遠からず、とは言わないだろう。それなら、俺が自分で克服出来るだろうと思われている？　それも違う気がするな。顎に手を当てて考えていると、ルドは小さく笑いながら教えてくれた。

「メグが目を覚ましたからね。君を救ってくれるのは、他ならぬメグだ。きっとあの子が成長した姿を見れば、安心出来るだろう」

思わぬ答えに目を軽く見開く。だがすぐに納得もした。すでに何度も、メグの言葉や笑顔に救われてきたからな。今回もきっと、俺の心を癒してくれるのだろう。「メグが成長した姿を見て安心出来る」か。……ああ、そうか。人間の大陸で様々な体験をしただろうからな。その経験分、かなり成長したはずだ。メグにとってその日々はきっと、辛くて大変なことも多かっただろうが、再会した時に見たあの瞳の輝きは、記憶にあるそれと全く変わっていなかった。酷い目に遭ったというのに、影が落ちて曇った様子もなかった。それはメグの心の強さの象徴とも言えるが、それだけではない。メグにとってこの旅は、ただ辛くて苦しいだけの時間だったわけではないのだと今、理解した。それはきっと、共に旅をしたリヒトという少年と、ロナウドという少年と、認めたくはないが女冒険者のラビィがいたからなのかもしれない。

「それは、なんというか少々……」

複雑な感情が胸に渦巻く。嫌、なのだろうか。俺は。いや、成長は嬉しい。メグが自分の身を自分で守れるようになることは願ってもないことだ。あれは見た目もそうだが、お人好し過ぎてすぐに悪しき者に騙されかねない。身の危険が迫った時に、少なくとも助けが来るまで凌げる強さがあるに越したことはないのだから。だが、これまでは自分が守ってやればいいと思っていて、何でもかんでも手を出していた。だからこそ、メグが成長してこの手を離れていくことに、物足りなさを感じる、とでも言おうか。いや、その甘やかしが良くない。成長を阻害してしまうのだから。それはわかっているが……！　ああ、上手くこの感情に名前を付けられないな。

「寂しい、か？」

「……っ⁉」

寂しい？　俺が？　まさかそんな……。俺は、ずっと人に頼らず生きようと心がけてきた。頭領に出会い、オルトゥスに所属してからは仲間を頼ることを覚えはしたが、仲間がある日いなくなったとしても、残念には思うが寂しいとは思わない。メグは別にオルトゥスからどこかへ行ってしまうわけではない。それなのに寂しい、と。俺はそう思っているのか？　釈然(しゃくぜん)としないが、悔しいことにそれで合っている、と思う。

「ギルの人間らしい一面が見られる日が来るとはな。俺は嬉しいぞ」

「……からかうな」

本当に、敵わない。言い返せないのが面白くなく、愉快そうに笑うルドを恨みがましく横目で睨んでおいた。本人は全く気にしていないようだが。

「大丈夫だギル。今後は保護対象から、仲間として共に歩む者になっただけなんだから」

そしてこんな風に、的確すぎる助言をくれるのも心底ずるい男だと思う。素直に感謝を告げるのが癪(しゃく)で、俺は少し冷めたコーヒーを一気に飲み干した。

3　リハビリ

【メグ】

んーっ、よく寝た！　今は、朝かな？　でもとってもかなり早い時間なのかもしれない。寝る時に手を握って癒しの治療をしてくれていたレキは、今はいないようだ。ちょっと残念。それにしてもレキの癒しパワーって本当にすごいんだなぁ。身体の怠さはまだ残っているけど、目覚めがとてもいいもん。心がスッキリしているのがわかる。後で会った時にお礼を言わなきゃね！

ゆっくりと身体を起こしてみる。昨日、目覚めた時に一度上半身を起こし、少しお話ししていたのもあってか、頭のフラつきはあまり感じない。けど、さすがに立ち上がったらフラフラしそう。リハビリが必要だろうなぁ。前にもこんなことなかったっけ？　デジャブである。とはいえ、暇だ。もうひと眠りする気は起きないし、少し身体を動かしてみようかな。まずはベッドの上で腕を伸ばしてストレッチ。足もグッと伸ばしてゆっくり解していく。それがスムーズにいくようになってきたら、今度は首を回したり肩を回したり。足首も回して膝を曲げたり伸ばしたり。焦らずゆっくり、時間をかけて全身を解していった。

「少しあったかくなってきた！」

血行が良くなってきたのか、むしろほんのり暑い。でも、まだまだ先は長そう。せっかく自分の身体を思うように動かせるようになってきたところだったから、この二十日のブランクは痛いなぁ。だから気が急いちゃうけど……。焦りは禁物。何度も自分に言い聞かせます。

さらに何度も何度も身体を解し、頭もスッキリしてきた。……ちょっとだけ、立ってみるのはダメかな？　点滴があるけど、ベッドにしがみついてちゃんと気を付ければ、いきなり倒れて怪我をするなんてことにもならないだろう。思い立った私は早速、ベッドからゆっくり足を下ろしてみた。あっ、足が震えるぅ！　ベッドにしがみついているのに、それでも支えるのがやっとってどうなのよ？　予想はしていたけど、想像以上に生まれたての子鹿のようになってしまった。これまた前にも似たようなことがあった気が……？　デジャブ、あげいん。

「それにしても、こ、これは、本当に、厳しいーっ」

立っているだけなのにかなりキツイ。でも、しっかり掴まっていれば、どうにか立つことは出来た。足も動かせそう、かな。せめてベッドの端くらいまでは横歩きしてみようと足を踏み出す。そして、たっぷり一分くらいかけてほんの三歩ほどの距離を移動した。……でも、これ以上は無理。ベッドの端には行けそうにないのがわかった。それならば、と再び元の位置に戻ろうとしたところで、ベッドにしがみついていた手の握力が限界に達した。あーっ！

「あっ、わわっ……んにゃっ⁉」

手を離してしまった焦りで近くの何かを掴んだんだけど、掴んだ物が悪かった。点滴はないわー。そりゃ一緒に倒れるわー。倒れる景色をスローモーションで見ながら、為す術なく盛大にガシャーンと音を立てて転んでしまった。あーあ、気を付けていたのに。あとこれは、絶対に怒られるやつぅ！

「メグ⁉」

当然、その音で近くにいたらしいルド医師が慌てて駆けつけてきたので、私はえへへと誤魔化し笑いを浮かべるしかなかった。

「お、おはよーございます。えっと、こ、転んじゃった」

「メグ……。はぁ。まったく、お転婆だね？」

呆れたような顔をしながらも、安心したようにホッと息を吐くルド医師。ほんとすみません。調子にのりました。怪我はないかい？　と聞きながら、テキパキと片付けをするルド医師は、私の三人の父親以上に頼りになりそうなパパオーラを放っていた。これ以上父親はいらないけど、最も父親らしい父親になるだろうな、なんて考えちゃった。


結局そのまま健康診断をしてもらうことになった私。その間、色々お話もした。レキは、本当についさっきまで私のそばにいてくれていたみたい。ちょうどルド医師との交代の時間で、引き継ぎを終えて医務室から出て行ったところなんだとか。ルド医師はその場で資料を簡単に確認していたところ、さっきの音が聞こえてきたんだって。いやはや、申し訳ない。

「今のメグから目を離すことなんて出来ないよ。でも見事にその見てない僅かな時間で転ぶんだから……。油断は出来ないなぁ」

「ごっ、ごめんなさい」

「ははっ、気にしなくていい。むしろこっちこそ、転ぶ前に助けられなくて悪かったね。糸は張っていたんだけど、メグの異常を感知する用途だったから。目覚めていたことには気付いていたんだけどね。私も油断していたよ。まさか一人でベッドから降りるなんて思ってなかったんだ。転んだ瞬間に間に合わないなんて、私もまだまだだね」

あらかじめ糸を張り巡らせて、転んでも大丈夫なようにクッションにすれば良かった、と呟くルド医師。そうだった。この人も過保護だった。そこまで考えてくれちゃうと、余計に罪悪感が。本当に以後気を付けますぅ！　それにしてもルド医師の糸は万能だよね。というか、自分の能力を熟知していて、使い方を極めているって感じだ。私もそうなりたいものだけど、まだまだ先は長いだろうなー。うん、コツコツ頑張ろうっと。

「……本当に、心配したんだよ。今だけじゃなくてね？　メグがいない間、オルトゥスのみんなは仕事どころじゃなかった」

一人決意を固めていると、ルド医師が目を細めて私を見つめながら、私がいない間のオルトゥスの様子を話して聞かせてくれた。働かなきゃギルドが回らないわけだから、皆さん仕事はいつも通りきちんとしていたらしいんだけど、ギルド内部で働く人たちはため息も多く、ちょくちょく上の空になって仕事の進みが遅くなっていたのだとか。それから、外に出て働く人たちは泊まりの依頼を一切受け付けず、日帰りの仕事ばかりをこなしていたのだそう。というのも、毎日必ずギルドに戻って、私が帰ってきていないかの確認をしてくれていたんだって。うっ、皆さんの優しさに触れてまたこみ上げてくるものがっ！　あと、いないというだけで多大なるご迷惑をかけていて申し訳ないっ！

「みんな、毎日メグのことを考えていた。辛い思いをしてないか、無事でいるかって。だから、大怪我をして苦しそうなメグがギルに連れられて帰ってきた時は、街全体に影響を及ぼすんじゃないかってくらいの殺気で溢れて大変だったんだよ？」

「ひえっ」
その様子を想像したら、うっすら滲んできていた涙が一瞬で引っ込み、背筋が凍った。それって
つまり、オルトゥスの実力者たちが揃って殺気を漂わせたってことでしょ？　軽く災害じゃない？
街の人たちごめんなさい！　いやぁ、でも気を失っていて良かったかも。恐ろしすぎるもん。そう
いえば私、あの時はパッと見ただけでわかるほどの大怪我だったんだよなぁ。今は本当にそこに怪
我があったの？　っていうくらい違和感も痛みもないけど。でも、あの時の痛みや苦しさは今もあ
りありと思い出せるよ。もう同じような思いはしたくないな……。少し思い出してしまって、軽く
身震いする。今思えばあの時、戦闘服を着ていれば怪我も抑えられたよね。あの服はかなり万能だ
けど、人間の大陸では日立ちすぎて普段からは着られなかったのだ。逃亡中だったしね。捕まった
後は、その場で突然着替えるわけにもいかなかったし、何よりそこまで気が回ってなかった。あの
時は、その時出来る精一杯の対策を考えていたつもりだったけど、私はまだまだ未熟なんだなぁっ
て実感したよ。せっかく私のためを思って特注で作ってくれた服だというのに使えなかったなんて
……。反省します。
「本当に、無事で良かった」
「ルドせんせ……」
反省点だらけで落ち込み、俯いていると、顔の腫れも完全に引いたよ、とルド医師は手鏡を渡し
てくれた。あ、本当だ。そして髪と目の色が戻ってる。着替えをしてくれた時に、メアリーラさん
が一緒にネックレスを外してくれたのかな？　ついでに手足の火傷も確認してみたけど、本当に綺

麗になってる。自分の身体だというのに直視するのも怖いくらいかなり酷い火傷だったのに、すごい。刺された足の傷もちゃんと治っているし、神経が傷ついて歩けない、なんてこともないみたいだ。これならリヒトやロニーも綺麗に治っているだろう。はぁ、良かった。

「ギルには今連絡しておいたから、すぐに来ると思うよ。そうしたら、早めにここで朝食を摂って、それからリヒトとロニーの元へ行こう」

「！　いいんですか⁉」

「一人でベッドから降りる元気があるみたいだからね。問題ないだろう」

うっ！　痛いところをっ！　パチンとウインクをしながら言われたけど、もう無茶しちゃダメだよ、と注意されたのだと思う。目力が強いもんっ！　ここは素直になった方が良さそうだ。

「もう無茶はしませぇん……」

「ん、わかればよろしい」

本当に敵いません！　クスクス笑うルド医師の前で小さく縮こまりながらえへへと笑って誤魔化した。それにしてもリヒトとロニーの具合は大丈夫なのかな。怪我は治っているだろうし、二人とも私より早く目覚めたって聞いているから、身体の方は私よりずっとマシだろう。けど、気持ちの方はどうかなって。特にリヒトは沈んでしまっていたりしないだろうか。オルトゥスのみんなは優しいからその点は大丈夫だとは思うんだけど……。きっと、あれこれ考えちゃうよね。やっぱり心配。そして何より、早く二人の顔が見たかった。

「ん、ギルが来たみたいだね。やっぱりと言うべきか、来るのが早い」

ふと、ドアの方に顔を向けたルド医師はそう言って立ち上がると、仕切りになっているカーテンを開けた。小さくパタンというドアを閉めた音が聞こえた後、奥の方からギルさんが来る気配を感じて、ソワソワしている自分に気付く。私ってば本当にギルさんが大好きだな？　いや、大好きだけど！

「よく眠れたか？」

第一声からイケメンの微笑み付きでそう言われた私のテンションは急上昇した。単純ですか？　その通りですとも！　美形は人の、特に私の心に潤いを与えてくれる……。眼福、眼福。

「おはよーございます、ギルさん！　ぐっすり眠れたよ！　ギルさんは？」

「ああ、俺もゆっくり休めた」

昨日よりずっと顔色もいいな、とギルさんはそっと私の頬を撫でてくれた。さすが、行動もイケメンだ。ケイさんに迫るのではなかろうか。暫しそんな幸せを堪能していると、再びドアが開く音が聞こえてきた。この軽やかな足取りは、メアリーラさんかな？

「おはようなのです！　メグちゃん、早起きですねぇ。朝ご飯、持ってきたのですよー」

大正解！　ほわりと漂う美味しそうな香りに、胃が刺激されたのかお腹がクゥ、と小さく鳴った。うむ、食べられそうである。メアリーラさんの元気な姿を見られたからかもしれない。彼女のいつでも明るい笑顔を見ていると、私も元気になるよ！

「メアリーラ。君も今日は早く休みなさい。治療でかなり力を使っただろう？」

「ううっ、メグちゃんと語り合いたかったのです……。でも、今回はさすがにお言葉に甘えるのです」

かなり力を？　メアリーラさんが？　不思議に思ってジッと顔を見てみると、その笑顔には疲労が滲んでいるのがわかった。言われるまで気付かなかったよ……！　こっそりどういうことかとギルさんに聞いてみると、私やリヒト、ロニーの深い傷を、跡も残さず治せたのはメアリーラさんの力なのだという。

『ルド医師！　私の力を使わせてくださいっ！　私なら、この程度の傷、跡形なく治せるのですよ！　身体への負担も最小限に出来ます！』

『しかし、それでは君が……』

『みんなが目を覚ましたらしっかり休ませてもらうのです！　ちゃんと回復出来ますから、どうか、どうか私に治させてください……っ!!』

あの時の迫力は、怒った時のルドと同じくらいのものだった、とギルさんは教えてくれた。メアリーラさんは不死鳥（ふしちょう）だ。その力を使うことで、奇跡の回復が実現するらしい。でも、それはかなり疲れる方法だから、滅多なことでは使わないのだそう。それをルド医師も知っているからこそ、最初は渋ったようなんだけど、そこをメアリーラさん自身が意見を押し通したんだって。

「本人も、基本的には使いたがらない力だそうだ。……相当、疲れるのだろうな」

そ、そんなに無茶をさせてしまったの？　申し訳ない気持ちが沸き上がる。でも、メアリーラさんは医療従事者だ。自分の出来る範囲を見誤ったりしないと思う。その中で最大限、私たちのために力を使ってくれたんだ。大変なことだって、わかっていながら。それならやっぱり改めてお礼、だよね！

「メアリーラさん……っ！　本当に、本当にありがとう！」

「メグちゃん……。ふふっ、力になれてとっても嬉しいのですよ？　不死鳥に生まれて良かったって、私、初めて思ったのです。だから、こちらこそありがとうなのですよ」

なんていい人なんだ、天使か……！　魔術とは違って自分の生命力を使うから、やっぱり文字通り少し命を削ったらしいんだけど、それを厭わないなんて泣けるよ！　休めば回復する程度だって笑ってくれたから安心したけど、私もメアリーラさんもしっかり休んで元気になったら、絶対に何かお礼をしようと心に決めた。本当に、私のために色んな人がたくさん頑張ってくれたんだな。この命、大切にしなきゃ。


　自室に戻って休みます、と言うメアリーラさんを見送ってから、私は運んでもらった朝食をゆっくり食べ始めた。ずっと点滴だったからメニューはお粥だ。しかもほぼ白湯の。お米の形はほとんどない。でも出汁が利いているみたいでとても美味しくいただけたよ！　薄味でここまで美味しく感じるってことは、身体がそういうものを求めているってことでもある。今の私に必要なものを完璧に用意してくれるなんて、そんなところまでさすがだ。だけど、はやくチオ姉の美味しいご飯が食べたいな。お土産のスープも渡したいしね！　そのためにも今はせっせと食べて、休んで、適度に身体を解していくのが私の仕事かな。よし、頑張ろう！

「リヒト！　ロニー！」

朝食を終え、点滴を外してもらい、着替えも済ませた私は、約束通り二人に会いに行った。二人に医務室まで来てもらう、という案もあったんだけど、私のリハビリにもなるからと私が向かうことにしたのである。まぁ、見事に途中で動けなくなったけどね！　わかってた！　だからほぼギルさんの抱っこ移動となってしまったんだけど、ギルドで働く皆さんの顔も見られたから良しとしたい。

ちなみに、リヒトとロニーはそれぞれ別々の個室が与えられ、そこで過ごしていたみたい。だけど、私が会いに来るということで二人ともリヒトの部屋で待っててくれていたようだ。

「メグ！」

「メグ、おはよう」

部屋に入った瞬間に声をかけた私に、安堵したように微笑みながら二人も挨拶をしてくれる。顔色も良さそうだし、普通に立ち上がってこちらに来てくれたし、思っていたよりもずっと元気そうで私も安心したよ！

「久しぶりに見たなぁ、その配色。やっぱ違和感あるなー」

目の前までやってきたリヒトは、顎に手を当ててマジマジと私を見ると、難しそうな顔でそんなことを言った。

「髪と目の色のこと？　でも、これが私にとっての普通なんだよ？」

「それはわかってるんだけどさ、見慣れた色と違うとやっぱ、な」

ああ、でもその気持ちはよくわかる。私もさっき鏡を見た時、変な感じがしたもん。初めてこの姿を見た時ほどの衝撃はなかったけど、違和感は確かにあった。やっぱり、慣れの問題なんだろうな。

「まだ、歩けない？　痛い？」

ギルさんに抱えられ、そっとソファに下ろされた私を見て、ロニーが心配そうに聞いてきた。まぁ、医務室を出てものの三十歩ほどで力尽きたからね。先が思いやられる。でも、気持ち的にはとても元気だから、あんまり心配させないためにも明るく答えてみせる。

「うん、昨日起きたばっかりだからすぐ疲れちゃって。けどどこも痛くはないよ！　お粥も少しだけど食べられたし、これからリハビリ頑張る！　それにしても、二十日も寝ていたなんて聞いた時はすごくビックリしちゃった！」

「ん、なかなか目覚めなかったから、心配した。けど起きてくれて、安心した。メグなら、すぐ動けるように、なる。僕も、リハビリに、付き合うから」

ロニーは私の隣に腰掛けて、ソッと私の手を握りながら微笑んでくれた。相変わらず優しいお兄ちゃんである。それから私たちはあれこれ話をした。ロニーはここに運ばれてからたったの五日ほどで目を覚ましたんだって。ドワーフは丈夫さが取り柄なんだとか。だとしてもすごい。あれほどの大火傷を完治させたのだから、かなり体力を消耗したはずなのに。それどころかリハビリも順調に進めて、今では元通り動き回れるんだって。驚異の回復力だ。ドワーフ、恐るべし。この場合、ロニーだからすごいのかな？

リヒトはというと、ちょうど七日前に目覚めたんだそう。わかってはいたけど私が一番のお寝坊さんである。これが体力の差か……。そしてリヒトは今、絶賛リハビリの途中らしく、走るのはまだ無理、と話してくれた。傷は綺麗に治っているというから、やっぱりその分かなり体力を使ったってことだよね。でも、あとは回復を待って、気長にリハビリをすれば元通り元気に過ごせるってことがわかっただけでも嬉しい。ルド医師たちがいるから大丈夫って思っていても、こうして目の前でその姿を見るとより安心出来るな。今日、二人に会えて良かった。

「部屋も近いし、僕はもう元気だから、リヒトの部屋に、来た」

リヒトは午前中に、リハビリを終えたばかりなのだそう。もう普通に歩けるとはいえ、運動の後だってことで負担を減らそうとしてくれたんだね。気遣いの出来る男、ロニー。素晴らしいっ。

「しっかし、思うように動けないいって辛いのな？　こりゃ修行もやり直しだなー」

リヒトも私と同じようなことを考えていたらしい。あれだけ頑張ったからこそ、落胆してしまうんだよね。わかる。だけどお世話してくれるオルトゥスの人たちが、効率の良い身体の動かし方などを色々と教えてくれるらしく、思うように動けない中でもなかなか充実した日々を送れているみたいだ。リヒトは魔術に関する書物なんかも貸してもらえているようで、自分の魔術の使い方がいかに雑だったかを思い知ったと苦笑いをしていた。これまで魔術どころか、魔力の扱いさえ教えてもらう機会がなかったんだもんね。これぱっかりは仕方ない。まぁ、始めるのに遅いってことはないのだから、これからどんどん知識もつけていけば、リヒトはもっともっと魔力の扱いも上手くなっていくはずだ。知識は力である！

こうして、ここに来てからの過ごし方や驚いたことなどを二人から聞きつつ、オルトゥスや近くの街にはこんなところがあるんだよ、と私が教えてあげたりと、他愛(たあい)もない話に花を咲かせてみんなで笑い合った。この三人で、こうして穏やかで平和な時間が過ごせるというのがとても嬉しい。この時間は、ずっと願っていたことだから。二人をオルトゥスに連れてきたいっていう願いもいつの間にか叶っていたし、何だかとっても幸せだ。幸せ、だけど……。どうしても、あの人のことを思い出してしまう。話が途切れたせいか、妙な沈黙が私たちの間に流れた。ふと顔を上げてみると、二人も顔を曇らせている。ああ、やっぱり同じことを考えちゃったのかな。思い出すのはもちろん、ラビィさんのことだ。

「再会の挨拶は済んだかい？　それなら、三人揃ったところでこれからのことについて、話しておこうか」

押し黙った私たちを見て、一緒について来てくれたルド医師がそう切り出した。これからのこと？　確か、お父さんと父様が人間の大陸で私を待っているって話だったよね。そのことについてかな？　ラビィさんのことも聞けるかもしれない。私たちは思わず緊張して背筋を伸ばした。

「はいはーい！　その役目は私がやるわよーっ！」

そんな中、突然元気いっぱいな声が室内に響いた。緊張していた私たち三人は、揃って軽く飛び上がってしまう。び、び、ビックリしたぁ！　入り口に目を向けると、その明るい声の持ち主、サウラさんがキビキビとした足取りでこちらに向かってくる。ああ、眩しい。サウラさんのサバサバっぷりが久しぶりで眩しいっ！　そして相変わらず可愛いっ！

「ああ、来たね。ナイスタイミングだ。その様子だと、ちょうど最新情報も届いたってところかな？」

「ふふ、勘がいいわね？　そういうこと。ルドもそこで少し休むといいわ。大丈夫、この子たちの体調に何か異変があったら遠慮なく叩き起こすから」

「起こしてもらえると助かるのは事実だが、そこはもう少し気遣いを見せてくれてもいいんだぞ」

　容赦がない感じも久しぶりだ。うん、それがサウラさんである！　ふと見ると、リヒトとロニーの二人は驚いた時の余韻（よいん）があるのだろう、胸を押さえつつマジマジとサウラさんを見つめていた。実は私もまだ心臓はドッキンドッキン鳴っています。そこまで大きな声ってわけじゃなかったんだけど、どんな話を聞かされるんだろう？　って身構えていた時に予想外の方向から元気な声が聞こえてきたものだから、つい。

「ち、小さい美女だ……」

「小人（こびと）、族（ぞく）……？」

　あ、リヒトもロニーも小人族は初めてなのかな？　目を白黒させてサウラさんを見ている。まぁ、性格も強烈だしね。でもとってもいい人なんだよ！　ニコニコしながら二人の様子を見守っていると、サウラさんがそんな二人に向き直って声をかけた。

「んふふっ、美女だなんて嬉しいわね！　二人とも小人族ははじめて？　私はサウラディーテ。ギルドの統括（とうかつ）を務めているわ。気軽にサウラって呼んでちょうだい」

　サウラさんの自己紹介を聞いて、リヒトとロニーもそれぞれ簡単に名乗って挨拶をする。どことなく緊張した様子だ。わかるよ、サウラさんを前にすると何となく背筋が伸びるのだ。もう一度主張するけど、とってもいい人なんだよ？

「さて、まずは人間の大陸に行く日程だけど……。これはね、実は出来るだけ早くって言われているの」

それからサウラさんは私たちに向き直ると、腕を組んで説明を始めてくれた。出来るだけ早く、かぁ。というのも、人間側はやはり示しがつかない、だとかいう事情により、罪人は早めに裁く必要があるんだとか。なんか、人間っぽい理由だよね……。しがらみとかも多そうで面倒だけど、それが人間なのだ。それに、人間は人数が多すぎる分、そういう対応も早くしていかないとゴタゴタが増えてしまうのだろう。皇帝さん、大変だ！　だというのにいつまでも目を覚まさずにいてすみません。

「けどもちろん、あなたたちに無理はさせられないからね！　少なくとも、メグちゃんの食事が通常食に戻るまでは待ってもらうつもりよ。でも逆を言えば、回復したらすぐ向かうってことになるの。大丈夫かしら……？」

無理そうなら誤魔化すわよ？　と平気で言ってのけるサウラさん。やだ、男前。でもそれは大丈夫！　そんなに申し訳なさそうな顔をしないで、サウラさん。

「私も早く行きたいから、それで大丈夫！」

「ま、そう言うと思ったわ。それなら、向こうでのメグちゃんの体調管理はギルに任せましょう。後でルドから詳しく聞いておいてちょうだい」

「わかった」

そう、なんといっても、次は心強いギルさんがいるんだもんね！　ただ過保護になりすぎないよう、注意が必要である。注意したところで過保護の止め方なんてわからないけれども。

「一応聞くけれど、リヒト。貴方も一緒に行くわね？」

「！　はい。でも、いいんですか？」

「当たり前よ。当事者なんだもの。それに、今後どうするかを考えるためにも必要なことでしょう？」

「っ、そう、ですね……」

リヒトの今後、か。なんか、当たり前にここで過ごすような気がしていたけれど……。必ずそうなるとは限らないんだよね。だって、リヒトの人生なんだもん。これからどこでどうやって生きていくかを決めるのはリヒト自身なのだ。まだ未成年とはいえ、来年には成人になるわけだし、自分で考えてもらう必要がある。私はそんなリヒトの選択を、しっかり受け止められるかな。ちょっぴり、心配だ。

「それからロナウド。貴方のことは鉱山まで送ることまでは決定事項だけれど、そのままメグちゃんたちと一緒に人間の大陸に行けるかまではわからないわ」

「え……？」

次にサウラさんはロニーに向き直ると、真剣な眼差しで真っ直ぐ見つめながらそう告げた。何でも、ロニーの父親がそれを許さないだろう、と言うのだ。そうだ、ロニーのお父さんは鉱山ドワーフの族長なんだもんね……。うっすらとギルさんたちと揉めていた記憶が蘇る。確か、なかなかの頑固さだったような。その性格を、誰よりも知っているのは他ならぬロニーなのだろう。複雑そうに眉尻を下げているロニーを前に、サウラさんは続けた。

「問題が解決するまで、転移陣はまだ何度か使うことになるでしょう？　だけど、貴方をここまで連れてくるのにも、かなり苦労したって聞いているの。そんな頑固な族長を相手に、転移陣を何度も使わせろ、だなんて交渉は難しいだろうって話だったわ。でも、ウチの優秀なアドルがその時になって揉めないようにって、鉱山まで足を運んで話をつけてきてくれたのよ！　ふふっ、後輩が頼もしくなって、とても嬉しいわ！」

サウラさんはニヤリと笑って、アドルさんの交渉術を得意げに語って聞かせてくれた。

『元気な姿の息子を連れてくる約束だったのに、お前らはまだ約束を守らない。二度と転移陣は使わせない』

『またその話を持ち出しますか……。まだしばらくは頼むことになりそうですと、その時も言いましたよね？』

『許可した覚えはない。早く息子を返せ』

『はぁ……。そちらがそのつもりなら、こちらもその話を蒸し返しましょう。……その通り、私たちの役目は元気な姿の息子さんを連れてくること。その為に我がギルドで傷を完璧に治し、お連れすると言いましたよね。その約束はまだ継続中なんですよ。その証拠に、あの時も今も、私たちは一言も完了しました、と言っていません。帰り道は元気な息子と一緒でないといけない、と言われただけで期限も決めていませんでしたし、そもそも文句を言われる筋合いはないんです。どこからの帰り道かも言われていませんしね』

『ぐっ、屁理屈を……！』

『ああ、それからあの時は時間がなくて言えなかったのですが、治療には代金が発生します。まぁ、そんなことは子どもでも知っている当然のことですし、わかっていたとは思いますが。もちろん親として、払わないとは言いませんよね？』

『な、いや……それは』

『でも、言いそびれていたのはこちらの落ち度です。ですから代金は、事件が完全に解決するまでの間は何度でも転移陣の使用を許可してもらう、ってことで結構ですよ。転移する時の魔力は自分たちで賄いますし、案内だけで済むのですからかなり良心的かと』

『そ、それはさすがに……！』

『それならお金で払ってもらうことになります。……このくらいになりますが』

『っ⁉ ちっ、わかった！　さっさと約束を果たせ！　嫌な野郎だぜ、お前は』

『遠回しな褒め言葉ですかね？　ふふ、ご理解いただけたようで何よりです。助かりますよ』

……アドルさん、あんな人畜無害そうな人なのに、実は結構、いやかなりすごい人だったのね。うっかりポカン、と口を開けちゃったよ。どうやらそれは私だけではないようで、リヒトやロニーも唖然としている。一方、ルド医師はおやおや、とどことなく嬉しそうだし、ギルさんはほう、と関心しているけれど。感覚が違いますね……？　というか、聞いていたら話の進め方がサウラさんっぽいと思ったよ。さすがはサウラさん一押しの人材である。おかげで無事、絶対に敵には回したくない人が増えました。

「とまあ、こんな感じでちょぉっとばかり強引に交渉したから、貴方を人間の大陸内まで連れ回すって話までは切り出せなかったのよ。ごめんなさいね」

ちょっと……？　あ、うん。そうね。さすがにこれ以上はかわいそうだもんね。ロドリゴさんに同情するよ。だけど、当の本人としては残念だよね。ロニーは首を横に振って気にしないで、と言ってはいるけど、どことなく気落ちしているように見えるもん。しかーし！　さすがはサウラさん。それだけでは終わらない人である。

「だから、説得は自分でしなさい」

「！」

続けられたその言葉に、ロニーは目を丸くしてサウラさんを見た。説得は自分で、か。リヒトも、これから先に進む道を自分で決めて歩もうとしている。ロニーの方がまだ少し先ではあるけど、成人するまであと八年だもんね。亜人としてはそのくらい、本当に僅かな時間だ。だからロニーもそろそろ自分の力で、意志で、自分の道を切り開いていかなきゃいけない。やりたいことがあるのなら、そのために動く第一歩はまず自分で踏み出さなきゃいけない、そういうことなんだと思う。

「貴方には、自分の意思がある。そうでしょ？　父親だから、族長だからって、なんでもハイハイ言うことを聞くのが息子の仕事なの？」

サウラさんは、ロニーの置かれている状況が少し複雑なことを知っているんだ……。誰かに聞いたのかもしれないし、なんとなく雰囲気で察したのかもしれないけど、強気で前向きなサウラさんの叱咤激励は、ロニーをハッとさせた。

「貴方が一緒に行きたいと思うのなら、自分の力でなんとかするのよ。簡単よ？　伝えたい思いを言葉に出来て、意思も固まっているのなら、ね！」

しばし呆気にとられたようにサウラさんを見つめていたロニーは、少し俯いてブツブツと何かを呟きながらその言葉を噛み砕いているみたいだった。それからパッと顔を上げた時に見たロニーの表情からは、なんだか吹っ切れたような清々しさが漂っている。自分の中で気持ちの整理がついたのかな？

「……うん、わかった。自分で、言います」

「ふふ、そうこなくっちゃ。健闘を祈るわ！」

ロニーの力強い返事を聞いてニッコリと笑ったサウラさんは、その小さな手でロニーの肩をポンポン叩いた。私も応援するよ！　私はロニーを見つめながら、説得がうまくいきますように、と心の中でしっかり祈った。

4　遠征準備

リハビリを続けて約一週間。私の食事はついに通常食に戻りました！　自分で思っていたよりもかなり回復が早いと思う。この身体のスペックの高さと医療チームの腕の良さだろうなぁ。色んなことに感謝である。とはいえ、完全に元通りに動けるか、というとそうではない。少しの距離なら何かに掴まれば一人で歩けるようになった、という程度である。二十日もの間眠り続けた身体の筋肉は弱々なのだ。こ、これでも毎日頑張っているんだよぅ。リハビリをしていてもすぐ疲れちゃうから、たくさん動きたくても出来ないというもどかしさ。医療チームのドクターストップもかかるしね。だから、ここは頑張りどころなのだ。何って、リハビリのことではない。メンタルの我慢どころだ。思うように動けないストレスとの闘いは思っていた以上にキツかった。けど、それも通常食に戻ったことでかなり緩和される。大好きなチオ姉の美味しいご飯を食べれば心も元気いっぱいだからね！　単純？　それこそが私の強みと言っていただきたい。モリモリ食べればより体力も早く戻るだろうし、いいことずくめでしょ？

　ロニーはもう以前と変わりなく生活出来ている。さすが丈夫なドワーフ！　私が目覚めた段階で、すでに普通に動き回っていたもんね。私たち三人の中で最も早く、通常のトレーニングを開始している。まだ本格的な訓練内容ではなさそうだけど、それでも羨ましい限りだ。リヒトの方はというと、こちらもかなり回復した様子。今は軽いジョギングくらいなら出来るようにまでなっている。でも、まだ少し疲れやすいみたいですぐに息が上がるって言っていたな。だけどその顔は嬉しそうで、身体が動かせるようになってきたことを喜んでいるのが伝わってきた。ちゃんと医療チームに言われた以上のことはせず、無理なく身体を慣らしているから、オルトゥスのみんなも褒めていたな。素直でいい子だって！　えへへ、そうでしょ、そうでしょ。リヒトはちょっぴり意地悪を言うこともあるけど、素直で優しくて心が強いんだぞ。なんだか、そうやってリヒトが褒められているのを聞くと、自分のことのように嬉しい。

とまぁ、そんな感じでまだまだ万全な体調とは言えない私たちではあるけれど、サウラさんが言っていた最低限の期日、私が通常食に戻るまで、という目標が達成された今、そろそろ人間の大陸への遠征について考え始めることとなりました。ラビィさんの様子がすごく気になるし、皇帝さんの気苦労も解消してあげたい。もちろん、お父さんや父様にも会いたい。だから、ギルさんに迷惑はかけてしまうかもしれないけど、出来るだけ早く向かいたいところだ。リヒトやロニーもその意見には賛成してくれていて、そんな私たちの要望に応えるべく皆さんが動いてくれている、というわけである。

当初は付き添いがギルさんだけの予定だったんだけど、リヒトの体調もまだ不安が残るということで急遽(きゅうきょ)、オルトゥスからもう一人付き添いで付いて来てくれることになったらしい。その人物、というのが……。

「なんでケイなんだよっ！　護衛ならオレだろぉっ⁉」

「ダメに決まってんでしょ、この馬鹿鬼っ！　あんたみたいな歩く災害、おっそろしくてとても人間の大陸に放流なんて出来ないわっ」

わぁ、タイムリーな話をしてるぅ。ギルドのホールに着くと、ジュマ兄が吠(ほ)えているのをサウラさんが調教しているところでした。いや、だってなんか、そう見えるの……。ジュマ兄が網の中にいるんだもん。ジュマ兄はもがいて出てこようとしているみたいだけど、余計に絡まってどうしようもないことになっている。あれだ、不審者撃退グッズみたいだ。どう考えてもお父さんが発案して開発された魔道具だ。オルトゥス仕様だから私の知るあのグッズより遥かに性能は良さそうだけど。ちなみにサウラさんは、そんな網の中でもがくジュマ兄の目の前で椅子に座り、足を組んで優雅にお茶を飲みつつ説教しています。……いや、調教中ですかね。ははっ。

「シュリエは自然魔術の使い手だから不向きだし、ニカはガタイが良すぎて人間を驚かせてしまうだろうし。女の子はメグちゃんしかいないってことを考えると、ここは女の子のケアも完璧で実力もあるケイが適任よ」

そっか、私のことを色々と考えてくれたんだね。人間の大陸で魔大陸の者はかなり力が削がれてしまうから、行くだけでも大変な場所だ。それでも人間より遥かに突出した能力を持ってはいるけれど、ここで生まれ育った者からすると正直、進んで行きたいと思う人はあまりいないと思う。そんな場所での護衛という任務だから、どうしても実力者から選ばれることになるんだよね。そういった人たちはオルトゥスでの仕事もそれなりに抱えているはずなのに、嫌な顔一つせずに調整してくれている。本当にありがたいなぁ。

「んーボクのこと、そんな風に評価してくれるんだね、サウラディーテ。光栄だよ」

そこへ、付き添ってくれる本人が音もなく現れた。言うまでもなくケイさんである。相変わらず全く気配を感じさせない登場の仕方だ。椅子に座るサウラさんの頬をスルッと撫でて嬉しそうに微笑んでいる。

「ひあっ⁉　ちょ、ちょっと驚かすのはやめてちょうだいっ！　それに、人選は一番マシだったたってだけよ。ただの消去法！　あーもうっ、近付くんじゃないの！」

鳥肌が立ったのか、自分を抱きしめるようにして両腕をさすりつつ叫ぶサウラさんは、こう言っては申し訳ないけどすごく可愛らしかった。ケイさんはつれないなぁ、とサウラさんに流し目を送りながらも穏やかにフワフワ笑っている。通常運転だ。懐かしい。

「……女の人、だよなぁ？」

そんな光景を見ていたリヒトが、小声で私に聞いてくる。ああ、私もそう思ったことがあったっけ。初対面の時、同じように思って戸惑ったのもいい思い出である。ロニーも不思議そうに二人を眺めていたので、私は迷いなく答えてあげた。

「ケイさんに性別という概念は存在しないんだよ。ケイさんはケイさん。おーけー？」

「……おっけ。何となくわかった」

「よくわからないけど、わかった」

理解が早くて何よりである。リヒトの脳内には今、男、女、中間、ケイさん、という枠が追加されただろう。ロニーは雰囲気でそういうものだと認識したっぽい。世渡り上手だなぁ。ちなみにシュリエさんのことはすでに、しっかり男性だと強調して伝えてある。その姿を見て私の言葉を反芻し、深く頷いていたこととといい、リヒトもロニーもやはり順応性が高い。お姉さん助かります。ま、少し付き合ってみれば、シュリエさんの性格がかなり男前だということもわかると思うけどね。種族柄、見目がとても美しく、言動も丁寧だというだけで、わりと切れやすいし手が早いので。いや、これ本当に。オルトゥスの中でも一二を争う気がするよ。何って？　力で解決しがち選手権で。

「それにしても、メグちゃんとあなたたち、本当に仲がいいわね！」

私たちが三人で近寄って話していたのを見て、サウラさんが朗らかに笑う。そりゃあ力を合わせて修羅場をくぐり抜けてきたもんね！　長い人生でみれば短期間だけど、なかなかいい絆みたいなものは築けた気がするよ。二人のことは大好きだしね！　リヒトとロニーと顔を見合わせて思わず照れ笑いしていると、サウラさんが続けて少し踏み込んだ質問を投げかけてきた。

「ロナウドは今後の動き次第だけど……。リヒトは特に行き先がないんでしょう？　カタがついたらどうするつもりか決めているの？」

「そ、それは……」

私も気になっていることである。まだ悩んでいるんだろうなってわかっているから、口を挟まずに黙って様子を見守る。サウラさんの口ぶりからすると、ギルドに来たいというのならいつでも話は聞くよ、という意味だと思う。今すぐ答えなさい、とかそういう意味じゃなくてね。こういう選択肢もあるからね、っていうささやかな提案である。それはつまり、少なくともサウラさん的にはリヒトが仲間になるのなら歓迎すると言っているようなものだ。認めてもらえたことに私の方が安堵したよ。だけど、当然オルトゥスの仲間に入るのに、サウラさんの一存では決められない。私だって、オルトゥスの一員と認められたのは頭領、つまりお父さんの許可が下りてからだったのだから。

チラッとリヒトの様子を見てみる。すると、どう答えたらいいものか迷っているような、困ったような顔をしていた。私はそれなりに付き合いがあるからサウラさんの意図もなんとなく察せたけど、リヒトは答えを求められていると解釈して戸惑っているのかもしれない。ここはちょっとだけ、

助け舟を出してもいい、よね？

「あ、あのね！　リヒトはちょっと、特殊なの。隠したいわけではないと思うんだけど、最初に話すのはお父さんがいいかなって思っていて……」

「特殊？　訳ありってことね。もちろん詮索はしないわ。でも頭領に話すってことは、ウチに来たい意思があるってことかしら？」

サウラさんが首を傾げてそう聞いてくる。あ、そうか。そうなるのか。別にリヒトはまだオルトゥスにいたいって決めたわけじゃない。ただ、元日本人という事情をお父さんに相談したいだけなのだ。サウラさんは私やお父さんの複雑な事情も知っているから受け入れてくれると思うけど、目的が相談なわけだから今ここで話すのもちょっと違う、よね？　どうだろう。あまり言いふらしたい内容ではない気がするのだ。えーっと、なんて言ったら伝わるかなぁ。その辺りの事情を伏せて説明しないとっ。

「えっと、まだその辺りも決まっているわけじゃないの。なんていうか、やっぱり順序があるかなって。リヒトはまだ迷っているみたいだけど……。あ、でも！　私はリヒトに家族になってほしいって思ってるよ！」

私がそう叫ぶように言うと、なぜかホール内が静まり返った。そこまで大きな声で叫んだわけじゃないと思うんだけど、妙に声が響き渡ったのだ。え？　何？

「順序……？」

「メグちゃんが……？」

「家族に、したい、相手……⁉」

次第に、ザワザワとし始める皆さん。なんで？　なんか変なこと言ったかな？　だってオルトゥスのみんなは、仲間になったら家族みたいな存在になるよね？　リヒトが仲間になってくれたらすごく嬉しいし、出来ることならそうなってほしいなって思っているんだけど。でも、皆さんにとっては見知らぬ男の子、しかも人間だから、ちょっと抵抗があったりするのかもしれないな。レオ爺(じい)も人間だったから受け入れてもらえるかなって思ったけど、色んな考えの人がいるのは当たり前だもんね。先走っちゃったかな。

「め、メグ？　気持ちはすげぇ嬉しいけどさ、ちょぉぉぉぉっと誤解を招く言い方だったと思うんだ……？」

やっぱり口を挟まないでいた方が良かったかな、と反省していると、今度はリヒトが引きつった顔でそんなことを言った。なんだか、冷や汗を流しているようにも見える。あぁ、やっぱり出しゃばっちゃったんだ、私。自分が仲間になってほしいからって、余計なことを言っちゃったよね。でも、ちょっぴり寂しいな。私は涙が滲みそうになるのを我慢しながらリヒトに告げた。

「そっか、そうだよね……。ごめん、勝手に言っちゃって。リヒトの好きなように決めていいからね？」

よし、もう黙るぞっ。大人しく待とう。リヒトが自分で決めたことならどんな結果になっても受け入れようって思ったはずなのに、私ったら自分の願望がだだ漏れで恥ずかしい！　リヒトを焦らせちゃって申し訳ないな。大反省だ。ゆっくり考えて決めてもらいたいもんね。お口にチャック！

「なんだよ、メグの誘いを断る気かあの小僧……」

「健気すぎるだろ、メグちゃん……！」

……ん？　何だろう。オルトゥス内の皆さんが不穏な雰囲気を醸し出している？　何かあったのかな。敵襲？……ってわけでもなさそうだし。

「ちょっ、ま、待て！　俺は今！　この人たちに盛大に勘違いされている気がしてならない！　ろ、ロニー！　助けてくれよっ」

首を傾げて周囲の様子を見ていると、焦ったように後退りし始めたのは、リヒトだった。え、なんで？　どうしてリヒトが焦っているの？　全く意味がわからない。勘違いもなにも、言葉通りの意味にしか取れないよね？　うーん、不思議だ。助けを求められたロニーは苦笑を浮かべているだけみたいだから、そんなに大ごとではないと思う、けど。あれ？　もしやこの状況がわかってないのは私だけ？　そう思って隣に立つギルさんを見上げた。ギルさんならわかってくれているはず！

「……ギルさん？」

返事がない。目を開けて立ったまま眠っているのかと思うほど微動だにしない。あのギルさんが!?　本当に何が起きてるの!?　困り果てた私は助けを求めるように今度はケイさんを見上げた。すると、どこか哀れむような真剣な眼差しで私を見たケイさんは、私に目線を合わせるように膝をついた。それから私の両肩に手を乗せて、諭すように語り始めたではないか。

「メグちゃんの気持ちは尊重したいけど……。人間が相手っていうのは、辛い思いをすると思うよ……？」

「えーっと……？」

尊重ってことは、リヒトを仲間にしたいって気持ちは汲んでいるよってことでいいのかな。でも人間だから、いずれはレオ爺の時みたいな悲しい別れが待っているよってこと？　それは仕方ないことだもん。わかってる。それでも命ある限りは出来るだけ一緒にいたいなって思うから。そう伝えようとした時、私の口を誰かがバッと手で塞いだ。リヒトである。モゴモゴ。

「メグ！　頼むからお前はもうなんも言うなっ！　本当に違うから！　皆さんちょっとは俺の話を聞いてくんない⁉」

何やらリヒトは大慌てだ。だから何をそんなに慌てているのだろう。まぁでもリヒトが黙ってろと言うならそうする。お口はチャックと決めたところだったしね。コクコクと首を縦に振っていると、リヒトの肩にポンと誰かの手が置かれた。あ、ギルさんだ。良かった、動けたのね？

「……じっくり、聞こう」

「ひっ……！　は、ハイ」

なぜか地を這うようなそのギルさんの声に、リヒトは全身を震わせて返事をした。その光景を見て、ざわついていた他の皆さんもようやく静かになり、揃ってニコニコし始める。あれ、解決したのかな？　ちょっと怖そうな声だったけど、さすがはギルさん。見事に場を収めてくれたようだ。私はホッとして、相変わらずリヒトに口を塞がれたまま一緒になってニコニコ笑った。

「酷い目に遭った………………」

　あれからリヒトはギルさんに連れられて少し離れた位置で二人、何かじっくり話をしていたみたいだった。その間に旅の相談をして待っていると、ヘロヘロになったリヒトがギルさんと戻ってきたのだ。リヒトが疲れきっているのが気になるなぁ。一体何を話していたというのか。もしかして元日本人の話？　でもお父さんより先にギルさんにするとは思えないし……。こっそり別々に聞いてみたけど、どちらも答えてくれない。男同士の話なんだってさ。ふーん。私はお呼びでない感じですか。そうですか。へー。

「ギルさんと二人で内緒のお話だなんて、ずるい」

　ついつい口を尖らせてしまうのは仕方ないのだ。だって、だって、ギルさんと二人きりで内緒話だよ？　羨ましすぎる。私にも教えてくれないし。むむぅ。

「……な？　言った通りでしょ？　皆さんが考えていたようなことはないって。だってコイツ、俺に対して嫉妬してるんだぜ？」

　そりゃあ嫉妬するでしょ！　ギルさんは私の命の恩人でパパであり、大好きな人だもん。隠しごとなんて仕事に関係すること以外はされたことないくらい、ギルさんは私になんでも話してくれるのに、男同士の話だなんてさ。仲間外れみたいで寂しいって思ったんだもん。忘れがちだけどリヒトは確かにお年頃だし、そういうこともあるだろうから別にいいけどさー。今もまだ話の内容が気にはなるけど、リヒトの言葉に少し照れたように顔を背けるギルさん、というレアな姿を見られたので許そうと思います！　私は単純な幼女……！

「はぁ、もう嫌……。メグ、お前愛されすぎじゃね？」

心底うんざり、といった様子でリヒトがドサッとソファに座る。えっ、もしかしてリヒトが疲れた原因って私にあるの？　なんでっ⁉

「どうしてリヒトが疲れるの？　確かにオルトゥスのみんなは過保護すぎるとこがあると思うけど……」

「あ、もういい。お前に聞いた俺が馬鹿だった」

本当に意味がわからなかったから聞いたのに、リヒトには投げやりに返されてしまった。諦められた！　ムッとなって頬を膨(ふく)らませていると、人差し指で突かれてプスッという情けない音が鳴る。もおっ！　余計にプンスカ怒る私を、リヒトは楽しそうにケラケラ笑って見ていた。すぐからかうんだから！　そしてロニーがポンポンと私の頭を撫でて宥(なだ)めてくれるまでがもはやセットである。本当にロニーはいつでも優しいなぁ。

「メグは、そのままで、いい。リヒト、お疲れ。愚痴(ぐち)なら僕が、聞く」

自然な動作で私たちの間に座ったロニーは、交互に私たちに顔を向けてそう言ってくれた。なんてフォローが上手なんだ。そう言われてしまっては私も大人しくわかった、と言うしかない。しかも全く嫌な気にもならない。

「ロ、ロニーぃぃぃぃぃぃ!!」

どうやらリヒトもその言葉に救われた模様。ガシッと抱きついて涙を流さんばかりの勢いである。そんなリヒトの背中をロニーはポンポンと優しく叩いている。包容力がすごい。私にはわからなかったけど、男の子だから事情がわかったのかな？　すごいなぁ。……うん、やっぱり男の子って、よくわからない。

「さ、リヒトも戻ってきたところだし、来客室で日程を詰めていこうか。ギルナンディオもいいかい？」

一段落着いたところで、ケイさんがポンと軽く手を打って話を切り出してくれた。頃合いを見計らってくれたのだろう。空気の読み方が抜群である。ギルさんも軽く頷きを返し、私たちは五人で来客室へと向かう。くっ、二階への移動、か。だいぶ歩けるようになったとはいえ、階段はちょっときついなぁ。でも、今日はまだ体力にも余裕があるわけだし、自力で頑張りたいと思います。心配そうに手を伸ばしてくれたギルさんにも、危なくなったらお願いします、とだけ伝えて抱っこは遠慮させてもらったよ。ギルさんからしたらすでに危ないように見えるかもしれないけど、ここはぜひ心を鬼にして見守っていただきたい。ロニーはもちろん、リヒトも特に苦もなく階段を上っている。はぁ、体力の差ぁ。いやいや落ち込むことなかれ。私だって自分のペースで回復してきている。焦らずいこうね、私。ぜぇはぁ。

「よく頑張ったな」

「は、はいぃ……」

かなり時間はかかったけど、どうにか自力で階段を上りきった私。みんなのことを待たせてしまって申し訳ない。文句も言わずにむしろ頑張れと応援してくれたおかげで達成出来たよ！　ありがとう、ありがとう、そしてありがとう。でもさすがにもう限界。それをギルさんも察したのだろう、当たり前のように私を腕の中に収めてくれました。はぁ、抜群の安定感だー。それからそのまま来客室に入っていき、そっと椅子に座らせてもらう。リヒトやロニー、ギルさんも空いている椅子に座ったところで、ケイさんが収納魔道具からお茶と軽くつまめるお菓子をテーブルに出してくれた。慣れた手付きはさすがである。

「実はね、出発は三日後に決まっているんだ。勝手に決めちゃってごめんね。少しでも早く向こうに伝えたかったから」

お茶を配り終え、自分も椅子に座ったところでケイさんは申し訳なさそうにそう告げた。一応、サウラさんやルド医師とも相談の上での決定事項だという。そのメンバーで考えて決めた結果なら私に否やはありませんとも！　むしろ、色々と考えて手配までしてくれたことに感謝しかないよ。

リヒトとロニーと共に、私はブンブンと首を何度も横に振った。三人揃ったその動きに、ケイさんはクスクス笑う。

「君たちのことはずっと観察をさせてもらっていたけど、本当にいい子たちだね。そのことについてもごめん。外部から初めてオルトゥスに来た者は、年齢に拘わらず色々調べるのが決まりでね。いわゆる洗礼(せんれい)ってやつ。……気を悪くしちゃったかな？」

テーブルに頬杖をつき、穏やかに目元を緩めてリヒトとロニーに問いかけるケイさん。洗礼……。そうだ、私がここに来た時も受けていたっけ。もちろん、洗礼を受けたなんていう自覚は、私には一切なかったんだけど。なんなら今思い返してみても、いつどのように調べられていたのかわからないくらいだ。今よりもっと幼かった私にさえ洗礼はしたのだから、二人が調べられないわけないよね。二人も今初めてそのことを知った、というように目を丸くしているから、全く気付いていなかったのだろう。あの時はレキに、気付かなかったのか、鈍いな、などと言われたものだけど、私だけじゃなかった。ホッとした。

「いや、そんなことないです。そもそも調べられていたなんて気付かなかったし。でも、考えてみればそちらが俺らを調べるのも当然っていうか、警戒されてもおかしくないから。身元が明らかなロニーと違って、俺は特に」

リヒトは考えながら自分の意見をはっきりと伝えた。驚きはしたけど、嫌な気持ちにはなってないってことかな。それはある意味、リヒトに後ろめたいことがない証明でもあるよね。調べられても問題はないってことだから。でも、客観的に自分の立ち位置を見て、オルトゥスの考えを理解出来るのはすごいなって思う。ここが日本だったらリヒトはまだ中学生だよ？　まだ子どもなのだ。それでここまで達観した物の見方が出来るなんて。……苦労したからこそ身に付いたんだろうなって思うと、なんとも言えない気持ちにはなるけどね。

「僕も、気付かなかった。調べられたのも、気にしない。思えば、鉱山でも、同じだったから」

ロニーも気にしている様子は見られなかった。そっか、鉱山でもこういう洗礼みたいなものはあるんだね。魔大陸という土地柄、一つの組織や集落からするとこういう習慣は案外、一般的だったりするのかもしれないな。鉱山は特に、転移陣を守るという目的があるわけだしね。

「そう言ってもらえるとありがたいね」

ケイさんはフワッと微笑んでからカップを手に取り、優雅にお茶を飲んだ。とても絵になる。

「で、俺らは合格ってことでいいんすか？」

ケイさんがカップを置いたのを見計らい、リヒトがそう訊ねる。ほんの少し緊張したように見えるのは、仕方のないことだよね。一応ここは特級ギルドで、魔大陸で屈指の実績を持つ組織なのだから。そんな緊張を解すためか、リヒトもケイさんに倣ってお茶に口をつけている。

「んー、そうだねぇ。もしダメだったら、今頃君たち二人はここで寝ているところだよ。お茶に何も仕込まれてなかったでしょ？」

「ぐっ、ゴホッゴホッ……！　ちょ、そういうこと、このタイミングで言います……!?」

　咳き込むリヒトを見てロニーも顔を引きつらせている。すでに半分以上ロニーも飲んでいるもんね。そんな二人をニコニコと笑って見ているケイさんはやはり食えない人である。お茶を吹き出さない絶妙なタイミングで言っていたもんね。ちょっとしたイタズラなんだろうけど、リヒトとロニーの二人はケイさんを警戒することを覚えたはずだ。これもある意味、洗礼と言えるかもしれないなぁ。はは……。

「さ、話を戻そうか。ああ、やだなぁ。お菓子にも何も仕込んでないよ。遠慮なく食べてよ。ね？」

　ポンと軽く手を打って、ケイさんは笑顔を崩すことなく話を再開させた。両膝に手を置いて微動だにしなくなった二人を見て、ケイさんは笑いながらお菓子を勧めてくれたけど……。二人は顔を見合わせて困り顔だ。無理もない。仕方ない、ここは私が一肌脱ぎましょう。戸惑う二人の前でスッと手を伸ばし、バター香るシンプルなクッキーをパクッと一口いただきました。サクサクでおいしー！　あっ、と驚く二人に微笑み、美味しいよとアピール。二人は顔を見合わせて苦笑すると、ようやくクッキーに手を伸ばしてくれた。ほのかに頬が綻んでいる。きっと口に合ったのだろう。

良かった！

「ごめん、ごめん。からかいすぎたね。メグちゃんもありがとうね」

ごめんと言いつつクスクス笑うケイさんはやはり一筋縄ではいかない人だ。ここに悪意が乗っかるとさらに恐ろしくなるだろうことは想像に難くない。つくづく、オルトゥスの人たちは誰も敵に回しちゃダメだなって思うよ。今回の件も、相手が人間の大陸の組織だからこそ被害が最小限に抑えられているだけなんだって、しっかり胸に刻まなきゃ。むしろほぼ相手側に怪我人がいないのって奇跡だよね……。あ、心の傷は深いと思うけど。遠い目になっていると、早速ケイさんが説明を始めてくれた。遠征に行く日からの流れを話してくれるのだそう。おっと、しっかり聞いておかねば。

「まず、当然ボクらは最初に鉱山に向かうよ。そこでロナウドをようやく父親に引き渡す。オルトゥスとして、仕事を完遂させないといけないからね」

その先、君がどう動くかは好きにしたらいい、とケイさんは目を細めてロニーに言う。そっか。まずは約束していたことを果たさなきゃいけないから、ロニーを親元に返すっていう体が必要だってことだよね。一度しっかり約束を果たしましたよ、ってすることでようやくオルトゥスの仕事はおしまいになるんだ。要するに一区切りってことだね！　そこで初めてロニーは一緒に行きたいって話が出来る。自分も人間の大陸に行って、一連の事件の終わりを見届けたいって。そうする権利がロニーにはあるけど、これは自分で言い出さなきゃいけないことなのだ。最初の難関ってことだよね。私の方がドキドキしちゃう。

「無事に人間の大陸に渡ったら、次にまっすぐ中央の都に行くよ。コルティーガって名前の国だったかな？　人間の大陸で最も大きな国らしいね」

そっか、まっすぐ中央の都に……。結局、私たちが一度も立ち寄ることのなかった場所だね。行き先をごまかすために中央の都に向かっているって言っていただけで、本当は鉱山に向かっていたわけだし。なんだか緊張するなぁ。今でこそ、皇帝さんを始めとする王城の方々が私たちに害を及ぼす人じゃないってわかってはいるけど、誤解だったとはいえ敵視して逃げ続けちゃったわけだし。

それによってものすごく手間をかけさせてしまったわけだし。お、怒られたりするだろうか。ヒヤヒヤである。

「そこに、ラビィがいるんですか……？」

リヒトが、控えめにそう口を挟む。たぶん、そうだよね。ラビィさんは組織の中心人物でもあったのだから、厳重に捕らえられているんじゃないかな。そうなると、最も警備が厳重な中央の都にいるって考えるのが普通だろう。それに、私たちはラビィさんに会いに行くのが目的のようなもので、それを向こうだってわかっているはずだから。

「そうだね。ちゃんと話はさせてもらえるって聞いているよ。檻越しにはなるだろうけれど」

檻か……。当たり前ではあるけど、今から心の準備をしておかないとな。泣いてしまわないように。ラビィさんとはちゃんと話をしたいんだから。泣いていたらそれだけで面会の時間が終わっちゃうもん。グッと拳を握りしめていると、リヒトも何かを耐えるように口を引き結んでいた。その隣では、ロニーも私と同じように拳を握りしめていて、視線に気付いたのか私と目が合う。互いに一つ頷き合って、それから同時にリヒトに目を向けた。私たちの気持ちは同じだ。絶対にリヒトを一人にはしないって。面会の時は、二人でリヒトを支えようね。言葉を交わさなくても、ロニーが同じように思ってくれているのがわかった。

「遠征のスケジュールは余裕を持たせているから、自由時間もあるんだよ。せっかくだから、中央の都の観光をしてもいいかもね」

私たち三人の間にどことなく緊張感が漂ったことに気付いたのだろう。ケイさんはわざと明るい声色でそんな提案をしてくれた。どうしても気が重くなってしまうもんね。これは避けられないことだ。だからといって、ずーっとそのことについて悩んで心を痛めていたら、きっとこっちが参ってしまう。だから気分転換は必要なんだって言ってくれているんだ。その気遣いが本当にありがたいよ！　せっかくなので私もその話に乗っておこう。

「都っていうくらいだから、きっとすごく大きい街なんだよね？　ウーラの街みたいなところなのかな」

「そうは言っても、ウーラの街もあんまり、見られなかった、けど。人は、すごく、多かった、よね」

都に思いを馳せていると、ロニーも話に乗っかってくれた。うん、確かにウーラの街も一泊したとはいえほぼ通過したみたいなものだしね。あそこで初めてライガーさんに会ったんだっけ……。妙に縁のある騎士さんだったよね。街から出る時に目が合ったり、私たちの簡易テントの目の前で野営していたり。あの時はヒヤヒヤしたなー。次の日寝坊するほど熟睡しちゃったけど。あっ、そういえば私、あの騎士さんからハンカチをもらっていたよね！　確か紋章と、三本の赤いラインが刺繍されたとても高級そうなハンカチ。あれってやっぱり返した方がいいのかな？　それともくれたものなのだろうか。どのみちライガーさんにも、もう一度会ってお話しがしたいなぁ。あの時は本当のことを言わずにごめんなさいとか、怪我は大丈夫だったかとか、色々と聞きたいこともあるし。でも東の王城って言っていたから中央にはいないかもしれないな。そうしたら、お城の騎士団の誰かに伝言を頼もう。うん、そうしよう。

「出かけるにしても、人が多いからはぐれたりしないよう気を付けないとな」

心配性なギルさんはふむ、と顎に手を当てて真剣に考えてくれているようだ。観光よりも護衛について考えてくれるのがギルさんらしいや。でも本当に魔大陸の街に比べると人の多さが桁違い（けたちが）いだもんね。私としては日本にいた時の経験があるからそこまでの驚きはないけど、今は子どもだし、知らない土地なんだから自分でも気を付けようと思う。まぁ、ギルさんが絶対に手を離したりしない気がするけど。

「人間の作る商品は手作業であることが多いらしいから、売っている物のほとんどが一品物なんだって。お土産に何か買っていくのも良さそうだよね。ボクも楽しみだな」

一方、ケイさんは目を輝かせて誰よりも楽しみにしている様子である。なんだか可愛らしい。綺麗な物や珍しい物に目がないもんね。こうして本気でワクワクしている人が近くにいると、こっちまで楽しみになってきちゃう。緊張が程よく解れるから助かるな。

「ケイ……。お前も護衛だろう」

「そう水臭いこと言わないでよ、ギルナンディオ。もちろん、任務だってしっかりこなすに決まっているだろう？」

呆れたように告げるギルさん相手でもなんのそのだ。実際、ケイさんは仕事も完璧にこなしそうだもんね。それをギルさんだってわかっているからそれ以上は言わないのだろう。ふふっ、この二人の関係も憧れるなー。気心知れた仲間って感じ！

それからは遠征するに当たっての注意点をこれでもか、というほど言い聞かされた。特に大事な部分は三人揃って復唱させられたからね。この徹底ぶりよ……。それが終わると持ち物チェック。これが終わったら今日は解散、って言われたけど、たぶん最も時間がかかってる。まさかこんなに時間を取られるとは思ってもみなかったよ。道具を手に取って説明するケイさんに、誰も口を挟む暇さえなく、手際よく準備が進められているというのにまだ終わらない。それもこれも、やりすぎでは？　っていうくらい物が多いのが原因だ。私の収納ブレスレットにポンポンと入れられていく荷物を見て、リヒトとロニーがかなり引いている……。もちろん私も引いた。人間の大陸に飛ばされてしまう前よりも遥かに荷物の量が増えたし、質も高くなっていたもん。一体、総額いくらなんだろう。……いやいや、考えたら負けである。出世払いも出来るかどうかもはや不安なんですが。というか払い切れる気がしない！

「さ、さすがに、多くない、かな？」

「まだまだだろう」

「そうだよメグちゃん。今収納したのはサウラディーテやルドヴィーク、他にも色んな人たちがこれをメグちゃんに持たせろ、ってボクに預けた荷物なんだよ？　まだまだ最低限を補充しただけだからね？」

私が勇気を出して告げた一言はあっさりと取り下げられた。え、もしかしてまだあるの？　過保護、ここに極まれり。私は口を挟むのを諦めた。リヒトとロニーの二人はすでにこの状況を受け入れたのか、テーブルにあるお茶菓子を食べ始めている。無心に見えるのは気のせいだろうか。気持ちは痛いほどわかるけどね。ここの人たちを見ていると、常識ってなんだろうって考えちゃうもん。私も今、手出し出来ることはなさそうなので二人の元へ行き、椅子に座った。

「……初めて出会った時、メグがあんなだった理由がよぉくわかったぜ」

「うん。これは、ああなるのも、仕方ない」

ああ、確か何も考えずに魔道具を出したり使ったりしていたっけね。そんなこともありました。わかってもらえて嬉しいやら悲しいやら。複雑な気分だ。

全ての荷物が収納された時には、すでに陽が暮れ始めていた。なんだか精神的に疲れたなー。今日もぐっすり眠れそう！

5　ドワーフ親子

三日後。予定通り人間の大陸へと遠征に行く日になりました。その日はまだ明るくなる前から出発しようということで、かなり早起きしたよ。昨日は早めに寝たというのに、まだちょっぴり眠いのは内緒である。

「じゃあそろそろ行こうか。ギルナンディオ、よろしく頼むよ」

「ああ」

早朝だというのに何人もの人が見送りに来てくれている。リヒトやロニーはここに戻ってくるかどうか、まだ決めてないもんね。すでに打ち解けていたからお別れになるかもしれないのが寂しいのと、あの事件があった地に向かうということで心配な気持ちもあって見送りに来てくれたんだろうな。本当に優しい人たちばかりで誇らしいよ！

ホールにいる皆さんに行ってきます、と告げた私たちは外へ出る。するとそこには見覚えがありすぎる籠が！　でも記憶にある物よりも少し大きめな気がする。

「みんなまとめて鉱山まで運ぶ。乗れ」

団体でコウノトリ便だー！　ケイさんは、これ乗ってみたかったんだよね、と嬉しそうにしている。ギルさんは微妙な顔をしているけど。ちなみにこの籠、やっぱり前から使っている物よりも大きい籠なんだそうだ。私とリヒト、ロニーを運んだ時、籠が小さいと思って大きめの物を作ってもらったんだって。アドルさんも乗っていたから、かなり窮屈(きゅうくつ)だったんだそうな。あの時は意識もなかったからわからなかったな。少しでも快適な移動を、っていう気遣いをするところが、さすがギルさんである。私もそろそろ籠は卒業して、影鷲なギルさんへの騎乗訓練くらいはしたいな、と思うんだけど、なんせリハビリ途中のヘナチョコだからね。リヒトも無理は出来ないし、ここは大人しく籠に揺られることにします。ああ、羽毛なギルさんに直接乗って飛ぶ夢が遠のく。いつか絶対、乗せてもらうんだ……！

さて、気持ちを切り替えていこう。こんな浮かれた気分のままじゃダメだからね。まずはロニーがドワーフの族長さんを説得するというミッションがあるし、それが終わったら次は……。罪人の下へ行って話をしなきゃいけないんだから。正直、まだ気持ちの整理が出来ているとは言えないよ。でもたぶん、どれだけ時間をかけてもまとまらない気がするんだ。直接会って、話さない限り。どんな顔をして、どんな話をしたらいいのかなんてわからないけど、でも、ラビィさんがどんな様子だったとしても、しっかりと見て、受け止めて、判断しなきゃいけない。大丈夫、心はきっと耐えられる。支え合えるよね、みんな一緒なら。顔をペチペチと叩いて気合いを入れ直したところで、私たちは籠に乗り込む。安全確認を終えたところでギルさんが羽を広げて一気に上昇した。

空の旅は相変わらず快適だった。ギルさんは速すぎず遅すぎない絶妙な速さで飛んでくれているし、私たちが外の風や気温の影響を受けないように、魔術での保護もしてくれている。完璧だ。安心安全の影鷲印、コウノトリ便である。

『んー、空の旅っていうのもいいものなんだね。また今度、ギルナンディオに頼もうかなぁ』

白い華蛇(はなへび)姿のケイさんが、念話でそんなことを言いながら目を細めている。人型でも籠の中はそれなりに余裕があるんだけど、みんなが足を伸ばせるほどではなくなってしまう。その辺を考慮して、自ら魔物型になってくれたのだ。ケイさんもまた気遣いの出来る人である。しかもケイさんは魔物型になる時、ある程度大きさを変えられるらしく、今は私の肩にも乗れるほど小さな姿だ。というか乗っているんだけど。うん、至近距離で見てもやっぱり綺麗で可愛いな。特にところどころにある紅色の鱗(うろこ)が華みたいで。昔は蛇を怖がったものだけど、ケイさんだと思うと全く怖くない。

むしろ首元がひんやりしていて気持ちいい。

「今更だけど、本当に魔大陸なんだな……。魔物型に変身する二人を見てようやく実感したっていうか」

リヒトのその気持ちはすごくわかる。ギルドの中にいると、みんな人型だから人間と一緒にいる感覚で違和感がないんだよね。ま、髪と目の色とかは違うからパッと見はカラフルだし、魔術は普通に使われているけど。でもやっぱり、ファンタジーな魔物型を見ると、実感の度合いが全然違うのである。

「街に行くとまた不思議な感じがするかも。獣の耳だったり、尻尾があったり、鱗のある半魔型の人がほとんどだから」

「そうなのか！　街にも行ってみたかったなー」

目をキラキラさせて興味津々に告げるリヒトにクスッと笑みを溢す。私も初めて街に出て、半魔型の人たちが普通に生活をしているのを見た時は同じように目を輝かせていた気がするもん。あの時のことをふと思い出したのだ。だからリヒトも目の前でその光景を見たら、もっと興奮するだろうなって。……でも、帰ってきてから行ってみたらいいじゃない、という言葉は飲み込んだ。私は勝手に、リヒトはこの先オルトゥスで一緒に過ごして行くんじゃないかなって思ってはいるんだけど……。結局リヒトからは、まだはっきりと返事はもらっていないから。ただの私の希望ってだけ。

リヒトだってそういう言い方をしたのも、たぶんまだ決めかねているからじゃないかな。このまま魔大陸で暮らすのか、ラビィさんのいる人間の大陸に戻るのか、で。答えがまだ出ていないんだ。

だからこちらから焦らせるような発言は控えたかった。もちろん、一緒にいられなくなったら寂しい！　さっさとオルトゥスに来たいって言ってよ、って思っちゃってる。それが押し付けだってよくわかっているから、ここにいてもいいんだよ、っていう選択肢を広げておくことしか出来ないんだ。それしか道はないんだって思われないために。だからもしも、リヒトがオルトゥスに来ることを望んだ時のために、必ずお父さんとは話してもらいたい。

ただ、ラビィさんの今後がまだ決まってない。たぶん、それがリヒトのまだ迷っている理由なんだと思う。このまま処刑されてしまうのか、罪を償っていくのか……。ラビィさんの今後によって、リヒトの選択も変わってくる気がするのだ。それが償いの道だったなら、リヒトはラビィさんの近くで暮らすことを選ぶかもしれない。常に一緒にいることは出来なくても、たまには会いに行ける距離にいたいって。そう思ったとしても不思議じゃないのだ。だって、ラビィさんはリヒトの親代わりだから。私にとってのギルさんと同じ。もし、ギルさんがラビィさんのようなことになったら……。ちょっと想像してみたけど、私には耐えられない気がする。でも、リヒトはそれをグッと耐えている。これから先もずっと、耐え続けていかなきゃいけない。で、そんなリヒトの支えになりたいから、私は強くオルトゥスに来てもらうことを望んでる。エゴだってわかっているんだけどね。でも、それを選ぶのはリヒト。……はぁ。私、もうずっと同じようなことを繰り返し考え続けているな。結局、選択を待つことしか出来ないんだから、考えたって仕方ないのに。籠の縁（ふち）に手を置いて、ぼんやりと外の景色を眺めながら私は何度目かもわからないため息を吐いた。

『もうすぐ、鉱山に着く。準備はいいか？』

そんなギルさんの念話が聞こえたことでハッとなる。どうやらウトウトしちゃっていたみたいだ。寝てないよ！　ちょっとウトウトしてただけっ！　ま、まぁ、声をかけられるまで気付かなかったから、一瞬だけ寝ていたかもしれないけど。だ、だって空の旅ってつい気持ちよくて眠くなっちゃうんだもん！　悩んでいたっていうのに私ってヤツは。

『大丈夫だよ。メグちゃんも今起きたし』

あっ、ケイさん！　それは言わなくてもいいの！　別にぐっすり寝ていたわけじゃないもん。うたた寝だもん。あわあわと両手を振っていると、クックッと笑いながらリヒトとロニーも付け加えてきた。

「すげー気持ちよさそうにウトウトしてたよな」

「ん。まだ、眠そう？」

もー！　みんなしてそういうこと言うー！　言わなきゃギルさんにバレなかったのにっ。ロニーにもう眠くないもん！　と反論したところで、ギルさんからの念話が返ってきた。

『眠いのか？　メグ。それなら着いたら俺が……』

「だっ、大丈夫ですぅ！　もう起きたってばーっ」

それなら抱っこしてやる、とか寝ていてもいい、とか言い出しそうな雰囲気だったから慌てて否定しましたよ。ふぅ危ない。さすがに空気を読むからね？　だってこれからロニーの闘いが始まるのに呑気（のんき）に寝てなんかいられないよ！　そう、これは闘いだ。ロニーのお父さんとの闘いじゃなくて、自分の意思を伝える、自分との闘いなんだから。私はいてもいなくても、結果は変わらないだろうし、なんの力にもなれないのはわかっているけど、それでもちゃんと見守りたいもん。

話で聞いた限りだと、ロニーのお父さんは頑固で、ある意味とても過保護な人だ。彼にとってロニーは大切な一人息子で、鉱山の族長の跡取りだから。けど、ロニーは少々変わり者のドワーフだった。そしてたぶん、そんなロニーとはちゃんと向き合っておらず、ただ次期ドワーフの族長としての教育をしてきたんだと思う。ハイエルフ元族長のシェルメルホルン、つまり私のおじいちゃんほどじゃないけど、古い伝統とか、そういった類の規則みたいなものを守ろうという気持ちが強いんじゃないかな？　でも息子を可愛いと思う気持ちも持っているはずだ。じゃなきゃ、前に鉱山を通ろうとした時、重傷だったロニーを見てあんなに怒ったりしないもの。だからこそきっと、ロニーがこのまま鉱山で生涯を終えることを望んでいないことにも気付いている。変わり者だってことはわかっているわけだし、きちんと親として息子を愛する気持ちを持っているんだから、気付いてないわけがないんだ。ただ、向き合ってないだけ。でもそれは、ちゃんと意思を伝えなかったロニーにも責任はある。そしてこれは推測でしかないんだけど……。ロニーのお父さんは、どう対応したらいいのかわからないんじゃないかな？　自分は族長としての、鉱山ドワーフとしての生き方しか知らないから。外へ出て、好きなように暮らしていいとは思っていたとしても、何もわからない分、ロニーを送り出すのは不安が大きいはずだから。複雑な親心プラス、不器用さがこの関係を拗（こじ）らせているんだ。

ならどうするか。そんなことは決まっている。こういう問題を解決するのは、いつだって話し合いだ。ロニーからも自分の気持ちをちゃんと話したことはないって聞いているしね。向こうからも聞かれたことはないって言っていたから、この親子は圧倒的に会話が足りていないのだ。

「コホン。私より、ロニーだよ。ロニー、心の準備は大丈夫？」

うっかりからかわれてしまったけど、気を取り直してそう声をかけると、ロニーはフッと微笑んだ。

「ん、平気。メグの寝顔を見ていたら、緊張も、解れたから」

話が一瞬で元に戻った！　緊張感のない寝顔で良かったよ！　くっ、ロニーも言うようになったよね。どちらかというと、弄（いじ）られている私を慰めてくれるのがロニーだったのにっ。してやられた感がすごい。ガックリと項垂れていたら、心配の声が降ってきた。

「ごめん、嫌、だった？　メグのおかげって、言いたかったんだ」

でもこうして頭を撫でながらフォローしてくれるあたりがロニーだ。うぅ、優しいっ！　大好き！　思わず、嫌じゃないよ、と言いながらロニーに抱き付いた。私も大概ちょろい幼女である。自覚はあります。でも構いませんっ！

『んー。レキより、リヒトより、ロナウドが一番お兄ちゃんしてるなぁ』

お兄ちゃん、かぁ。レキは確かにオルトゥスで一番年齢が近いけど、お兄ちゃんというより友人って感じだからなぁ。人間換算してもロニーより年上なのに。リヒトも気が合う友人って感じかも。いや、二人からしたら私なんか友人とは呼べず、妹みたいだと思っているかもしれないけど、私はそう思うんだもん。リヒトに関してはたぶん、日本のノリみたいなものがどことなく親しみやすいからそんな風に思うのかもしれない。そう考えると、ロニーは確かにお兄ちゃんだ。優しくて力持ち、まさに理想のお兄ちゃんである。あ、ジュマ兄？　兄と呼んではいるけど、彼はまたジュマ兄という別カテゴリーである。何を言っているのかと思われるかもしれないけど、ジュマ兄はジュマ兄なのだ。だから、個人的に兄と思えるのは今のところロニーだけだと気付いた。

「えへへ、ロニーはお兄ちゃん！」

「ん、メグは、可愛い妹」

抱き付いた私をちゃんと受け止めて、優しく頭を撫で続けてくれるロニー。嬉しそうにはにかんでくれるのが、なんだか可愛らしくも見えた。優しい世界！

「お兄ちゃんだから、頑張るところ、妹に見せなきゃ、ね？」

それから、ロニーは決意したようにそんなことを言った。その顔にはすでに迷いはなくて、なんだかとっても頼もしく見える。

「！　うん！　応援してるよ！」

「俺も応援してる。頑張れよ、ロニー」

子ども三人でほっこり絆を深めていた時、ギルさんの着くぞ、という声がかかった。鉱山をこうしてしっかり見るのは初めてなんだよね。向こうから帰る時は、意識がなかったし。あんなに目指していた鉱山が目の前にあるんだと思うと感慨深い。魔大陸側だけど。グングン近付いて来る鉱山を見ていたら、少しずつ高度が下がっていくのを感じた。スピードを抑える為か、旋回しながら下りているみたい。下ろしてもらった場所はゴツゴツした岩山の中でも開けた場所になっていて、人の手が入っているのがわかる。少し先の方に、山を切り崩して作られた大きな穴が空いているから、そこが鉱山の入り口なんだろうなってことがわかった。遠目でわかりにくいけど、ドワーフの門番らしき人が二人立っているみたいだし。

「こっち側の入り口に来るのは、久しぶり」

籠から降りた時、ロニーがポツリと呟いた。確か、ロニーはここ数十年はずっと人間の大陸側の鉱山にいたんだったっけ。私の目からすると魔大陸側も人間の大陸側も同じ鉱山だというだけであまり差がわからないんだけど、ドワーフにはその違いがハッキリとわかるものなんだろうな。

全員が降りて籠も片付け終えると、人型に戻ったギルさん、ケイさんと共に入り口の方へと向かった。最初は警戒した様子で身構えていた入り口のドワーフ二人が、私たちが近付くにつれて誰が来たのかを認識したのだろう、フッと肩の力を抜くのがわかった。

「ロナウド様！　ご無事で！」

二人の内、一人がロニーの元へと駆け寄って来た。ふぉぉ、ロナウド様だって。さすがは族長の息子。ロニーより少しだけ背が高く、体格のいい髭のおじさんが嬉しそうに出迎えている。もう一人の門番さんも同じくらいの背丈だから、やはりドワーフは種族柄、そこまで背が大きくはならない種族なのかも。それでも成人女性くらいの高さはあるけどね。

「様はやめてって、言っているのに……」

「何を言いますか！　ロナウド様はロナウド様ですよ！　我らドワーフ一同、どれほど心配したか……！　ああ、本当に無事で良かった！」

「もう……。でも、そうだね。ごめん、心配かけて」

どことなく居心地が悪そうにロニーは答える。なるほど、ロニーはかしこまられるのが苦手っぽい。でも、鉱山ドワーフからしてみれば未来の族長なわけだし、ずっと行方知れずだったのもあってそんな態度になってしまうのもわかる。ロニーもその辺はわかっているのだろう、それ以上そのことについては触れず、気を取り直して私たちを簡単に紹介してくれた。門番さんたちはそれを受け、私たちを一人一人確認した後、軽く頷いてから口を開く。

「話は聞いている。ロナウド様に、怪我はなさそうだな。ご苦労だった。あっ、どこか調子の悪いところはありますか、ロナウド様」

最初は腕を組んでフンッと鼻を鳴らしながらの言葉だったのに、ロニーに問いかける時はコロッと態度を変える門番さん。見事な切り替えである。わかりやすすぎていっそ清々しい。感心してしまうくらいだ。

「調子は、いいよ。それに、とても、良くしてもらった。だから、その態度は、よくない。身内として、恥ずかしい。丁重に、案内して？」

しかし、ロニー本人はその態度が気に入らなかった様子。珍しくムッとした様子で門番さんに言い返している。その様子がとても立派に見えて、感動してしまった。だって窘(たしな)め方が大人なんだもん。

「は、はい！……申し訳なかっ、ありませんでした、オルトゥスの方々。コホンッ。で、では。ロナウド様のご無事が確認された、ましたので、ご、ご案内します。族長は人間の大陸側で待って、お待ちです」

ロニーに言われたことで、私たちにも敬語を使い始めた門番さん。とても素直だけど、ぎこちなさがすごい。たぶん、族長やロニー以外にこんな言葉遣いはしないんだろうな。慣れてない感がヒシヒシと伝わってくるもん。余所者（よそもの）が相手というだけで敬語が使えなくなるっていうのも不思議な話だけども。いや、無理をするくらいならそこまでしなくてもいいのに……！　でもロニーは満足気なのでもはや何も言うまい。

門番ドワーフの一人に案内されながら、私たちは奥へと向かう。うわぁ、真っ暗。ところどころ松明（たいまつ）があるけど、照明がそれだけだから奥がどうなっているのかが全然見えない。なるほど、ロニーの夜目（よめ）が利くのも頷ける。しかし私は暗さに目が慣れるのに時間がかかるので、自然と歩く速さものんびりになってしまう。足元は整備されているみたいだけど、まだ私の体調が万全じゃないから気を付けて歩かないとね。ギュッと隣を歩くギルさんの服を握りしめると、そのことに気付いたギルさんがその手を優しく解き、そのまま手を繋いでくれた。おぉ、安心感がすごい。これで万が一にも転ぶ心配がなくなったので、私は歩くスピードをいつも通りに戻した。だってギルさんが手を握ってくれているんだもん。百人力である。

しっかし、鉱山の内部はかなり入り組んでいるなぁ。まるで迷路の洞窟みたいだ。まさにこれが、私が思い描いていたダンジョンである！　私が初めてこの世界に降り立った場所、つまりギルさんが私を拾ってくれたあの場所は、これはダンジョン？　っていうくらいありふれた風景だったからさ。だって洞窟の中だっていうのに青空も見えたし。でも突然大きな扉があることとか、不思議な現象はダンジョンっぽいと言えるかもしれないけど。もっと大きくなって、強くなったらいつかあのダンジョンにもう一度行ってみたいものだ。私はまだまだこの世界について、知らないことも多いからね。ま、それがいつになるかはわからないけど。そんなことを考えながら歩いていたからか、だんだん方向感覚が麻痺してきた気がする。元々、道に迷う方ではあるけど、これはかなりの難易度じゃない？　クネクネ曲がったり緩やかなカーブだったりで、山の上に向かっているのか下に向かっているのかさえわからない。これは誰もが迷う、確実に迷う。こっそりギルさんに聞いてみると、俺も迷うだろうから安心しろ、と言われちゃったし。え、それもう無理じゃない？　しかもギルさん曰く、通るたびに道が変わるという。どんだけなの⁉　鉱山恐るべし。

「ロニーはわかるの？」

「ん、わかる。なんとなく、こっちの方向だっていうのが」

えーっ、すごい。あれかな、種族特性みたいなやつなのかもしれないな。私がハイエルフの郷に行った時、他の人には見えない入り口がハッキリわかったように、ドワーフならこの鉱山で迷うことはないとか、そういうのがあるんだ。それなら、ギルさんでさえ目的地に辿り着けないっていうのも納得である。

こうして歩くこと、体感で三十分くらいかな。まぁ、体力がすごく落ちている私は途中からギルさんの抱っこだったけどね。面目ない。でも無理はしないって決めていたから素直に甘えたよ。リヒトもまだ本調子ではないからか、途中から息を荒げていた。みんなに心配そうに声をかけられはしたものの、リヒトは最後まで自分で歩いた。なんでも、ロニーに背負われるのも、ギルさんに小脇に抱えられるのも、ケイさんに担がれるのも、心の中の何かが折れそうで嫌だったんだって。男の意地の勝利である。辿り着いたのは重々しい雰囲気が漂う扉の前。いかにもな扉だなぁ。鉄製かな？　確実にこの奥に大切なものがあるってわかるよ。そしてこの鉱山で大切なものといえば、間違いなく転移陣だ。ちなみに、この扉をドワーフ以外の者が開けようとすると、入り口に逆戻りなんだって。うわぁ、えげつない。ここまで厳重に管理されているんだもん。そりゃあドワーフの許可がなきゃ絶対に通れないわけだ。……ここを何度となく奴隷商(どれいしょう)と罪のない奴隷たちが通ったんだよね。けどそれは当然、ドワーフたちが悪いわけじゃない。だって見ただけで犯罪者である正規の奴隷と誘拐(ゆうかい)された罪なき奴隷の区別なんてつけられないもん。ドワーフたちはルールに則って、ちゃんと取引した上で転移陣を使わせているに過ぎないんだから。そのルールの中に口出し厳禁っていう項目があっても不思議じゃないし。だからこそ、モヤモヤする話ではあるんだけど。

「俺が魔力を流す」

扉が開けられ、なんとも言えない気持ちで部屋の中に入っていくと、すぐにその転移陣が目に入った。うっ、あの時のことを思い出しちゃうな。私がブルッと震えたのを感じたのだろう、すぐさまギルさんが私を抱える腕に力を込めながら名告りを上げた。

「え!?　一人で!?　で、でも、かなり魔力を持っていかれちゃうんじゃ……」

驚いて声を上げたのはリヒトだ。私たち三人はよく知っているからね。転移陣に魔力を流すことの大変さを。そりゃあ、あの時のような精神的負担はないけれど、あの陣よりもかなり大きいし、ものすごい量の魔力を消費するってことが一目でわかったから。

「大した量でもないから問題ない。それに、前の時も俺が流した」

だけどギルさんは表情を変えることなくあっさりとそんなことを言う。そう、私たちを連れて魔大陸に来た時もギルさんの魔力で転移してきたんだよね。リヒトとロニーはあの時、完全に意識がなかったから知らないんだ。私はあの時知ったので今更驚いたりはしないのである。

「げっ。大した量じゃないって……。この人どんだけなの」

「鉱山ドワーフが、数人がかりで、三日に一度しか、流せないのに」

ただ、リヒトとロニーの驚きもすごくよくわかる。わかるよ……！　余裕がなかったあの時はそこまで考えられなかったけど、改めて比較してみるとそのすごさがよくわかるのだ。だってね？　私たちが捕まった時に魔力を流した転移陣は、最も魔力が多いっぽいリヒトでさえ六回が限界だった。私も頑張って五回流せたくらい。で、ここの転移陣はあれの数十倍くらいの大きさだから、必要魔力も当然ながら数十倍くらい。その時点ですでに私たちの限界値を軽く超えているというのに、大したことない発言だもんね。二人が呆然と呟くのも無理はない。私も遠い目になるというものだ。

「魔王なら、虫に血を吸われた程度でしかないだろう。メグも、将来は今の魔王に匹敵する魔力量になる。俺を超えるのも簡単だ」

そんな呟きに答えるように告げられたギルさんの言葉には、三人揃って一瞬、絶句してしまった。

そ、そんなになの!?　私がいつかギルさんや父様並みの魔力量に!?　持て余す未来しか見えないんだけど……。もはや想像もつかなくて、思わず自分の身体を抱きしめた。

「私、ちゃんとその魔力を抑えられるのかな……」

大きすぎる力は波乱を呼ぶ。いいことないよ、絶対！　現にそれが原因で魔王である父様は過去に暴走したわけだし。……あれ？　それって、私もいつか暴走しちゃうんじゃないの？　元々、それなりに力のあった父様でさえ抑えきれなかったんだよ？　私は血筋的にも魔力量が多くなることは確実だし、今でさえこの年齢にしてはかなり多いと言われているし、それでいてヘナチョコだし。

……うっ、気が重くなってきた。あんまり考えたくないなぁ。

「……その時その時で考えていけばいい」

「ギルさん……」

私の不安が伝わったのだろう、ギルさんがそう言ってポンポンと背中を叩いてくれる。おかげで少し落ち着きはしたんだけど……。それってつまり、今のところ対策は見つかってないってことだよね。まだ焦る必要はない問題だけど、この不安はそう簡単には消えてくれなさそうだ。考えると気持ちが沈んじゃうな。でも自分のことなんだし、頭の片隅では覚えておかないとね。避けては通れない問題なら、対策を考えればいいだけの話なんだから。私には、頼れる人たちがたくさんいるわけだし。元気出さなきゃ！

「みんな転移陣に乗ったよ、ギルナンディオ」

「む、そうだな。魔力を流すぞ」

ケイさんが気分を変えるように明るい口調でそう言ってくれた。ありがたいな。そう！　不安がっている場合じゃない！　今はロニーの問題が大事！　私たちがギルさんに向かって頷くと、ギルさんも一つ頷いて魔力を流し始めた。ゆっくりと転移陣が発光していくのを見ると、あの時の辛かった記憶が蘇る。大丈夫、今はしっかりと私を抱っこしてくれる腕があるんだから。恐怖と久しぶりに感じる浮遊感(ふゆうかん)に耐えるため、私は思わずギュッと目を閉じた。それからしばらくして光が収まっていくのを感じ、相変わらずそこに感じるギルさんという存在にホッと胸を撫で下ろす。うん、大丈夫だったね。落ち着け、私の心臓。小さく深呼吸を繰り返しながらゆっくりと目を開けると、先ほどとあまり変わらない景色がそこにはあった。ただ、はっきりと違う点が一つ。さっきはいなかった人物が転移陣の外側に立っていたのだ。

「ロナウド」

「……父さん」

どうやら、族長さん自らお出迎えのようだった。ロニーと同じ赤茶色の髪をした、体格のいい威厳のあるドワーフ。瞳の色も同じだ。血の繋がりを感じるなぁ。ただ、ロニーの方がずっと線が細く、繊細な姿だけど。私が二人の様子を黙って見つめていると、ギルさんが数歩前に出て、口を開く。

「ドワーフの族長ロドリゴ。遅くなったが約束通り、元気な姿の息子を届けたぞ」

これで任務完了、ってところだろうか。族長ロドリゴさんは、ギルさんをチラッと見てから小さく頷いた。

「ふんっ、随分待たせやがって。でも約束は約束だからな。転移陣を最後に使う時にまた声をかけろ。外までの案内は他のヤツに聞け。……行くぞ、ロナウド」

それだけを吐き捨てるように言うと、くるりと踵を返して鉱山の奥へと向かおうとするロドリゴさん。えっ、早い！　せっかちさんすぎるよう！　その時だ。

「ま、待って、父さん……っ！」

ロニーが、勇気を振りしぼって父親を呼び止めた。その声に立ち止まったロドリゴさんだけど、彼が振り返ることはない。沈黙が流れる中、ロニーは何度も口を開きかけては止め、何かを言いかけては止め、を繰り返している。が、頑張れ！　私は心の中でロニーにエールを送った。頑張れ、頑張れ……！

「僕は……。僕は、この人たちと、行きたい」

数十秒後、ようやく絞り出すようにロニーは言った。私たちはただ黙って、固唾を呑んで見守る。

「僕は、鉱山から、出たい。世界を、見たいんだ。それが僕の、夢、だから……！」

微かに震える声で、でもよく通る声でロニーは続けた。最初に声を出してしまえば、あとは次から次へと言葉が出てくる、そんな様子だった。世界を見ることがロニーの夢、か。ロニーには、この鉱山という世界は狭すぎたんだね。

「僕は、族長の、息子だから……。次期族長なんだから、そんな風に考えるの、よくないって、わかってる。ドワーフなのに、ちょっと変だっていうのも、仲間から、ドワーフらしくないって、思われているのも、知ってる」

仲間からどう思われているかも気付いていたんだ。そりゃあそうか。自分でも気にしていたくらいなんだもん。きっと、もっと子どもの頃はロニーも周囲の人に夢を語ったことがあるんだと思う。その度に、何を言っているんだって言われ続けてきたのかもしれない。幼い頃にそんなことを言われていたら、心が折れていてもおかしくなかったはずだ。だんだん、本当の気持ちを言うのが怖くなっていたのかも。現に、言い出すのにこんなに勇気を振り絞っているんだもん。だけど、人間の大陸に飛ばされてしまうという事件があったことで、世界を見て回りたいという気持ちが再燃したのかもしれない。辛い経験もしたけど、私やリヒトと同じように、ロニーだって今回の旅の間に色んなことを考えて、成長した。きっともう迷わない。ちゃんと伝えられる。ロニーは一度目線を下げ、そして再び顔を上げた。その瞳は、力強く輝いている。

「でも、僕は、僕に嘘を吐きながら、生きたくない。僕は、僕らしく生きたい！　父さんの、息子として……！」

息子として。ロニーは自分は変わった考えを持っていると自覚した上で、ドワーフとして、ロドリゴさんの息子として胸を張っているんだね。そうだよ、何も恥ずかしいことなんてないし、おかしなことじゃない。相変わらずロドリゴさんは振り返ろうとしないけど……。でも、ロニーの言葉は確実に届いているはずだ。だから、じっと待つ。それでも何も返ってこないので、ロニーは必死で次に紡（つむ）ぐ言葉を探しているようだった。その時、そんなロニーを無視してロドリゴさんが無慈悲な言葉をロニーに投げかけた。

「……ふんっ。お前はもう、族長の息子なんかじゃない」

「え……」

振り返らずにそう言い捨てて、ロドリゴさんはそのまま歩き始める。ショックを受けた様子のロニーは、その場で固まってしまった。そんな……！　ロニーの気持ちは届かなかったの？　勝手にすればいいって、突き放されてしまったのかな。こんなにも真剣に向き合おうとしたんだから、仲違いなんてしてほしくないのに。そりゃあロドリゴさんにとっては納得出来ないことかもしれないけど、親子なんだから少しだけでも理解してあげてほしかったのに……。私も一緒になって落ち込みかけた時、ロドリゴさんはさらに言葉を続けた。

「だが、お前の父は俺だ。……毎年の里帰りを忘れるな」

「！」

え。そ、それってつまり……？　じわじわとその言葉の意味を考えて、嬉しさが込み上げてきた。こ、言葉が少なすぎるよ、ロドリゴさん⁉　なぁんだ、もうっ！　素直じゃないなぁ！　すごく心配したじゃないかっ！　つまり、ロニーが外へ出ることを、認めたってことだよね？　お前は族長の息子じゃない、っていうのは、ロニーは族長とは関係がないって言いたかったんだよね？　でも自分の息子であることは変わらないよって、そういうことでしょ？　ハッキリ言ってくれないからもしかしたら違うのかもしれないけど、でもそう受け取っちゃうからね⁉

「あ、ありがとう……っ！　父さん！」

ロニーもそう受け取ったのだろう。去って行くロドリゴさんの背に向かって、わずかに笑みを浮かべながら叫んだ。けど、当然ロドリゴさんは無反応。ちょっとは手を上げて答えるとか、ほら！そういうのないの⁉　うー、不器用すぎるっ。でも、もう惑わされないぞ。きっと内心では寂しいとか、でも応援したい気持ちもあるとか、そんな複雑な心境なんでしょ？　絶対にそうだ。そうに違いない。わかってきたよ、ロドリゴさんがどんな人か！

「じゃあ、行こう？　ここから外までは、僕が、案内する」

「もう、いいの？」

「うん。いい。これでも、親子だから。わかるんだ」

ロニーはその場から少しも動くことなく、父親の姿が見えなくなるまで見送ると、こちらに向き直ってそう言った。一応、聞いてはみたものの、もう大丈夫だろうことはその顔を見ればすぐにわかった。そっか、以心伝心みたいなものなのかな。ロニーがそう言うなら、そうなんだろう。私たちは温かくロニーを迎えた。

「……では、よろしく頼む。ロナウド」

ギルさんがロニーの肩を軽く叩くと、ロニーは任せて、と笑顔を見せてくれた。それからそのまま先頭を歩き始める。心なしか足取りも軽いように見えた。はぁ、良かった。親子の仲が拗れることなく、ロニーは自分の道を一歩踏み出すことが出来たんだよね！　それにしても最初はすごくヒヤヒヤしたよ。頑固者だって聞いていたし、絶対に許さない！　って喧嘩になるんじゃないかって思っていたから。だって、ドワーフは私たちエルフと同じで、そもそも出生率が低すぎる種族。そんな中、奇跡的に族長の息子として生まれたロニーは次期族長として期待されて育ったはずだ。だからこそ、ロドリゴさんの今の決断はかなり思い切ったものだって思うんだよね。……もしかすると、ロドリゴさんはこうなることに薄々気付いていたのかもしれない。実はロニーが自分から言い出すのを、待っていたのかな？　ちょっと都合が良すぎる想像かもしれないけど。まぁいい。問題は一つ解決したのだ。私はこれからのロニーの夢を応援したい。やっと族長にならなければならないという鎖から解き放たれたんだもん。これからは自由に、自分のやりたいことをやってもらいたいな。これは本心だ。間違いなく。だけど、だけどね？……次期魔王として、もはや逃れられない運命にある私の心には、チクリと小さな何かが刺さった気がした。

6　王城での再会

ロニーの案内で鉱山を歩きながら、私たちはギルさんから簡単な近況報告を聞いていた。ギルさんから、というよりお父さんからって感じかな。この大陸に来たことで、ギルさんの影鷲による連絡が届きやすくなったのだそう。つまり、現在進行形でお父さんたちからの近況報告を聞いているって状況です。その話によると、今は捕らえられたラビィさんたち、組織の者たちは全員が中央の王城にいるそうだ。私たちが来るのが遅いって処刑されてなくて良かった。そのことにホッと胸を撫で下ろす。影鷲通信が切れたところで、ちょうど私たちは鉱山の出口に辿り着いた。ここからはまたギルさんのコウノトリ便で行くらしい。えっ、この大陸で？　人間がその様子を見たら、大騒ぎにならないかな？

「皇帝の許可は得ている。それに、魔王の魔物型に比べたらどうってことないだろう」

そ、そういえば父様たちが私たちの元に来てくれた時って、龍の姿で飛んできたんだったっけね。あの時は通達が急だったのもあって、この大陸の各地で大騒ぎになっていたらしい。あの姿が飛んでいるのを見たら、魔大陸でさえ何ごとだって大騒ぎになるだろうから、当然の結果だよね。人の多い都市では特に収拾がつかなかったんだって。そりゃそうだ！　それを知ってさすがに罪悪感を覚えた父様は、騒ぎを収めるために龍の姿で降り立ち、その場で人型に戻って直々に人間たちに説明をしたという。で、その馬鹿みたいに整った容姿と魔王のオーラのようなものもあって、人間たちの印象はあっさりと恐怖から「龍は超美形魔王だった」という噂への上書きに成功。全てはお父さんの作戦だったっていうけど……。正直、父様の見目麗しさと人の噂を利用したいい手だと思う。その時の不服そうな父様の様子が目に浮かぶけどね！　ま、そのおかげで今更ギルさんの魔物型が飛んでいたところでそこまでの騒動にはならないってことだ。すでにあれから日数も経っているし、国民への通達も済んでいるっていうし、気兼ねなく空の旅再びと参りましょう！　みんなで籠に乗り込み、いざ出発。ケイさんはまた華蛇姿で私の肩にスルッと上ってきた。

『寝ていてもいいぞ、メグ』

お気遣いどうも！　見抜かれていることに恥ずかしさを覚えつつも、まだ完全回復していない私はその言葉に素直に甘えることにします。体力は回復出来る時にしておかないとね！　では、おやすみなさい。ぐぅ。

「メグ、そろそろ着くみたいだぞ」

「んにゅ……？」

短時間ながらぐっすりと眠っていたらしい私は、リヒトの声で目を覚ました。不思議なくらいあっさり眠れてしまうよ、籠の中。ギルさんのコウノトリ便は程よい揺れと抜群の安心感だからだろうなぁ。

「メグ、髪が乱れてる」

「あう。ありがと、ロニー」

欠伸をしつつコシコシと目を擦っていると、ロニーが甲斐甲斐しくお世話をしてくれた。さすが

はお兄ちゃんである。

『あ、そうだ。この髪留めメグちゃんにどうかなって思っていたんだ』

肩の上からひょいと首を上げたケイさんが、そんなことを言いながらどこからともなく可愛らし

い髪飾りを取り出した。魔物型なので尻尾に巻きつけるように持っている。

「わ、かわいい！　い、い－んですか？　もらっても……」

『もちろんだよ。メグちゃんが早く元気になるようにって、メグちゃんの笑顔を思い浮かべながら

選んだんだよ』

うっ、ものすごい口説き文句だ！　私のハートは射貫かれた！　顔に熱が集まるのを感じながら、

私は目の前に差し出されたその髪留めを両手で受け取った。

「け、ケイさんて、すげぇイケメンなのな……」

リヒトが軽く戦いている。わかるよ、特に日本人にはハードル高いよね。リヒトの反応に苦笑を

浮かべつつ、蝶々をモチーフにしてあるその髪留めをよく見てみた。羽根の部分が淡い紫とピンク

のマーブル模様になっていて、ステンドグラスのようにキラキラしてる。それがそこそこ大きいバ

レッタになっているのだ。綺麗だし可愛いし、ケイさんのセンスには脱帽である。せっかくなので

今使ってみようかな。髪も少し長くなってきたし、ハーフアップにしてみるのがいいかも。そのく

らいなら自分でも出来るしね！　というわけでささっと髪を上げてみた。

「お、おぉ。まぁ、い、いいんじゃね？」

「ん、かわいい」

髪を上げたことでエルフの特徴とも言える少し尖った耳が露わになった。もうエルフだってことは隠さなくていいから大丈夫だよね？　リヒトもロニーも褒めてくれたし、私のテンションは急上昇である。

『すっごくかわいいよメグちゃん！　まるでこの蝶が、メグちゃんの愛らしさに惹かれて寄ってきたみたいだね』

「け、ケイさん！　褒めすぎだよっ！　恥ずかしいからその辺でいいよう！」

ただし、ケイさんの褒め言葉は限度を知らない。もちろんとても嬉しいんだけど、それ以上に恥ずかしくて顔から火が出そうだった。しかしノンストップなケイさんは、その後も私を褒めちぎってくる。な、なんの罰ゲームですかね？　そしてそのままケイさんに提案されるがままに、白いワンピースに着替える羽目に。シフォン素材でフワフワ風に靡(なび)くデザインなので旅をするには向かない服なんだけど、今回はたくさん歩いたりしないから大丈夫だと押し切られてしまったのだ。それはいい。着替えることに関しては全く構わないんだけど、それによってケイさんからは再び「妖精さんみたいだよ！」と褒めちぎられてまた赤面してしまう。何このループ！　どうしてこうなった！　そんな風に私が悶えている間に、ようやく目的地へと到着したようだ。はぁ、やっとこの羞恥プレイから解放される、と安心したのも束の間、人型に戻ったギルさんがまじまじと私を見つめてさらなる追い討ちをかけてきた。

「可愛い、というより……。綺麗、だな。大人っぽく見える」

「ふぉっ⁉」

真顔でこれですよ！　イケメンの真顔の殺し文句！　しかも不意打ち！　奇声を上げるだけで精一杯でしたよ私は。だけど硬直する私の肩からスルスルと地面に降り立ったケイさんは、すぐに人型に戻って声を上げて笑った。

「あはは！　早く見たかったんだね、ギルナンディオ。降りるスピードが速いな、と思ったんだ」

もう！　笑いごとじゃないよー！　ちょっと、リヒトとロニーもいい加減こっち見てよー。着替えた辺りから顔を真っ赤にしてチラチラこっちを見ては顔を背けるんだもん。笑いを堪えるくらいならいっそ大笑いしておくれ……。くすん。

精神的にかなり疲れはしたけど、おかげで適度に緊張は解れた気がする。でも、これからが大事なんだから、街に着くまでの間に気持ちは切り替えないと。少し離れた開けた場所に降りたから、そこからは徒歩なのだ。さすがに街中に降りるわけにはいかなかったからね。

「……わかっちゃいたけど、目立つなメグは」

「うん。こんなに、目立つんだね」

リヒトとロニーが眩しいものを見るように目を細めて私を見ている。や、やめて、わかってるから。でもこれが本来の姿の私で、やましいこともないし逃亡中でもないんだから隠すのはなんか違うと思って。でも、色んな人にジロジロ見られるのはやっぱり居心地悪いなぁ。どうしても不安になって、ギルさんと繋ぐ手をギュッと握ってしまった。

「んー。ねぇ、ギルナンディオ。ボクもそこそこ目立つけどさ、やっぱりメグちゃんは別格だよね？　どうしてもメグちゃんに視線が集まっちゃう。可愛いから仕方ないけど……。不躾な視線を浴びせ続けたくはないよね？」

縮こまった私を一度見て、ケイさんがニコニコと笑いながらギルさんにそんなことを言い出した。やっぱり、髪の色くらいは変えた方がいいのかなぁ。そう思っていると、ギルさんがおもむろに一切の躊躇なくフードとマスクを外した。おかげでそのイケメンっぷりが見放題に！　えっ、どうしたの⁉　外では絶対外さないのに！

「……少しはこの容姿も、メグの役に立つだろうか」

それから流れるような動作でギルさんは私を抱き上げた。私は少々、いやかなり困惑している。だってギルさんは、整いすぎた自分の容姿が好きじゃない。やたら注目を浴びるのが嫌だから、外に出る時は決してそのフードとマスクを外すことはなかったのに。それなのに、今は迷うことも、嫌な顔もすることなく、その整った容姿をさらけ出している。も、もしかして、私にばかり視線が集まるから、その注目を分散させようとしてくれた……？　う、自惚れかな？　でも、ギルさんの言った言葉といい、そうとしか考えられないよね。でも、私が困っているからってだけで、苦手なことをやってくれたっていうの？　顔を出した途端、周囲は一斉にざわめいたし、確実にギルさんが注目を浴びているよ？　大丈夫なの……⁉

「んー、潔いね、ギルナンディオ。驚いたよ。でもメグちゃんを抱っこしていたら余計に注目を集めちゃわないかな？」

「この方が良からぬ視線に気付けるし、守りやすい」

　確かに、ここが一番安全な場所と言えるだろう。ギルさんなら、他に守る対象がいる今みたいな状況でも、私を抱えながら戦えるし守ってくれる。ケイさんという心強い仲間もいる。魔術があまり使えないとしても、二人は物理的にもとても強いので全く心配もない。いざとなったら飛んで逃げることも出来るわけだし。苦手なことをさせてしまったギルさんには本当に申し訳ないんだけど、正直すごくホッとした。

「ギルさん……。ありがとう」

「気にするな。お前をもう、不安にはさせない」

　あんなに不安でいっぱいだったこの大陸。それがギルさんやケイさんがいるってだけで全然違う。心強さが半端ないよ！　相変わらず、道行く人からの注目は浴び続けたけど、もう私はそんなこと、気にもならなくなっていた。


　街に入るための検問所みたいなところへ向かう途中、リヒトが珍しく弱音を吐いた。

「なんか、身体が怠く感じるな……。やっぱ本調子じゃねぇのかな、俺」

　えっ！　具合が悪いのかな？　心配になってリヒトに視線を向けると、一番にケイさんが動いてくれて、リヒトの額に手を当てながらいくつか質問をし始めた。

「んー、熱はないみたいだね。リヒト、具合が悪くなってきたのはいつぐらい？」

「えっと、この大陸に転移した後くらい、かな」

「どこか痛むところは？」

「いや、そういうのはない、かな。何となく身体が重いというか……」

その他に、食べ物で具合が悪くなったことがあるかとか、傷があった場所の具合はどうか、など聞いていくケイさん。そうしてふむ、と顎に手を当てて頷くと、心配ないよとリヒトの頭にポンと手を置いた。

「うん、やっぱり間違いない。リヒトはまだ、魔素の濃度の違いに身体が慣れていないんだよ。こちらから魔大陸に行く分には調子が良くなるけど、逆は少し怠くなるみたいだから。リヒトは、魔大陸に初めて行っただろう？　居心地が良すぎたせいで、こっちの魔素の少なさに身体が順応出来てないんだよ」

「えっ、でも俺、ずっとこっちで育ってきたのに」

ケイさんの説明に、驚いたようにリヒトは言う。確かに今までは平気だったもんね？　でもケイさんが言っているのは、この魔素濃度の差を経験しているかどうかなんだって。そう言えば私も最初にこの大陸に来た時はものすごくしんどかったけど、今回はそこまでの影響はないなぁ。ちょっと身体が重いかなってくらいで。

「リヒトは若いからすぐ慣れると思うよ。それに一度慣れてしまえば、次からは身体が勝手に順応するようになるって聞いたことがあるから」

大体みんな一度経験すれば慣れてしまうという。なるほど、だから私もこの感覚久しぶりだなぁ、ってくらいで済んでいたんだね。ロニーは鉱山内だけど二つの大陸を私たちより行き来しているから馴れっこなのかも。あれ？　そうなると実はケイさんもしんどかったりするのかな。人間の大陸に来たことがあるなんて聞いたことないし……。ジッと様子を観察してみても平然としているから、ケイさんにとってはたいしたことないのかもしれないなぁ。もしくは辛くても表には出してないだけかも。いずれにせよすごい。あまり無理はしてほしくないなって思うけど、そんなことくらいオルトゥスで数々の依頼をこなしているケイさんならわかっているだろうし、やっぱり本当に平気なんだろうな。むむむ、私がここまでになるのは、まだまだ時間がかかりそうだ！　とりあえず、リヒトは身体が慣れるのを待つしかないらしいので、歩くのが辛かったらケイさんが背負うよ、ということで話がついた。リヒトは何やらプライドが邪魔するのか、なんとか耐えると断っていたけど。クスクス笑うケイさんには全てお見通しっぽい。だからか、余計に意地になったリヒトは検問所に着くまで弱音を吐くことはなかった。なんてわかりやすい……！

「魔大陸からのお客人ですね。話は聞いております。どうぞ、お通りください」

検問所では門兵さんにそんな風に言われただけであっさり通されてしまった。しかもここは一般的に使われている入り口ではなく、お偉い様方が使うような特別な入り口らしい。なんだか恐縮してしまうけど、考えてみれば私は魔王の娘なわけだし、当然と言えば当然なのだ。うーん、慣れない。魔大陸の人たちは魔王を敬う気持ちはあれど、みんな気さくだからね。

「わぁ、賑やか！」

門兵さんに通されて門を潜った瞬間、この街が栄えているのだということがひと目でわかった。商人が声を張り、道行く人々はワイワイと楽しそうな雰囲気。活気がある街だな、というのが第一印象だ。

「中央の都は俺も初めて来たけど、田舎とは大違いって感じだな」

リヒトも興味深そうにキョロキョロ見回している。ロニーは特に何も言わないけど、目がキラキラしているからこれまたわかりやすい。私も人のこと言えないけどね！

「よろしかったら帰る際にでも、観光して行ってくださいね。美味しい料理のお店や珍しい工芸品の店など、色々と楽しめると思いますよ」

門兵さんがにこやかにそう告げて手を振ってくれたので、私も笑みを浮かべて手を振り返す。ありゃ、顔が赤くなった。自分の住む街を、私たちが目を輝かせて見ていたから嬉しく思ったのかもしれないな。街のいいところを誇らしげに教えてくれたし！

「……メグ、あまり軽々しく笑顔で手を振るな」

「え？　だって、親切に教えてくれたし……」

「あはは、無駄だよ、ギルナンディオ。素直なのがメグちゃんのいいところだろう？　ボクたちが気を付ければいいじゃない」

なぜかギルさんにはため息を吐かれた。なんでだろう？　いや、よく考えたら確かにヘラヘラしていたら良からぬ人に狙われてしまうかもだよね。あいつは攫いやすそうだって思われるだろうし。要するにカモってやつだ。日本にいた時は愛想笑いとか得意だったから、条件反射で営業スマイルをしてしまう。何かあっても笑顔で誤魔化す、が染みついているのだ。ここは日本とは違うんだから気を付けなきゃってわかってはいるんだけどねー。染み付いた習慣っていうのは恐ろしい。

「人をそう簡単に信用するなよ、メグ。特に人間は、なんだろ？　懲りないヤツだな」

「で、でも、門兵さんは優しくしてくれたし……！　そう簡単に疑えないよ」

リヒトにもため息を吐かれてしまった。もはやこれは性格によるものだろうからなかなか変えられないんだよね。騙されやすい自覚はあります。けど、一応私にもそうする理由はあるんだよ！

「例えばそれが偽善だったとしてもね？　親切にされて嬉しいっていう、その時の私の気持ちは本物なんだもん。騙されたってわかったら、その時に怒るよ？」

何より、なんでもかんでも疑ってかかるのは悲しいし、疲れちゃうもん。行き当たりばったりだって言われたらそれまでだけど、騙されたら騙された時だ。何か大きな決断を迫られるとかでもない限り、何か起こった時に対応すればいいのである。

「……それがお前のいいところなんだろうけど、いろいろ危なっかしいヤツだよ……。保護者は心配が絶えねぇな」

同情する、とリヒトは保護者の顔を見上げた。ギルさんもケイさんも、苦笑を浮かべている。あ、否定しないのね……。二人が私をどう思っているのかがわかったよ。なんかすみません。しょぼん。

「でも、だからメグは、人に好かれる。人から、助けてもらえる。僕も、助けるよ」

「うぅ、ロニー！　ありがとう、大好きー！」

そこへ、フォローを入れてくれたのは心の兄だった。さすがロニー！　半分涙目でロニーに愛を告げると、三人からは不服そうな目を向けられた。いいところをロニーに持っていかれたからだろうか。口数が少ない人ほど、美味しいところを持っていきがちだよね。ギルさんだっていつもはそうだし。

「んー、メグちゃん。帰る時はボクとデートしようねー」

悔しかったのか、ケイさんが私を見上げてそんな提案をしてくれた。それはなんとも魅力的なお誘い！　初めての場所でも、ケイさんは素敵な場所を見つけるのが上手そうだからね！

「……二人にはさせられない。護衛する」

「護衛対象は俺とロニーも含まれてんだよな、確か」

「ん。それなら仕方ない。僕も、行く」

なんだ、結局みんなで行くことになりそう。ケイさんがえー、と文句を言いながらも嬉しそうに顔を綻ばせている。なんだかとても幸せだな。こういうなんてことのないやり取りが楽しくて、私は思わず声を上げて笑ってしまう。それに釣られて、みんなも一緒に笑った。


さて！　楽しい雰囲気もここまで。私たちは皇帝がいるという城の門の前まで辿り着いた。……ここに、ラビィさんがいるんだね。ゴクリ、と喉を鳴らす。すると、ギルさんの影からバサッと影鳥が飛び出してくる。影鳥はギルさんの肩に止まってそのまま姿をフッと消した。

「そのまま入っていい、と皇帝が言っているようだ。頭領から伝言がきた」

「で、でもお城の中を私たちだけで歩いていいのかな？」

そのまま入っていいって言われても……。見るからに荘厳な雰囲気のこのお城の中を、よそ者だけで歩き回るのはよくないんじゃないかって私でも思うよ？　それでも、そうしろと皇帝さんが言っているのなら従うしかないけど。ま、まさか、お父さんがそう言わせていたりはしないよね？　友好的な関係を築けているよね？　なんか心配になってきた。

「案内がいようが用心棒がいようが、ボクらには無意味だからだよ、メグちゃん。魔力を探れば居場所なんかすぐにわかるし、本気を出さなくてもこの国くらい落とせちゃうから」

だけど真実は私が思っていたよりももっと恐ろしい理由だった。軽い調子で言ったケイさんの発言に、門を開けてくれていた衛兵さんがビクっと身体を強張らせている。そ、その通りだとは思うしものすごく納得したけど、かわいそうだからそんなにハッキリと言うのはやめてあげて！

「頭領のことだし、皇帝がわざわざ道案内を手配してくれたのを断ったんだと思うよ。ボクらもその方が気楽だし、助かるけどね」

ああ、納得。お父さんなら、お前らがいるとかえって時間の無駄、とか平気で言いそう。たとえそれが本当のことだったとしても、娘としては父が無神経で申し訳ありません、と謝りたい気持ちでいっぱいです。でも、そんな風に恐縮しているのは私とリヒトくらいである。私たちは日本人気質が色濃く残っているんだろうなぁ。お父さんも日本人のはずなんだけどね？

というわけで、この件に関してはこれ以上あれこれ言っても仕方がない。すでに場所がわかっている様子のギルさんに続いて、私たちはお城の中を進んだ。さすがに、今は自分の足で歩いてるよ！　城内でも抱っこはさすがに居た堪れないもん。そうして辿り着いたのは、数ある部屋の中の一つ。この中にお父さんと父様がいる、とギルさんが教えてくれた。前に会ったのは怪我をしている時だったよね。なんだか久しぶりに会えるからドキドキしてきた。

「メグ！」

ギルさんが軽くノックをすると、その途中で中から扉が開き、お父さんが飛び出してきた。ちょ、あ、危ないよっ⁉

「ボクたちはスルーだね」

「……気持ちはわかる」

苦笑を浮かべるケイさんとギルさんを横目に、私はお父さんに勢いもそのままに抱え上げられ、ヒシッと抱きしめられました。脇目も振らないその様子に呆気にとられはしたけど、心配させちゃったもんね。私も会いたくてしかたなかったから、そのままギュッと抱きしめ返した。

「もうだいぶ元気になったよ。心配させて、ごめんなさい」

「いいんだよそんなことは。ああ、本当に……。改めて言うぞ。すぐに見つけてやれなくて悪かった。辛かっただろう？　苦しかっただろう？　その苦しみを俺が変わってやれれば良かったのに！」

抱きしめる力が強くなる。もー、苦しいよ？　でも、嬉しいから止めない。私もお父さんに会いたかったもん。だからしばらくそうして抱きしめ合っていたんだけど、ふと私は気付いた。魔王が、自分もやりたそうにこちらを見ている……！　そ、そうだよね！　父様だってたくさん心配してくれた！　もちろん、父様にも会いたかったよ！　なので私は、お父さんの腕を軽く叩いて一度下ろしてもらう。勘付いたお父さんは嫌そうだったけど素直に下ろしてくれた。それからトタトタと父様の元へ駆け寄り、抱っこを要求！

「父様も！　会いたかったよ！」

「っ！　め、メグーっ!!」

涙で目が潤む、を通り越してもはや号泣している父様こと魔王。涙もろいなぁもう。でも、やっぱり嬉しくて抱き上げてもらった瞬間、自分から首元に抱きついた。ギルさんやお父さんと違って、恐る恐る私を抱きしめ返してくれる父様は、不器用で、愛おしく感じた。

「私、幸せ。大好きな人たちが、こんなに心配してくれるんだもん」

「ああ、我も幸せであるぞ、メグ。娘がこんなにも真っ直ぐな心を持っているのだからな」

ポツリと本音を言うと、父様もそれに答えてわずかに抱きしめる力を強めてくれた。心配させてしまったのは心苦しいけど、そういう人がいてくれるってだけでやっぱり幸せだなって思うもん。

しばらく再会を喜び合った後、私たちは落ち着いて話をするために部屋の中央にあるソファに座る。

「アーシュ、てめぇ……」

「良いではないか。そなたらは普段、ギルドで共にいられるのだから。なぁ、メグ？」

そして私は父様の膝の上である。たまたま最後にハグしたのが父様だったからってだけなんだけど、まさか私の取り合いが始まるとは思わなかった。リアル私のために争わないで、が実現してしまったよ……。なるほど、これは微妙な気分になるね。

「んー、もういいから話を進めてくれる？　メグちゃんの座る膝は頭領だろうと魔王だろうとギルナンディオだろうと安全さに差はないんだから」

あーだ、こーだと騒ぐお父さんと父様の言い合いを聞いて、ついに痺(しび)れを切らしたケイさんが話をぶった切ってくれた。ファインプレーである。全くだよ、話が進まないよこのままじゃ！

「……なんかさ。メグが転移したって時、この人たちがどんだけ大騒ぎだったんだろうって想像すると怖いんだけど」

「んー？　知りたいかい？　リヒト」

「聞きたいような聞きたくないような……」

　リヒトの呟きを拾って、ニヤッと笑うケイさん。ちなみにその件、私は聞かないと決めている。聞かないったら聞かない！

「じゃ、まずはお前らが一番気になってるだろうことから話すか」

　ようやく、お父さんが本題に入ってくれたところで、私たちは背筋を伸ばした。ここからはきっと、重くて辛い話になる。心して聞かなければ。

「女冒険者ラビィ、本名セラビスら組織の人間たちは、今、この城の地下牢に収監されている」

　本名セラビス、か。事務的に告げられたその説明に、私もリヒトもロニーもピクリと肩を震わせた。そういえば最後、ゴードンがラビィさんをそう呼んでいたよね。ラビィっていうのは偽名だったんだ。でも、ラビィの方が似合ってるもん……。自然と表情が暗くなる。

「見張りの者や尋問した者たちの話からすると、ヤツらはみんな抵抗する気は一切ないそうだ。本人たちもそう言ってるってのもあるが……」

　お父さんはそこで言葉を切って、チラッとギルさんに視線を投げた。それだけで、お父さんが何を言いたいのかを察する。

「見るからに抵抗出来る状態じゃねぇ。ほとんどのヤツらが髪を真っ白にさせてんだよ。あの時の話を聞こうとすると、ほぼ誰も答えられねぇ。よほどの恐怖体験したんだろうな。ギル？」

やっぱりそうか。あれから結構な日数が経っているというのに、それでも癒えない恐怖を刻み込まれたんだね。自業自得だし同情は全くしないけど、そこまでのトラウマだなんて想像もつかないからこそ、底知れぬ恐ろしさを感じる。

「……すまない。敵には加減が出来なかった」

「いや、五体満足で捕らえただけ十分えらいぞ。俺やアーシュならそうはいかなかっただろうよ」

「うむ、理性的であったぞ、ギル殿」

そんな会話を聞いて私もあの時の光景を思い出す。あの時は一瞬で、何人もが同じ症状を見せたんだよね。気を失ったり、正気を失うのはわかる。でも、恐怖で髪が白くなることなんて本当にあるのかな？　極度のストレスが原因で髪が白くなるっていうのは聞いたことがあるけど、一瞬で色が変わるなんて話はなかったと思うんだよね。だから魔力が影響を与えたのかもしれない。ギルさんの、加減の出来なかった殺気が込められた魔力の放出……。考えただけで恐ろしい。まぁ実際のところは原因なんてわからないけど、想像を絶するほどの恐怖を与えたのだけは確かだ。

「で、まだ症状の軽い連中から断片的に話を聞いて、ようやく組織の全貌がわかってきたってところだな。目的なんかも大体思っていた通りだった」

目的っていうのは、私が考えていたものとほぼ同じだった。私たちを使って、魔大陸から魔力を持つ子どもを攫い、売ることで金儲け、と。かなり計画には粗があったものの、結果として半分以上うまくいってしまっていたのは国の落ち度だ、と皇帝さんは謝罪してくれたんだって。ちなみに、攫われてきた魔大陸の子達は、既に親元へ帰されたという報告が来ているのだそう。特級ギルド「ステルラ」の人たちに協力を要請して、魔大陸に送った後のことを全てお任せしたのだという。ステルラは魔大陸一大きな組織でもあり、きちんとした依頼であれば必ずこなしてくれる信用第一のギルドなんだって。一度見てみたいギルドである。

それから、組織の人間はまだ国中に散らばっているという。この組織はトップが捕まっても誰かが代わってトップになる、というようなシステムだったみたいだから、新たなボスが立ち上がって、再び行動を開始される前に捕まえるよう動いているらしい。今回はゴードンがトップで、二番手がラビィさん、みたいな立ち位置だったとか。だから、ほぼ壊滅に追いやられてはいるものの、放っておけばまた組織は拡大し、非合法な人身売買はなくならないのだ、とお父さんは話してくれた。

「我々もこの大陸の者も、腹を括(くく)らねばなるまい。これまでの奴隷制度は、大昔の島流しという風習をそのまま継続してきたものだ。魔大陸と人間の大陸で交わした約束はなかなかに複雑であるからな。それを言い訳にして、今の時代に合った仕組みを決めずにいたツケが回ってきたのだ。いい加減、制度を改めるべきであろう。我は皇帝と、そういった話し合いを今進めているのだ」

「人の行き来を一切なくしてしまおう、という意見も人間側から出てるみてぇなんだよな」

昔からの風習。つまり、奴隷とはそういうものだからってことで細かい決まりを作らないまま今も続けていたってことか。だからこそややこしくて、問題になっちゃったんだ。鉱山を通る犯罪奴隷が、そうかそうじゃないかを見極める術がなかったのも大きな問題だったけど……。でも、人の行き来を一切なくすだなんていうのは極端だなって思うよ。それが一番手っ取り早い解決策ではあるだろうし、鉱山ドワーフを対象外にすれば物流が止まることはないだろうし。でもさ、そうなったら次は互いの大陸の近況を知る術がなくなっていったりしないかな？　今はそんなことはなくとも、何百年も先にこの約束が変に歪んで、互いを恐れるようになっちゃったりとか、物語ではよくある話じゃない？　「知らない」ってことは恐怖に変わってしまうものなのだから。これは、魔大陸側の人たちにとっては無関係ではいられない。時代の移り変わりを何度も見てしまえるほど長命だからこそ、余計に気になる。でもまだ子どもの私が言ったところで、説得力はなさそうだなぁ。

一人でモヤモヤしていると、そんな風に考えていたのは私だけではないらしいことがわかった。どうやらお父さんも同じ考えだったみたい。さっすがお父さん！　わかってるぅ！

「俺は、犯罪奴隷の廃止については賛成してもいいと思ってる。その代わり、逆に有能な人材を期間限定で留学させるのはどうかって思ってるんだ」

留学制度！　それいい！　それなら、人間の大陸でたまたま生まれてしまった魔力持ちの子どもや、あまりあって欲しくはないけど、お父さんやリヒトのように転移してきた者たちなんかを保護出来るよね！　魔術の使い方を勉強して、それを生かして人間の大陸で仕事をする。うん、いい！　魔大陸側からは、人間の暮らしや物作りについて勉強しに行く、ってのもいいよね。今は人間とのやり取りは全て魔王城が取り仕切っているから、そういった人材を増やすことも出来る。魔王業の負担も減らせるんじゃないかな。でも、たぶんこの世界の広さを知れる、というのが一番のメリットかもしれない。色んな国に行って、様々な文化に触れることで、新しい世界が広がったりするかも。魔術をあまり使えない生活、っていうのもいい経験になりそうだしね！

「当然、犯罪奴隷の廃止もすぐには出来ねぇし、留学に関する細かい決まりなんかは一から作らなきゃいけねぇし、やることは山ほどある」

「ふむ、学びのために行く案のことであるな。互いの文化を持ち帰って来られるのだ。実に有意義だ。奴隷より遥かに良い」

留学には試験が必要だとか、手形があれば鉱山ドワーフにも区別してもらえるだとか、いつから導入するかだとか……。お父さんたちは次から次へとポンポン案を出していく。それを聞いているだけでも、決めることは盛りだくさんなんだってわかるね。父様はこの制度をいたく気に入ったようで、真剣にお父さんの話に耳を傾けている。おぉ、ちゃんと魔王してるよ！

「っと、つい夢中になっちまったな。これは皇帝も交えて詰めていくことにしよう。ってことで話を戻すぞ。お前たち」

パン、と一つ手を打って、お父さんは話を切り替えた。それから膝に腕を置いて身を乗り出し、優しい眼差しで私たちに言った。

「そろそろ、地下牢に会いに行こうか？　リヒト、お前の恩人に」

心の準備はいいか？　と気遣うように聞いてきたお父さんに、リヒト、ロニー、私の三人は、一度目配せをしてから揃って頷いた。

第2章・それぞれの未来へ向かって

1　地下牢にて

お父さんを先頭に、私たちは今、地下牢に通じる階段を下りている。何となく肌寒く感じるのは陽が当たらないからかな。でもそれだけじゃないんだよね……。重苦しい雰囲気がより、そう感じさせるのかもしれない。階段を下りきると、地下牢の番をしている人が立ち上がり、通路の格子の鍵を開けてくれた。この奥にいくつも牢があって、罪人が収監されているのだそうだ。今はほぼ組織の人で埋まっているらしく、ラビィさんは最奥にいるという。牢番の一人が前に立ち、こちらにどうぞと促してくれた。どうやら案内してくれるみたいだ。うっ、ここを通るのかぁ。大丈夫、大丈夫。みんなが一緒なんだから！　私以外のみんなは特に気にもならないのか、どんどん先に進んでいく。遅れないように、私も恐る恐る足を踏み入れた。

「ひっ……」

「大丈夫か、メグ」

地下牢の通路は両サイドに牢があるから、収監されている人たちがよく見えてしまう。しかも見覚えのある顔がいっぱいなのだ。組織の人たちは、ギルさんの殺気の影響で髪が白くなっていたり、目に生気がなかったりするから、余計に雰囲気が怖くて……。思わず小さく悲鳴をもらしたせいでギルさんに心配されちゃった。ひーん、怖いよー！　でもそんなこと言っていられない。だからギルさんには強がってみせた。

「へ、平気っ！」

「……あまり、無理はするなよ」

私が強がっていることくらい、お見通しなのだろう。ギルさんは、私の手を引く力を少し強めてくれた。頼もしいなぁ。それだけで心が落ち着いてしまうのだから、ギルさんの手は魔法の手である。へへへ。

「う、うわあああああっ⁉」

「バケモノ！　バケモノがあああああっ‼」

と、落ち着いたのも束の間、牢の中からとんでもない絶叫が響く。組織の人たちがギルさんを見て、恐慌状態に陥(おちい)ってしまったみたいだ。当然ビビリな私は驚いて、今度はガッシリとギルさんにしがみつく。ひぇぇぇ！　でも、この人たちの心情は理解出来なくもない。だって、あれから一ヶ月くらい経ってようやく落ち着いたというのに、こうして恐怖の元凶とも言えるギルさんを再び目にしてしまったのだから。たぶん、トラウマを刺激されたのだろう。それにしても、その悲鳴はこっちが恐怖を刺激されるよ。目も血走っていて怖いし、ブルッと身体を震わせちゃうのも仕方ないのである。

「チッ、耳障りであるな。少し黙っていてくれぬか……？」

ポツリと呟いたのは父様だ。声を荒らげたわけでもないのに、不機嫌そうなその言葉に背筋が凍った。呟いた後、父様はおそらく一瞬だけ威圧を放ったんだと思う。なんでわかったかって？　突然、地下牢内が一気に静まり返って、ドサドサと人が倒れる音が響いたからです。これはこれでホラーなんですけどっ⁉　父様っ、何やってんの！

「うむ、静かになったな。最奥までは届いておらぬだろう。先へ進もうぞ」

当の本人である父様は満足そうに腕を組んで頷いている。確かに静かにはなったよ。でも、父様は致命的なミスを犯している。そのことに気付いてないようだ。あー、お父さんのこめかみに青筋が浮かんでいるよ。これは雷が落ちるね、うん。私はそっと耳を塞いだ。

「加減してくれてありがとよ、って言うとでも思ったか、こんの馬鹿アーシュ！　おかげで牢番もリヒトもロニーも気を失っちまったじゃねぇか！」

私やお父さんは元々威圧が効かないから問題ない。そしてギルさんやケイさんは実力者なので耐えられた。しかーし！　他の人はそうもいかないのだ！　その辺り、父様は失念していたんだよね。お父さんがロニーを、ケイさんがリヒトを支えてくれていたから良かったものの、牢番さんはその場に倒れてしまっている。な、なんかごめんなさい。

「………すまぬ」

指摘されてようやく気付いたのだろう、父様はばつが悪そうな顔で素直に謝った。それからすぐに手を軽く振り、魔術で倒れた牢番さんをそっと壁際に座らせている。しゅんとなった父様の背中からは哀愁(あいしゅう)が漂っていた。お、おう……。

「はぁ、ったく。ま、メグが怖がってたから静かにさせたとこまでは良かったんだけどよ。もう少しコントロール出来るようになれよ」

「魔力と違って魔王の威圧はなかなか、な……」
ますますしょんぼりして背を丸める父様を見ていたらなんだかかわいそうになってきた。良かれと思ってやってくれたんだもんね？　助かったのは事実だし、感謝はしてるよっ。げ、元気出して！　そう言いながら肩に手を置き、父様を励ましている間に気付けの魔術をケイさんが使ったことで、リヒトもロニーもすぐに目を覚ましてくれた。ほっ。それに気付いた父様は風のような素早さで移動すると、二人に謝り倒している。何が起きたのかさえわかってない二人は、むしろ恐縮している様子。父様って、一生懸命な気持ちは伝わるんだけど、空回りしてしまうんだよねぇ。そういう星の下に生まれたとしか言いようがない。ちょっとお父さん、遠い目をしてないでフォローしてあげてっ！

ちょっとした一悶着はあったけど、それ以降はなんの問題もなく先に進むことが出来た。犯罪者はみんな収監されているのだから、普通に考えて問題が起こる方が稀なんだけどね。でも、牢番さんが語るには、普段なら暇を持て余した犯罪者たちが冷やかしや悪態を吐いてきたり、恐怖を思い起こして突然泣き叫び出したりと、なかなか精神的にくるものがあるのだとか。でも今はみんな揃って気を失っているのですごく静かだという。魔王様の威圧のおかげですってお礼まで言っているけど、この人も威圧の被害者だよね……？　それでいいのか。むしろごめんなさいって言いたいのはこちらだというのに、いい人である。けど、確かに地下牢は今、静まり返っているよね。私たちがたまに話す声と足音くらいしか聞こえない。雰囲気はまだ怖いけど、だいぶ落ち着けたのでなんだかんだで父様には感謝だ。

しばらくの間はポツリポツリと話していたけれど、奥に近付くにつれ言葉数は少なくなり、ついにはみんな黙って歩を進めた。足音だけを響かせて、私たちはついに最奥へと到着する。相変わらず薄暗いその場所は、心なしかこれまでよりも重い空気が流れているような気がした。ここは最も罪の重い犯罪者が収監される場所だって聞かされていたからかな。言われてみれば、ここに捕らえられている人たちはこれまでと違って、牢の中でも手足首に鎖が繋がれており、手前の牢にいた人たちよりも行動が制限されているみたいだ。自然と緊張感が走る。小さく深呼吸をして奥に目を向けると、そこには五つの牢が間隔を開けて並んでおり、一番左側の牢の中でラビィさんが膝を抱えて蹲(うずくま)っているのが見えた。その姿を目にした瞬間、胸がザワッとして、苦しくなる。でも、生きていてくれたことをこの目で確認出来て安心もしたよ。ちょっと、やつれたかな。

「ラビィ……？」

「……来たのかい」

静かに声をかけるリヒトの声に、ラビィさんはゆっくり顔を上げた。顔色が悪い。ラビィさんも命に関わる大怪我を負っていたもんね。その場で応急処置はしたものの、オルトゥスの治療を受けてはいないから私たちよりも回復が遅いんだと思う。たぶん、傷痕とかもそのままなんだろうな……。一緒にお風呂に入った時に見た、ラビィさんの傷だらけの身体が思い出されて顔が歪んでしまう。せめて、傷口から感染症になったりしないといいんだけど。心配だな。

「話には聞いていたけど、本当に無事に帰れたみたいだね。ははっ、メグのその色、慣れないねぇ。

あたしには、すごく眩しいよ」

　ラビィさんはゆるりと私たちを見回し、どこかホッとしたようにそう言った。それから眩しそうに目を細めて、消え入りそうな声で眩しいと言う。その姿があまりに弱々しくて、泣きそうになるのをどうにか堪えた。でも、私たちの後ろに立つギルさんを見ても反応がないから、ラビィさんはあの時すでに意識を失っていたのかもしれない。もしくはその時はその場にいなかったか。いずれにせよ、殺気にはあてられなかったのだろう。そこだけはホッとしたよ。あの人たちみたいにラビィさんが取り乱していたら、さすがに私も立ち直れなかったかもしれないから。

「ま、あたしが良かった、なんて言う権利なんかないだろうけど……。それでも良かったと、言わせてもらうよ」

　そう言いながら、ラビィさんは自嘲するような笑みを浮かべた。どこまでも落ち着いたその様子に、なんとも言えない感情が渦巻く。相変わらず、ラビィさんの真意が見えないから。私たちが逃げる時、懺悔するように叫んだあの時の方がよっぽど、本音が見えたもん。良かったって思ってくれたのは本心ではあると思うよ？　でも、顔を上げた時も、私たちを見回した時でさえ、一度も目が合わないんだよね。たぶん、誰とも目を合わせてない。ちゃんと話してくれてはいるけど、当たり障りのない答えで誤魔化しているっていうか、踏み込まれるのを恐れているっていうか、そんな雰囲気を感じた。こんな様子のラビィさんから、聞きたいことを聞けるのかな？

「なぁ、ラビィはこれから、……どうなるんだ？」

　リヒトが誰に向かって聞くでもなくポツリと呟いた。それに関しては誰に聞けばいいのかわからないもんね。私だって聞きたい。暫し、沈黙が流れる。すると、これまで一歩下がった位置で見守っていてくれたお父さんが、リヒトの質問に答えてくれた。

「……一応、お前たちの意見を可能な限り聞いてくれるって話だ。主にメグの、だな。メグは魔王の娘だ。だからこそ、この交渉が出来たようなもんだから。勝手に決めちまって悪いな。でも、それが最善だったと思ってる」

「私が……？」

お父さんが言うには、人間の大陸と魔大陸の間では、大昔に交わした約束があって、それは長い間ずっと守られてきたんだって。でもそれが今回、人間側が禁忌に触れてしまった。魔大陸から子どもを誘拐した件がそれだ。犯罪組織がやったことではあるけど、禁忌は禁忌。当然、お咎めなしとはいかないだろうと交渉の材料にしたという。つまりそれを許してやる代わりに、被害者であり、魔大陸の次期魔王である私の意見を極力通すこと、という決定がなされたのだそうだ。互いの大陸で起きた揉めごとに干渉することも禁忌とされているから、これはかなりギリギリの交渉だったらしい。今回の件は、被害を受けたのが魔大陸側だったから、事件が起きたのが人間の大陸だったとしても交渉の余地があった、とお父さんは余裕の顔だけどね。それはいい。それはいいんだけど……。

「に、荷が重いよ……」

そう、これに尽きる。あまりにも重大なことを告げられて、私は今カタカタと小刻みに震えています。こんな子どもになんてものを背負わせる気なんだーっ！

「だろうな。だから決定を任せる、とはしなかったんだよ。あくまで、メグの意見を尊重した上で処遇を決定する、って話だ」

だからひとまず、あまり深く考えずに自分がどうしたいのか言ってみろ、とお父さんは頭を撫でてきた。確かに決定を任せられるよりは遥かにいいし、有無を言わさず処刑になるよりずっとずっといいよ。でも、責任重大なのに変わりはない。だって私の一言で一人の人間の人生が大きく変わってしまうことになるんだよ？　場合によってはその命も……。怖くて震えるのは仕方ないよね!?けど、ここで私が何も言うことはない、って決めてしまったら、それはそれでやっぱり処刑されちゃうんだと思う。それだけは避けたい。だから、私が何か言うしかないんだ。グッとお腹の奥に力を入れて、私はお父さんに訊ねた。

「少し、ラビィさんとお話ししてもいい？　リヒトも、ロニーも一緒に……」

何も私一人で考えて決める必要はないんだ。当事者は私だけじゃない、リヒトやロニーもいるんだから。特にリヒトの意見を私は尊重したいと思ってるよ。この中で一番関わりがあって、一番心を痛めたのは他ならぬリヒトなんだもん。考えを聞いて、相談して決めたとしても、それが私の意思だって言い張れば問題ないでしょ？　私が二人に目配せすると、二人とも力強く頷いてくれた。

「……ああ。鉄格子にあまり近寄らないならいいぞ」

お父さんに許可をもらって、私はリヒトとロニーとともにラビィさんの牢に近付いた。手を伸ばせば鉄格子には届くくらいの距離だ。約束したから触らないけど。それから、座り込むラビィさんに合わせてしゃがみ込む。見下ろしていたくはなかったからね。それに、しっかり目を合わせて話したかった。どうか、こっちを見て？　と祈る気持ちで。

「ラビィさん。本当はこんなこと、聞いていいのかわからないんだけど……。でも、聞くね。ラビィさんは、どうしたい？」

犯罪者に向ける質問ではないと思う。わかってる。でも私はまず、ラビィさんの気持ちを知りたかった。全てを諦めたかのようなその目や態度を見ていたら、なんだか怖くなったのだ。私はラビィさんの気持ちを受け止めたい。せめて、このまま処刑されてしまいたいって思っているのか、生きたいって思っているのかを知りたかった。もし、死にたいだなんて言われてしまったら、私はかなりショックを受けると思う。でも、ちゃんと聞いておきたいって思ったんだ。

「ふっ、バカだねメグ。そんなこと、罪人に聞くことじゃないよ」

ラビィさんの答えは予想通りのものだった。困った子だね、と言わんばかりに鼻で笑われてしまったけど、誤魔化さないで。こっちを見て。私が聞きたいのは、そんな当たり障りのない言葉じゃないんだよ。

「わかってるよ。でも知りたいの。私、すごく後悔してるから」

「後悔？」

ずっと胸に引っかかっていたことがある。たぶん、リヒトやロニーも同じだと思う。それはね、もっと早くにラビィさんの話を聞いておけば良かったたってことだ。何度そう思って悔しい気持ちに襲われたか。今更だって思うかもしれないけど、ここで聞いておかなかったら一生後悔する。

「ラビィさんの気持ちを、一度も聞かなかったたって。本当の気持ちを。それをずっと後悔してるの。

だから、もう二度と同じことで後悔したくない。今後どうなるにしても、どうしても今！　ラビィさんの本当の気持ちが知りたいの！」

もう、あんな思いは二度としたくない。ジッと、ただただラビィさんを見つめていると、ラビィさんは目線を下げて俯き、それから黙ってしまった。やっぱり目を合わせてもらえない。本当の気持ちは、どうあっても聞けないのかな、と思い始めた時、立っていたリヒトがスッと私の隣にしゃがみ込んだ。

「ラビィ、俺も知りたい。罪を償って、またやり直したいとか思ってないか？　それとも、もうこのまま……。命を終わらせたい、とか、思ってるか……？」

リヒトが辛そうにそんなことを口にする。でも、私が濁して言わなかった部分を、ちゃんと言葉にしてハッキリと聞いてくれた。答えを聞くのが怖いような、知りたいような複雑な気持ちだ。リヒトだって聞くのにすごく勇気を振り絞ったと思う。怖かったと思う。それでも、聞きたいって思って、聞いてくれたんだよね。だけど、ラビィさんは苦しそうに顔を歪めただけだ。不安に押し潰されそうな時、私の反対側の隣でロニーが膝をつき、そっと背中に手を置いてくれた。……ありがとうロニー。三人で一緒に受け止めようね。私たちは揃ってラビィさんが口を開くのを待つ。すると、時間を置いてラビィさんはついにゆっくりと話し始めた。

「はぁ……。敵わないね、そう見つめられちゃあさ。わかった、ちゃんと話すよ。……でも正直、わからないいんだ。自分がどうしたいのかとか、どう思っているのかとかね」

ラビィさんは鎖に繋がれたまま、拳をギュッと握りしめる。ジャラッという鎖の音に、僅かに身体が震えてしまった。あの音は、嫌いだ。ロニーが私の背を再び撫でてくれた。大丈夫だよ、と言わんばかりのその手の温もりに救われる思いだ。とても頼もしい。

「ただ、酷いことをしてしまったとか、決して許されないことをしてしまったとか……。それはちゃんとわかってる。あたしが攫った人たちや、売り捌いた罪のない人たちを思うとね、胸が張り裂けそうになるよ」

それは耳をすませないと聞き取れないくらいの小さな訴えだった。でも、私たち三人の心には、これ以上ないほど深く突き刺さったよ。だって、わかったから。ラビィさんがものすごく罪悪感を覚えているみたいだってことが。自分のやってきたことの罪の重さを、深く理解しているんだってことが。

「あはは、あたしみたいな罪人がそんなこと言ったって、説得力もなんもないだろうけどね！」

そう言ってラビィさんは明るく笑って誤魔化したけど、でも絶対にさっき言った言葉の方が本心だ。そういう確信があったからこそ、私もリヒトもロニーも、ラビィさんの冗談を笑うことは絶対にしなかった。そんな私たちを見て、ラビィさんは気まずげに視線を逸らす。私たちがそう受け止めたことに気付いたんだろう。小さく長いため息を吐いた後、ラビィさんは観念したように続きを語った。いつからか、これがおかしいと薄々気付き始めていたけど、そこから抜け出すことは出来なかったってこと。ゴードンを裏切ることがどうしても出来なかったってこと。淡々と紡がれたその内容は、声のトーンとは裏腹にとても重いものだった。そっか……。ラビィさんにとってゴードンは、とても大事な人なんだ。どうしようもないヤツだって、ラビィさん自身もわかってはいたけ

ど、そう簡単に命の恩人を裏切ることは出来なかったんだね。悪いことだとわかっていても、ラビィさんはゴードンさんの方を優先したんだ。

「あたしに、ゴードンを止める力なんてない。あっても、組織は止まらない。それなら、少しでも被害を少なくしたいって、そう思った」

言い訳だけどね、とラビィさんは力なく言う。でも、たしかにラビィさんじゃなかったら、捕まった人たちはもっと酷い目にあっていたかもしれない。ラビィさんだからこそ、攫われた人たちは最小限の被害で済んでいたんだ。そ、そりゃあ攫った時点で犯罪だけど……！　でも、こんなに苦しんでいたって知っちゃったら、擁護したくもなるよ！

「そ、それなら！　ラビィさん、ちゃんと罪を償ってきてほしい。そしたら、きっとまた……」

「ダメだ！　そんなのはダメなんだよ！」

私の言葉を遮って、ラビィさんは大きな声を上げた。突然の叫び声に、言いかけていた言葉も引っ込む。リヒトやロニーも両隣で戸惑っているのがわかった。

「あ……、違うんだ。ごめん、メグ。あたしは、許されたくないんだ」

「許されたく、ない……？　どういうことだよそれ」

声を荒らげてしまったことにハッとなったラビィさんは、すぐに我に返ってそんなことを言った。今、許されたくないって、言ったよね？　私たちの戸惑いをリヒトが怪訝な表情で問い質す。罪を償いたくないってこととは、なんだかニュアンスが違う気がした。ラビィさんは答える。

「あたしは、罪を償ったからって、処刑されたからって、許されるような罪を犯してきたんじゃない。今後あたしがどんなことをしようが、許してはもらえない罪を犯したんだよ」

　許されるべきじゃない。許されようとすること自体が図々しい。……ラビィさんは憎々しげにそう語った。その様子は、自分に対して憎悪しているかのように見える。

「ゴードンは、アイツは、ある意味幸せかもしれない。なにもわかっちゃいないからさ。罪を犯したという意識も、捕まっちまって怖いだの、そんな感情さえない。ただ捕まったことによって、今度は自分のターンなんだって。そう思ってるにすぎないのさ。だから処刑だろうが償いだろうが、言われりゃ文句の一つも言わずにあっさりやるだろうよ」

　生涯、ギリギリの環境で働かされ続けようが、死のうが、そういうものだと思って受け入れる。それが世の理（ことわり）。そういう意識が、ゴードンには染み付いているんだそうだ。一体、どんな環境で育ったら、こんなに歪んでしまうんだろう。ううん、ゴードンにしてみたら、私たちの方が歪んで見えるのかもしれない。当たり前とは人の数だけ存在するし、みんなの思う当たり前なんて、大多数の意見でしかないのだから。

　そう考えたら、恐ろしくて寒気がした。私は、ゴードンは根っからの悪人だと無意識で思い込んでいたけど、そうじゃなかった。そういう次元じゃないんだ。ゴードンは、何も知らない。世の中の様々なことを。だって、ゴードンの世界はずっと変わらないから。だけど、ラビィさんは知ってしまった。外に出て、色んな人と関わることで知ってしまったんだ。罪の重さを……。知ることで、人はこんなにも苦しむことになるんだ。ラビィさんだって、知らないままならゴードンみたいになっていたかもしれない。

だけど、ゴードンだって何も知らないなんてことはないよね？　閉ざされた世界にずっといたっていうけど、外部からの影響が少なからずあったはずだ。だってゴードンの近くには、世界を知ったラビィさんがいたんだから。……そうだよ、ゴードンだって何かがおかしい、っていう違和感くらいは気付いていたんじゃないかな。でも、そのことについて深くは考えていない。そう、考えることを拒否しているんだと思う。そんな気がした。

「あたしも、死ねと言われれば受け入れるし、苦しみながら生きろ、と言われたらそうする。罪を償えと言われれば償うよ。……あたしは、全てに従う」

そう口にして、ラビィさんは口を閉ざした。その後は、何を聞いてもさっき言ったので全てだと言わんばかりに、顔を逸らして聞こえないフリを決め込んだ。ただ一つ、最後のリヒトの質問には――。

「俺たちのこと……。大切な存在だって、思ってくれていたんだよな？」

ほんの僅かに口が動いたように見えたけど、何も聞こえなかったし、薄暗くてよくはわからなかった。これ以上はここにいても無意味だろう、とお父さんたちに促され、私たちは胸に何とも言えないモヤモヤを残し、その場を後にする。

結局、最後までラビィさんと目が合うことはなかった。

最奥から引き返す前に、牢番さんからゴードンの様子も見るかと問われた。さっきラビィさんの話にも出てきていたし、今回の件の主犯でもあるんだよね……。ちょっと迷ったけど、私たち三人は顔を見合わせて頷き、一目だけでも確認しておこうか、と立ち寄ることにした。その旨を牢番さんに伝えると、一番右端にある牢がそうです、と教えられる。ラビィさんの牢とは同じ並びにはあるものの、少し奥まった位置にあるため近寄らないと彼の姿を確認することは出来ないみたいだ。ビクビクしながら牢番さんについて行き、目的の牢の前で立ち止まる。……いた。足音に気付いたのか、俯いていたゴードンがゆるりと顔を上げた。そしてすぐさまその目を大きく見開き、ガタガタと震え出すゴードン。あ、そうか。殺気にあてられた他の人たちの例に洩れず、ゴードンもギルさんを見たことで取り乱したんだ。

「ひっ、ひぃっ、ひぃあああああ!!」

少し嗄(か)れたその叫びは、ものすごい大声だったわけじゃない。でも、悲鳴を上げながら髪を掻き毟(むし)り、床を転がり回る様子に恐怖を覚えた。顔色を悪くさせた私たち三人を見て、大人たちの手によりすぐにその場から離れさせられたけれど、まだ遠くからあの悲鳴が聞こえてきて心底恐ろしい。私は情けないことに立っていることが出来ず、その場に崩れ落ちてしまった。今さっき見たゴードンの様子にショックを受けたっていうのもあるけど、それだけじゃない。ゴードンを目にした瞬間、あの時の恐怖と痛みが一気に蘇ってきて、身体の震えが止まらなくなっちゃったんだよね。フラッシュバックってヤツだと思う。自分では平気だと思っていたから、まさかこんな症状が出るとは思わなくてすごく驚いたよ。これがトラウマってやつか……! まさか自分が体験するとはね、と客観的に考えて深呼吸を繰り返す。心配した父様がすぐに抱き上げてくれたから、すぐに落ち着けた。こういうところは父親っぽいよね。普段は残念な魔王様だけど。

「あの、ありがと、父様。もうへーき……、って父様？」

ポンポンと背中を叩いてくれた父様にお礼を言おうと見上げると、口元は笑っているのに目が笑ってない美しい顔を至近距離で目撃してしまった。ひえっ。

「む、そうか。メグが落ち着いてくれて良かった。が、この落とし前をどうつけてくれようか……？」

「つっ、つけなくていい！ つけなくていいから落ち着いて⁉」

そうだった、この人は馬鹿がつくほどの過保護でしたっ！ 誰か父様を止めてー、という思いで周囲に目を向けると、ギルさんやお父さん、そしてケイさんまでもが、地下牢を潰しかねないオーラを放っていた。ひぃっ！ リヒトやロニーに目を向けてみても、ブンブンと顔を横に振られてしまうし、あーもう、ストッパーは私しかいないのかーい！ これはまずい、と私は気合いでグイグイ父様の服を引っ張った。位置的に胸倉を掴む感じになってしまったのは許してもらいたい。だってそれどころじゃないんだもん。今は一刻も早くこの状況をなんとかしなくては！ とりあえず、ここにいちゃダメだ！ 父様の両頬を両手で挟むようにして、グイッと自分の方に向ける。驚いたようにこちらを見てくれたところで、もう行こう？ と涙目で訴えた。

「ぐはっ……！ 娘が、かわ、いい……！」

吐血(とけつ)せんばかりに呻いてよろける父様。え、えぇ……。ここで娘大好き病が発症しちゃったの？ 父様のこれはもはや持病なので仕方ないけど、私はいつも微妙な心境になるよ……。まぁ、おかげでギルさんたちも正気に戻ってくれたし、地下牢破壊は回避出来たっぽいからよしとしようかな。

それにしても、いつまでフラフラしているのだろうか。私を抱くその腕の力だけは緩めないあたりがさすがだけども。

「おい、アーシュ。絶対メグを落とすなよ！　ったく。至近距離での上目遣いにやられたか」

「んー、しかも涙目。これは完敗だね。ギルナンディオ、メグちゃんの回収した方がいいんじゃない？」

ケイさんの言葉によって、あっさりギルさんに回収された私。ま、まあいい。ようやくみんなが動いてくれたわけだし、早々に退散である。でも、地下牢破壊未遂のおかげでさっきまでのトラウマの恐怖が吹っ飛んじゃったな。お父さんたち、ありがとう！　そう言ったら揃って微妙な顔をされた。なぜだろう？

それから、私は地下牢を出るまではギルさんに抱っこしてもらうことにした。どうせヘロヘロになって階段の途中でへばってしまう気がするからね。ここは素直に甘えておこうと身を委ねている。

それにしても、ゴードンはあの時よりもっと老け込んだように見えたな。一瞬しか見てないけど、それでもわかる変化だった。かなり痩せてしまっていたし、まるで別人みたいで、それが余計に怖くて……。それでも一目でゴードンだってことはわかったけど。……哀れ。そう、哀れな姿だなって思った。同情とか、そんなものではない。ただ、悲しい人だなって思ったんだ。あんなゴードンの姿を見ても、もちろん胸がスッとすることはなかった。どちらかというと、モヤモヤが増えちゃったかもしれない。ラビィさんのあの話を聞いた後だから余計に、かな。世の中にはどうにもならないことがあるのだって思い知らされたんだ。憂いても、嘆いても、怒っても、変えようのないどうしようもないことが世の中にはたくさんある。理不尽だなって思うよね。神様に祈りたくもなる。これって、全世界共通なんじゃないかな。二つの世界で生きた経験があるからこそ実感するよ。でもね？　それでも、こんな悲しい運命なんてものが、もう二度と生まれないでほしいって、そう願うことをやめられなかった。

地下牢を出た後は、最初にいた部屋に戻ってきた。お父さんが気を遣ってくれて、少し子ども三人だけで話し合ったらどうだ、と提案してくれる。とはいっても、同じ部屋にはいるけどね。テーブル席で座って待つ大人から少し離れた位置に、収納ブレスレットからフワフワな敷物を出して子ども組は床に座り込み、頭を突き合わせている。椅子やソファに座るより、近くにいられて話しやすいんだもん。お行儀については考えない方向でお願いしたい。

「リヒト、聞きたいことは聞けたかな……？」

最初に話を切り出したのは私だ。どことなく消化不良というか、結局ラビィさんの本心がどこにあるかはわからないままだもんね。そう思って聞いたんだけど、リヒトは軽く頷いた。え、リヒトにはわかったの？

「というか、あれ以上は聞いても無駄だっただろうなって感じかな。何となく、ラビィの気持ちもわかったし……。話せて良かったと思う」

やはり長年一緒に生活してきたからこそ、だろうか。通じ合うものがあるんだろうな。そっか、と私は一つ呟いた。

「ラビィは、生きることに、執着してない、気がした」

するとも今度は、ロニーがそんなことを言う。そうなのだ。ラビィさんは死にたいとも生きたいとも言わなかった。それはある意味、死んでも構わないと言っているようなものだよね。どうしても生きたいって思っていたら、あんな言葉にはならないもん。それがすごく悲しいのだ。

「そうだな。もしかすると、死にたいって気持ちの方が大きいんじゃないかなって思う。でも、死ぬことは逃げだとも考えてる。だからああ言ったんだ。たぶんな」

なるほど、言われてみればそれが一番しっくりくる。本当は死んで楽になりたいって、そう思っているんだ。ラビィさんの過去は知らないけど、きっと長いこと苦しい思いをしてきたんだと思う。そこから解放されたいって思っていてもおかしくはないよね。でも、罪を犯した自分に相応しい罰が死であるとは考えてないんだ。冷静に、そこまで考えられるんだね……。胸が、苦しい。

「ラビィさんのためを思うなら、処刑、なのかな……?」

俯いて、小さくそう言うと、リヒトとロニーには順番に頭を撫でられた。ゆっくり顔を上げたら、困ったように微笑む二人と目が合う。

「人を裁くのに、その人のためを思うのは、違うんじゃないか?」

リヒトの言葉にハッとした。私は今、人を裁く立場にいる。無意識に私はその立場に驕(おご)っていたんじゃないかって気付いたのだ。確かに私の一言で、ラビィさんたち組織の人の人生が決まる。けど、裁く立場にいる私が「その人のため」だなんて考えて答えを出すのは、思い上がりもいいとこなんだ。私がいくらその人のためと思って考えて決めたとしても、それは私のエゴの押し付けに他ならない。それが本当にその人のためになるかどうかは、その人にしか決められないことなんだから。

「俺たちは、ラビィの言葉を聞いた。捕まった組織の連中の様子も見た。色々と感じることも考えることもあるよな。けど、それを全部呑み込んで、受け止めてさ、答えを出そうぜ？」

リヒトの言葉がじんわりと胸に広がっていく。すごいなぁ、リヒトは。今回の件の一番の被害者だというのに、冷静に判断が出来て。ポンと、私の肩に手を置いたのはロニーだ。見れば、反対の手はリヒトの肩にある。

「一緒に、背負う。今回の事件の、苦しかったことも、重い決断も。一人じゃ、ない」

とても力強い言葉だった。うん、そうだね。もう決めたことに迷わない。後悔しない。私たちは頷き合ってからすぐ、一つの結論を出した。

2　事件の決着

話が決まってしまえば、後は報告をするだけだ。私がずっと目覚めなかったために、かなり待たせてしまっているからね。早いに越したことはないと思うのだ。皇帝さんにもご迷惑をおかけしました……。たぶんそのうち私たちも皇帝さんに会うことになる。その時に、一言お詫びくらいはした方がいいだろうか。でも立場上、直接言葉を交わすなんてことは無理かな？　言えたら言う、でいいかな。

「お父さん。私たち、決めたよ」

「えっ、もういいのか？」

三人で大人たちの元に行くと、お父さんが驚いたように目を見開いた。内容が内容だから、もっと揉めるなり悩むなりで時間がかかると思っていたのだそう。今私たちがこっちに来たのも、もう少し時間がほしいと言われるかと思った、という。まぁ、確かに重大な話だし、こんなにあっさりと決めたら驚くのもわかる。でも、私たちにもう迷いはない。そんな様子を見て覚悟を察したのか、お父さんはフッと表情を和らげて一人一人の頭をポンポンと撫でていった。

「まだ若いのに、こんなこと決めさせて悪かったな。だが、いい目をしてるぜ、三人とも。頼もしい限りだ」

頼もしい、か。えへへ、なんだかくすぐったいな。お父さんというよりも、オルトゥスの頭領からそう言ってもらえたという気がして、自信も湧いてくる。それから、私たちに目線を合わせるように膝に手をついて軽く屈んだお父さんは、聞かせてくれ、と真剣な眼差しで問いかけた。

「組織の人たちのしたことは、決して許されないことだけど……。私たちはね、みんなに生きていてほしいって思ってるの」

私の言葉を聞いたお父さんは、驚くでもなく一言そうか、とだけ答えた。椅子に座って様子を見ていた他の大人たちも、どこかその答えをわかっていたかのように、温かな眼差しで私たちの様子を見守ってくれている。

「もちろん、救ってやってほしいだなんて思ってない。ヤツらのしたことを許す気もないんだ。ただ、命ってさ……。重いものだと、思うから」

私に続いて、リヒトが自分の気持ちを正直に伝えた。誰よりも悔しい思いをして、誰よりも傷付いたであろうリヒトのその言葉。怒っているし、恨んでもいる。だけど、生きていてほしいと願ったんだ。生きて償え、って思っている部分ももちろんあるけど、単純に、そう簡単に命を落としてほしくはないって思ったんだよね。

「保身、と言えるかも、しれない。でも僕たちは、メグに、間接的にでも、人の死に関わって、ほしくない、から」

「え……？」

続くロニーの言葉には驚いてパッと二人の顔を見た。私の視線を受けて、二人はばつが悪そうな顔をしている。私のためでもあったの？　そんな話、聞いてないよ。二人はそんな風に考えてくれていたんだ……。

「もし処刑になったら、決定権がほぼメグにあるって以上、その、言い方は悪くなるけど、人殺しになっちまうのはお前だろ？　実際はそういうことじゃないって誰もが知っていたとしても、後味は絶対に悪いし、お前が一生そのことで苦しめられるんじゃないかって」

「ん。それは、絶対にダメ。いくら、一緒に背負うと言っても、矢面に立たされるのは、メグになっちゃう、から」

そんなことを気にしてくれていたの？　私が苦しまないようにって？　呆気にとられて二人を見つめていると、大人たちからも関心したような声が上がる。

「我が娘のことを第一に考えてくれるとは、お前たちはかなり見込みのある子どもたちであるな」

「おー、好感度が爆上がりしたぞ」

「んー、すごくカッコいいよ、君たち」

ギルさんは何も言うことはなかったけど、同意を示すように小さく頷いている。ちょっと、いやだいぶ気恥ずかしいです。リヒトとロニーの二人も恥ずかしそうに口をモゴモゴさせているので、照れているみたいだ。本当に、うちの保護者たちは褒め上手で困る。そっか、私のために……。でも、確かに矢面に立たされるのは私かもしれないけど、一生苦しむことになるのは二人だって同じだよね？　私だって二人が生涯その罪の意識を背負う羽目になるのは嫌だ。二人には幸せになってもらいたいもん、絶対に。それと同じ気持ちってことだよね？　私も同じだから、それを二人も思ってくれたことがすごくありがたいよ。

「誰にも、死んでもらいたくないのは、本当。でも、自分たちも大事っていうのが、本音」

「だな。だって被害者ってだけで苦しい思いしたのに、これ以上はもういいだろって思うじゃん」

そんな考えで決めるのは、やっぱり不味かったかな？　とリヒトはお父さんに目を向けた。それを受けてお父さんは、んなわけねぇだろ、と言いつつリヒトの首に腕を回し、ワシャワシャとその頭を撫で回す。リヒトは少し痛そうにしつつ、うわ、と声を上げてはいるものの、なんだかちょっとだけ嬉しそうだ。年相応なそんな反応、久しぶりに見たな。私も嬉しくなっちゃう。

「くくっ。お前らやっぱり逞しいよ。じゃ、それでいいんだな？　メグも、リヒトも、ロニーも」

喉を鳴らして笑うお父さんは、最終確認としてそう問いかけた。私は二人と目配せをして頷き合うと、それでいいとしっかり答える。それから言葉にしてハッキリと結論を告げた。

「ラビィさんも、ゴードンも、他の人たちもみーんな。まずは怪我をしっかり治して、きちんと食事もとって、ちゃんとした場所で寝てもらって。ちゃんと元気になってもらいたい。その上で、国の監視下で国の為に働き続けてほしい。罪の償いというよりは、罪についてちゃんと考え続けてもらいたいと思う」

重罪人としてはかなり甘い決断に見えると思う。私たち以外の被害者は怒りが収まらないって言うかもしれない。けど、組織の人たちは当事者だからこそ、攫って売った奴隷の行方を見つけやすいと思ったのだ。お父さんから、今後は奴隷制度を撤廃していく方針だって聞いたから、その為の仕事は山ほどあるはずだもん。撤廃までには、かなりの時間と手間がかかるだろうから、余計に人手は必要だよね。犯罪者だから報酬(ほうしゅう)も必要がないし、その仕事を進めるという点ではいいことだらけだと思う。

それに、決して楽な仕事じゃない。売られていった被害者たちからはもちろん、その家族にだって恨まれているんだから。石を投げられても、罵声を浴びせられても、ひたすら謝り倒しながら、それぞれの家庭に被害者を連れていくのは、精神的にもかなりキツいと思うよ。人の心があるなら余計に。そんな経験を経て、ちゃんと知ってほしい。知らないまま、哀れなままで処刑される方がずっと甘いって私は思うのだ。知って、恨まれて、苦しむことが罰でもある。それはラビィさんにとっては、心を引き裂かれるほどの罰となるのだろう。

けどね？　必要なことだと思うんだ。組織の人たちが許されることはなかったとしても、万が一にも許してくれる人がいたとしても、相手の気持ちを「知る」ことは、前へ進むための一歩だから。このまま生を終えるのは、あまりにも空虚だ。なんの得にもならない。なら、少しでも得になる方を選ぼうよ、って話なのだ。この決断によって、ラビィさんから恨まれることになってしまったとしても、私たちはラビィさんには生きてほしいし、生を終える時には少しでもその人生に納得してから終えて欲しいと願ってる。

「決まり、だな。おいアーシュ」

「うむ。すぐにでも皇帝の元へ向かおうぞ」

大人たちはその結論を聞いて、すぐに行動を開始した。これから皇帝の執務室に行って報告するのだという。お父さんと魔王である父様だけで行ってくるから、みんなは少し休むといいと言われた私たち。なんだかようやく肩の力を抜くことが出来た気がするよ。まだ決定ではないから皇帝さんの答え待ちではあるけど、やるべきことが一つ片付いたことで心の支えが取れたと思う。部屋に残された私たちは、せっかくだからとケイさんが用意してくれたお菓子でお茶の時間を楽しんだ。

翌日、疲れたような顔で戻ってきたお父さんと父様。結論から言うと、私たちの要望はそのまま通されたらしい。皇帝さんは即答だったんだって。そ、それはそれですごいけど、じゃあなんでそんなに疲れた様子なんだろう。首を傾げる私たちに、二人は説明してくれた。

「一部の有権者から猛反発があったんだよ。いくら皇帝が即決したとはいえ、そいつらの意見を無視は出来なくてさ。ほんっと面倒臭い……」

「うむ。まぁ言い分はわからなくもなかったがな。重罪人を処刑しないどころか、普通の衣食住を与えるなんて、と。この国の常識とはかけ離れた決断だったようでな。説得に時間がかかってしまったのだ」

なるほどねー。確かにその言い分はわかる。かかる費用はきっと税金だろうし、国民からも不満が出かねない。でも結局それを説き伏せてしまうあたり、この二人も大概である。一体、どんな条件で話をまとめてきたのだろうか。知りたそうな顔をしていたのだろうか、お父さんは私を見るとニヤッと笑って知りたいか？　と聞いてきた。知りたいです！

『衣食住を保証する分、いくらかかると思っているんですか！』

『あん？　今後、奴隷制度を撤廃するにあたって、調査にかける人員を無料で動かせるわけだし、人件費がかなり浮く。その上、組織の人間ならルートも熟知しているだろうし、解決も早いだろうことを考えてみろよ。悪くねぇんじゃねぇの？』

『か、監視するのも楽ではないんですよ！　謀反を起こされれば……』

『ふむ、それは不安であろう。ならば魔大陸から性能のいい魔道具を輸出しよう。そのくらいなら無償で提供させてもらうぞ。奴隷制度の撤廃は、我ら魔大陸側でも取り組むべき事案であるからな』

なるほど。次から次へと繰り出される人間側の主張を、一つ一つ丁寧に論破していったのね。普段は適当だし、短気だし、話をあんまり聞かずに突っ走る二人だけど、こういう時はやっぱり頼りになるのねー、と思わず感心してしまう。

「人間側の不満や不安も解消出来たなら、もう安心だね」

「あー、そのことなんだがな……」

これでなんとか一段落つきそうだ、と安心した時、お父さんが少々気まずげに頬を掻いて言葉を濁す。な、何？　まだ何かあるの？　私が訊ねると、その全てを解決するために私に協力してほしいことがあるという。出来ることがあるならもちろん協力はさせてもらうけど、そんな風に話にくそうにされると不安になるんだけど？　先を促すと、お父さんは渋々といった様子で続きを話してくれた。


『そ、それでも、こんな処罰では示しがつきません！　これが許されれば、今後、自分も許されると勘違いする犯罪者が多発するかもしれないんですよ？』

『誰もが重犯罪人に処刑を求めているのです！　暴動が起きかねませんよ！』


丁寧に説明していったというのに、反対していたうちの数人は最後の最後まで納得してくれなかったのだそうだ。けど、言われてみればそれも問題だよね。人間はとにかく人数が多い。色んな意見を持つ者がいるのは当然として、賛成派だろうが反対派だろうが集まれば相当な数になる。不満を抱えた国民が万が一にも暴動を起こしたら、ひとたまりもないよね。そしてその可能性がゼロではないのだ。いくら説得しても頷かない人はどこにでもいるのだから。この、有権者の反対派数人と同じように。それを解決すべく、とある提案をしたのは父様だった。

『ならば国中に我の声と映像を流そう。スピーチをするのだ。今回の事件は特例である、と。届かぬ地方の者には号外でも出せば良い。魔王から直々に下した特例と知れば誰も文句は言えぬし、便乗する輩も牽制出来るであろう？　大勢の民に見聞きしてもらえば、偽りであるとも思われなかろう』

その話が決め手となって、話がまとまったんだって。え、父様が直々に映像を使って国民にスピーチ!?　うーん、でも効果的かも。そもそも魔術に馴染みのないこの大陸で、突然何もない空間に映像が流れれば注目の的になるのは間違いないし、話題性は抜群だ。顔をよく知られている騎士団の団長さんとか皇帝も一緒に映れば信憑性だって高いよね。皇帝からの言葉では止められない謀反も、ここの人たちにとっては未知の土地である魔大陸の魔王からであれば納得させられる。最悪、皇帝は国民を守るために脅されているんだ、って思われるかもしれないけど、結果として抑制になるなら問題はない。魔王のイメージ悪化の問題にはなるけど。少なくとも国内での暴動は、かなり抑えられるってことなら、なかなかいい案に思えた。

「メグの成長を記録に残したくて最近開発したばかりの代物なのだ！　我はなかなかメグには会えぬからな。せめて映像で会えたらと思って今回も撮影のために持参しておる。それがこんなところで役に立つとは思わなかったがな！」

「持ってきてんのかよっ！　ってか開発したのはウチの者たちだろ。偉そうにすんなアーシュ！」

本来の使用目的と違うとはいえ用意がいいなぁ。さすがにスクリーンはないのでそこは魔術で光の幕を張るという。色々と規格外な話だ。しかもオルトゥスで開発していたんだね……。発案は間違いなくお父さんだろう。なんてことをしてくれたんだ。今後、私がカメラを向けられるのは決定事項になったじゃないか。でもテレビ電話みたいに出来るならそれもありかな。そう言うと、今は防犯上そこまでの機能をつけられないけど、いずれ改良も進むだろうとのこと。すごいなぁ、技術者っていうのは。でもさ、ここまでポンポンととんでもない魔道具や魔術がしれっと話題に出されていると、私が収納ブレスレットで出してた魔道具なんか可愛らしいもののように見えてくるよね。あの時で驚き慣れていたリヒトとロニーも口が開けっぱなしになっているし。ごめんね、自重を知らない人たちで。

こうして、その他の細かい段取りが大人たちの間で着々と進み、数日後。ついに映像を流す日がやってきた。私たちは謁見の間に集まっていて、父様と皇帝さん、それから騎士団の人たちが並んでいるのを見守っている。子ども組は今回、初めて皇帝さんと顔を合わせたわけだけど、三人揃って緊張でガッチガチである。皇帝さんは私が思っていたよりもずっと若かったのが意外だったけど、なんていうか、やっぱりオーラが違うよねって印象だ。と同時に、若いのにお父さんや父様に振り回されているだろうことが申し訳なく思ったよ。自分の代でこんな厄介な事件が起こるなんて、不運なような幸運なような。っと、考えごとをしている場合じゃない。いよいよ撮影が始まるっぽい。緊張してきたなぁ。これがきっかけで国民の鬱憤が魔大陸に来たらどうしよう、なんていう危惧もあるし。

『コルティーガの民よ。私は皇帝、ルーカス。国民の皆には、犯罪組織の起こした事件に始まり、魔大陸からの客人の来訪など、長らく不安にさせてしまったことだろう。今回の魔道具によるスピーチも驚かれたことと思う。しかし、騒動は終息に向かっている。そのことを皆に報告をさせてもらいたい』

緊張感が漂う中、ついにスピーチが始まった。最初は皇帝さんのお言葉だ。最初から魔王の登場となると混乱を招くからね。映像が流れるという情報を国中に知らせているとはいえ、実際に目にした今、きっと騒ぎになっているだろうなぁ。城内にいるからその様子を知ることは出来ないけどね。だって、いくら聞かされていたとしても魔術に馴染みのない人たちからしたら一体どういうこと？　って感じで脳内疑問符だらけだったと思うし、国民の皆さんの驚きはとても大きいと思う。だから、自国の皇帝から話を始める、というのは最善の手だったと思われる。

その後、皇帝さんは簡単に事件の説明を告げた。もちろん、詳細は伏せている。非合法の人身売買を行う組織があって、今回は魔大陸の子どもが被害にあったこと。その内の一人が魔王の娘であったこと。組織の人間はほぼ捕らえており、組織は壊滅状態であること。それから、組織の者たちの処罰のこと。その瞬間はきっとざわついただろうな。城内にいる私には知る術はないけど、それを想像して勝手に緊張してしまった。そして皇帝さんが、その罰を決めたのは魔大陸側であるとだけ告げ、説明を魔王に委ねる、としたところでカメラが父様を映した。

『我が最愛の娘を攫われたことはもちろん、魔大陸の子を狙うという禁忌を犯したのは、そなたら人間の方である。本来ならば、総攻撃を仕掛けるところだ。……だが、我らは引く。この重罪人への処遇を、そなたらが柔軟に受け入れてくれるのであればな』

わぁ、魔王っぽーい。しかも悪そうな感じの！　ズゴゴゴ、という効果音が聞こえそうな程の迫力は、画面越しでも十分伝わったと思う。より、魔王のイメージが悪に傾いた気がしなくもないけど、これならなんとかなるんじゃないかな。……と思ったのも束の間。なぜかその後にいつもの残念魔王が顔を出してしまった。どういうことかって？　重罪人に対しても天使の如き優しい心を持った娘がうんぬん、と長々と続いた娘語りのことなんか、私は知りません、聞いてません、わかりません。……恥ずかしいっ！　やめて父様！　羞恥に震えていたら、ついには私もカメラの前に引っ張り込まれた。えーっ!?

「あー、悪いなメグ。少し協力してほしいことがあるって言ったろ？　まぁ、なんだ。イメージの緩和のためになんかこう、一言くれ」

一言ぉ!?　そ、そういうことはもっと早く言ってよ！　いや、出来ることなら協力するとは言ったけど、説明が遅すぎない!?　本当にそういうところ、適当なんだからーっ！　文句を叫びたい気持ちはあるけど、今はカメラの前に立たされている。父様にガッチリとホールドされながら。くっ、もはや逃げられない！　私は腹を括った。今や遥か遠くに消え去りそうな、社畜時代の記憶を必死で思い起こす。会議中に突然、意見を求められたあの時を思い出せ……！

『えっと、はじめまして……メグ、でしゅ。その、処罰に思うことはあるかもしれませんが……。同じ悲劇を繰り返さないためにも、必要なことだと思うんです。なので、ご、ご理解いただけると、ありがたいでしゅっ！』

　極度の緊張により、めっちゃ噛んだ。最近はほとんど噛むこともなかったのに！　私は本番に弱い幼女……。黒歴史決定の瞬間であった。うわーん！

『恥ずかしそうに頬を染める姿は可憐で、それでいて紡ぐ言葉は慈愛に満ち溢れている。我が娘が天使なのはご理解いただけたであろう。だが、そなたらが重犯罪人に抱く感情を抑えろとまでは、我も言うつもりはない』

　噛んでしまったことでプルプルと震えている私の頭をそっと撫でながら、父様は引き続き話し始めた。娘自慢は余計だけど、その後に続く言葉には同意である。

『どこかでヤツらを見かけた際に、その不信感をぶつけてしまうことも、我らには止められぬ』

　そう。私たちは彼らを許せとは一言も言ってないのだから。許せと言われたところで許せるわけでもないことくらい、ちゃんとわかっているのだ。現に、父様だってオルトゥスのみんなだって、私が酷い目に遭わされたことを誰一人、生涯許さないだろう。自惚れではないと思う。そのくらい、私は愛情を以って接してもらえていると思っているし、私も仲間の誰かが同じ目に遭わされたらそう思うだろうから。

『そなたら、一人一人の心は、何人たりとも縛ることは出来ぬもの。許せぬのもまた、自由である』

　つまり、こちらはこの決定を認めてくれさえすれば構わないってことだ。もちろん、組織の人たちに対する暴力なんかは、出来ればやめてほしいって思うけど、攻撃したくなる心境を理解出来ないわけじゃないから。それから父様は、今後ともこの国とは良い関係が築けることを望む、と告げ

てスピーチを締めくくった。なかなかいいことを言うじゃないか。父様はやれば出来る人なのである。

その後は再び皇帝が映し出されて話を締めくくり、スピーチを終えたのだけど……。ちゃんと国中に流れたのかな？　そして伝わったかな？　ドキドキしながら待機していると、城の外にいた兵士たちからの報告により、混乱が起きることもなく、概(おおむ)ね納得した様子だったと聞かされた。それはつまり大成功だったのでは？　皇帝を含め、私たちは揃って安堵の息を吐いた。ひとまず良かったぁ！　ただ、私の黒歴史スピーチを聞いた時、国民は誰もが見惚(みと)れ、頬を緩めたそうで、「魔大陸には本物の天使がいる」という噂話が後世にまで長々と語り継がれることになるのを、この時の私はまだ知らない。


「長々と、事後処理にまで付き合わせて申し訳なかった。だが、助かった。感謝する」

スピーチも終わってお父さんが使用している部屋で休憩していると、なんと皇帝さんが直々に部屋へとやってきた。それでいいのか皇帝!?　とも思ったけど、どうも護衛の人も慣れた様子なので、もはやこれが通常になっているっぽいことがわかった。お父さんたちは色々と、城内の常識をへし折っている気がする。いずれ大陸全土の常識をへし折りそうで娘は心配である。

「本来ならもっと前に貴方方とはお別れの予定だったのに、ここまで世話になるとは。あとはこちらで全てなんとかする。だが、例の魔道具までもらってしまって本当に良かったのだろうか？」

例の魔道具っていうのはカメラのことだろう。それを父様は譲ることにしたようだ。今後もまた使う機会はありそうだもんね。それに、私たちはまたその魔道具を入手することが出来るわけだし。

そりゃあお金はかかるけど、開発者がオルトゥスなんだから比較的簡単に手に入るもん。

「構わぬ。だから、今後こちらに訪問する時は歓迎せよ」

「それは当然すぎて、礼にはならないのだが……。今回、我々が与えられてばかりで心苦しいな。では、其方(そなた)たちの紹介であれば、今後この大陸に来ることがあった時に出来得る限りの便宜(べんぎ)を図ろう。私たちに今出来るのはそのくらいだ。たとえ何代先になろうと語り継ぐことを約束する」

「それはありがたい提案であるな。我らは長命な種族。いつか誰かがこの大陸を旅することもあろうからな」

　人間と私たちでは流れる時間が違うもんね。受け継がれていく約束って、本当にしっかりと記したり理解もさせておかないと、今回の奴隷制度みたいに拗れかねないから扱いは難しいと思う。でも話に聞いた限りだと、先代の皇帝さんがお父さんに助けられた時に同じ約束をしたおかげで、今回スムーズに話が進んだらしい。今の皇帝さんがその約束をちゃんと理解して覚えていたからこそだね。こうして約束が果たせたのだから、信頼も出来そう。さすがに何代先になっても、というのは難しいかもしれないけど、二、三代先くらいは確実に守ってもらえるかもしれない。まぁ、あまりにも長いこと訪問しなかったりすると、その記憶や記録も薄れていきそうだけど、これはかりは代替わりする以上は仕方ないか。結果的にどうなるかなんて、実際その時になってみないとわからないもん。でも、皇帝さんの感謝の気持ちはすごく伝わった。今後の魔王城との取引も魔大陸側に益が出るように取り計らうっていうし、それで十分ってことで話はついたようだ。皇帝さんと父様はしっかりと握手を交わす。今度は魔王城へ来るがいい、という父様の言葉に、皇帝さんはほんのり嬉しそうな顔を浮かべている。本当に行けるかどうかは別にして、そう言われたことが嬉しいって感じだ。なんだかその様子だけ見ていると、皇帝さんも年相応の青年に見えるなぁ。うんうん、そういう顔が出来るのも大事だと思うよ！　今回を機に、この国と魔大陸はかなり歩み寄れたよね。

「あーっ、と。あとひとつ、俺の個人的な頼みがあるんだが」

続いて皇帝さんがお父さんに握手を求めると、お父さんは頭を掻きながらそう言った。個人的な頼み？　それはなんだろう。皇帝さんはなんでも言ってくれ、という姿勢だけど、無茶振りだったらどうする気なんだろうって私はヒヤヒヤしちゃうよ。背後に立つ騎士さんや、大臣さんだか宰相さんだかわからないけど部屋の隅に待機している人たちも狼狽えているし。ちょっとばかり私たちに気を許しすぎになっているっぽいもんね。それはありがたいことだけど、皇帝という立場なんだからもう少し気にして欲しい気持ちはある。だから皇帝さんを支える人たちの気苦労は想像に難くない。でも、お父さんのお願いの内容はそうまた無茶なものではなかった。

「こいつ、リヒトにさ。時々、女冒険者セラピスと面会させてやってくれ」

「えっ、俺？　いいの……？」

思いもよらぬところで名前が出たため、リヒトは驚いている。私も驚いたよ。と同時に、配慮にとても感謝した。きっと、これで会うのは最後だって思っていただろうから、これはかなり有難い。お父さん、さすがだよ！

「ああ、彼にとって彼女は命の恩人だと言っていたな。親も同然だ、と。リヒトといったか。君が望むならば手配しよう」

「あっ、ありがとうございます……っ！　ぜひお願いします！」

リヒトは頬を紅潮させて、嬉しそうに頭を下げた。良かった……！　本当に良かった。お父さんにも何度もありがとうと頭を下げるリヒトを見ていたら、込み上げてくるものがある。この世界におけるリヒトの家族。これから罪を償って行かなきゃならないラビィさんの心の支えにもなるといいな。

「面会する際はどうしても見張りが付くことになるが。出来るだけ毎回同じ人物を手配しよう。どうしても話を聞かれることになるからな。複数人に聞かれるより良いと思うのだがどうだ？」

続けて皇帝さんが顎に手を当ててそんな配慮まで申し出てくれた。毎回見張りが違うと、リヒトたちの話が色んな人に知られてしまうよね。当たり障りのない内容になるとは思うし、外部に漏らすなんてことはないと思うけど、安心感は違うかもしれない。ついでにその見張りの人とも顔見知りになって、信頼関係が築けたらいいよね。

「ユージン殿、誰か知り合いの者などはいないか？　出来れば騎士であれば良いのだが、そこは問わない。顔見知りがいるならそれに越したことはないと思うんだが……」

「騎士か……。特に知り合いはいねぇな。知り合いはほとんどどっかの村の農民とかだし、それはさすがに無理だろ。主にアイツらの荷が重くなる」

そりゃそうだよねー。村の人たちには村の仕事があるだろうし、いくら出世の道といえども急すぎるもん。リヒトが来た時だけだから無理ではないだろうけど、ちょっと厳しいよね。騎士かぁ。……ん？　そうだよ。私には心当たりがあるじゃないか。確かあの人は……！

「東の騎士団、ライガーさん！」

「ん？　ライガーを知っているのか。……ああ、そう言えばそんな話を耳に挟んだな」

なんでも、あの転移を見られたあの時に、怪我を治した話も含めて報告も受けていたそうだ。髪の色が話と違ったから、皇帝さんもライガーさんも不思議だと首を傾げたとかなんとか。あー、混乱させてすみません。

「ライガーなら信用出来るし、口が堅い。恩人であるメグ殿の頼みなら、快く引き受けてくれるだろう。ちょうど今はこの城に来ている」

皇帝さんでさえ名前を知っている騎士さんなんだ。ライガーさん、実はすごい人？　すぐにドア付近にいた騎士さんに、ここにライガーを呼んでくれと指示を出す皇帝さん。わ、会えるの？　ハンカチのこと、どうしようかと思っていたんだよね。意外なところでチャンスが訪れたよ。ドキドキしながら待っていると、体感で十分後くらいに部屋のノック音が響き、ライガーさんの訪問を知らされる。皇帝さんの許可を経てドアが開かれると、部屋の一歩外でライガーさんが立礼をしていた。お、おぉ、騎士っぽい！

「入れ。ああ、頭は下げなくていい。ここは客人の部屋なのだ。この方達は堅苦しいのを嫌う。お前も楽にするといい」

「えっ、あ、ですが……！　い、いえ。わかりました」

そういえばここ、お父さんが借りている客室だったよね。客室とはいえ高級感溢れた部屋だし、皇帝さんも普通にいるから忘れていたよ。そして、ライガーさんの皇帝さんに対する態度、あれが普通なんだよね……。今更ながら、私ったら頭(ず)が高いのでは⁉　まぁ、今更畏(かしこ)まられても困るだろうし、態度は変えないけども。

「突然呼んで悪かったな、ライガー」

　ライガーさんが入室したところで、皇帝さんが頼みたいことを説明し始める。一通り聞き終えたライガーさんはすぐさま御意(ぎょい)と答えた。えっ、そんなあっさり頷いて良かったの？　断る素振りどころか、考えることさえしてなくない？　驚いていると、皇帝さんがスッと手で私を示し、ライガーさんがようやく私を見る。目が合ったことに驚いてパチクリと瞬きをしていると、軽く頷いた皇帝さんの反応を見てからライガーさんが私の前までやって来て、目の前で片膝をついた。これまた騎士っぽい……！　いや、本物の騎士だけど。

「こうして再び会えて良かった。君が……。いや、失礼だな。貴女(あなた)様がまさか魔王様の御息女であったとは。これまでの非礼をお詫びいたします」

「うぇっ⁉　や、ややややそんな！　あ、あの！　普通に！　普通にしてくださいぃぃぃ！　メグでいいのでっ！」

　あまりにも恭(うやうや)しいその態度に耐性のない私は困惑の極みである。懇願するようにそう言ったものの、しかし、と渋るライガーさん。まさかこのままの態度なのだろうか、と冷や汗を流していたけど、堅苦しいのは嫌だとおっしゃっていましたね、と思い出してくれたことでなんとか少し、その態度が緩和された。よ、良かった。

「あの、あの時は、逃げちゃってごめんなさい。ずっと謝りたくて」

せっかくなので、私も言いたかったことを正直に伝えることにした。私たちのために捜索をしていたというのに、私はバレないように、見つからないようにって必死で、その親切に気付かなかったから。自分たちで調べるということを怠ったせいだもん。ちゃんと謝っておきたかったのだ。

「とんでもない！　事情が事情ですから、貴女方は何も悪くありませんよ。むしろ、最後まで逃げ延びたその実力に感服いたしましたから」

それからライガーさんは自分の方こそ怪我を治してくれて感謝する、改めて礼を言えて本当に嬉しいと言ってくれた。やっぱりすごく真面目で優しい人だった。謝罪もお礼も言い合ったし、これでよし！……とはいかない様子。何か自分に出来ることはないか、と言い出してしまった。やっぱりそうきましたか！　私に言葉だけではなく、何かお礼をしたいってずーっと言っていたもんね。予想通りですとも。なので、私は待ってました、とばかりにライガーさんに伝えた。

「そのお礼が、さっき皇帝さんが頼んだことなんです。リヒトは私の大切な友達だから、ラビィさんに会いに行った時に、良くしてもらいたくて。それと、私やロニーが書いた手紙をラビィさんに渡すのを、見逃してほしいんですけど……」

「て、手紙、ですか？　それは……」

きっと、リヒトをお願いってことだけでは、仕事だから当たり前のことだ、とかなんとか言って納得しないだろうなぁ、と思ったので先手を打ちました。さっきチラッと確認したんだよね。通常は罪人に何かを差し入れするのは禁止されているって。特にラビィさんは重罪人。手紙も禁止だって。でもそこをなんとか！　と言っているのである。しかも皇帝さんの前で堂々と。

「ん？　どうしたライガー。私は其方らの話は何も聞いてないぞ」

「っ！」

皇帝さん、話がわかるぅ！　許してくれるだろうな、ってことは予想していたけど、ある意味賭けだったんだよね。はぁ、良かった。というわけで、今度はわかりやすくコソコソと内緒話をする仕草でライガーさんに告げる。

「手紙は渡す前に内容を確認しなきゃですよね？　なので、それもライガーさんがやってください。それと……。このハンカチ。私にください！　それでお礼ってことで、どうですか？」

驚いたように目を見開いたライガーさんは、少ししてフッと笑った。それから参りました、と小さく両手を挙げて答えてくれる。

「貴女の望み通りに」

あえて恭しく私の手を取り、ほんの少しだけ上に持ち上げた。それがなんだか面白くて、私もクスクス笑う。ライガーさんは、それからそのハンカチは元々差し上げたものですよ、と嬉しそうに笑った。

3　リヒトの今後

ライガーさんとの話を終えた後は、比較的すぐに皇帝さん共々、部屋を去っていった。後はのんびり過ごして、明日になったら魔大陸へ帰るという。すでに父様たちがそう話をつけているのだそうだ。ちなみに、滞在中は何度か夕食を一緒に、と誘われていたのだそう。だけど全て断ったという。堅苦しい場所で高級な食事だなんて性に合わないから嫌だとお父さんが即答したんだって。物言いに遠慮がないな、相変わらず。でも、数回お茶は一緒に楽しんだって言っていたから、いいのかな？　これが同じ人間の大陸の住人だったら不敬とか言われてそうだけど、魔大陸の人間ってことで文化の違いで片付けられているんだと思う。というか今回も、そしておそらく先代皇帝の時も借りを作りまくっているので、このくらいのワガママは当然のように許されるんだろうな。横暴に振る舞っているわけでも、無茶をお願いしているわけでもないし、むしろかなり良心的かも。気楽にさせてくれってだけの要望なら安いものだよね。お父さんの態度を側から見ていると心臓に悪いけど。

「あーっ！　ようやくオルトゥスに帰れるぜ！　俺、しばらく休暇とるからな、絶対！」

「羨ましすぎるぞ、ユージン。我など、帰ってからの方が地獄よ。よくも仕事を増やしてくれたな、というクロンの嫌味が聞こえてくるようだ」

お父さんと父様も、人間の大陸で出来ることは全て終えたみたいだ。当然、父様は皇帝さんと手紙のやり取りは続けるみたいだけど。というか、頻繁に会合を開いて今後の対策を詰めていかなきゃいけないんだって。むしろこれからなんだもんね、奴隷制度を整えるのは。クロンさんが言いそうな台詞は、私もあの氷のような無表情とともに容易に想像出来るけど、これはとても大事なことだから大目に見てあげてほしいところだ。父様の休暇は遠そうである。……出来るだけたくさん手紙を書いてあげようっと。

「なぁ、メグ。クロンって？　魔王城で働いてる人？」

「そうだよ。メイド服が戦闘服で、魔王様の右腕を名乗っている綺麗な女の人。無表情なんだけどね、本当はとても優しいの。それにすっごく頼りになるんだよ！」

なんでメイド服？　と首を傾げつつも、リヒトはそうなんだ、と呟いた。魔王城がどんなところか気になったのかな？

「んー。それにしても、なんだか物足りないな」

少し休憩しよう、とテーブルにお茶のセットを出したケイさんが、手際良くみんなの前にカップを置く。本当に手馴れているよね。それに美味しい。みんながそれぞれカップを手にとったところで、ケイさんがやや不服そうにそんなことを言い出した。

「なんだケイ。お前、戦争でもするつもりでいたのか？」

「気持ち的にはそんなとこかな。でも、当然でしょ？　みんなにギラギラした目で色々と頼まれちゃったし」

お父さんの冗談めいた質問に、軽い調子ながらも割と本気で答えるケイさんにビクリとした。オルトゥスジョークであってほしい。切実にそう思う。ああ、なぜかソーサーに置こうとしたカップがカタカタと音を立てているよ。

「な、何を頼まれたんだろ……」

「しっ！　リヒト、聞いちゃダメ。たぶん想像したことの斜め上の内容だと思うから……！」

引きつった笑みでリヒトが呟くので、早々に止めておいた。聞かない方がいいこと、このギルドにいると割と多いんだよ！　主に私の精神衛生上とても大事！　リヒトはそれを聞いてすぐさま口を閉じた。空気の読める少年である。チラチラと様子を窺っていたロニーも、ソッと目を逸らしてお茶を飲んでいる。ロニーもまた抜群の危機管理能力だ。ドキドキしながらひたすら聞き役に徹していると、話題が移り変わっていく。助かった……！

「それにしても、城から飛び立つのだけは拒否するとは……。皇帝も変なところを気にするのだな」

「まぁな。前にもやったから気にすることねぇよなぁ？」

城から飛び立つ？　前にもやった？　それって、私たちを助けに来てくれた時のことかな。えっ、そんなことしたの!?　しかもバルコニーからって……。そりゃあ拒否もするでしょうよ！　いくら魔物型で飛び回ることを許可されているからって、父様の龍姿を見たら失神者が続出するでしょうに！　その辺は視認が難しいくらい上空を飛ぶとか、人のいない場所を選んで離着陸するとか、こっちが気を付けてあげるべきだよ。皇帝さんは悪くない。というか、やっぱりお父さんも人間の感性をちょっと失っているよね？　そりゃあ数百年も魔大陸で過ごしていたらそうなっちゃうのかもしれないけど、その原理でいくと私もいつかそんな感覚になっちゃうってこと？　慣れっていうのは本当に恐ろしい。気を付けよう。

「ま、結構こっちの言い分を聞いてくれたし、街の外まで徒歩で移動することくらい別にいいだろ」

お父さんが頭の後ろで手を組みながら父様に向けて言う。本当、その通りだよ。そのくらいは歩いたって問題ないもん。……いや、問題は少しある。私たちが目立ちすぎるという問題が。お城まで行くのにもかなり目立っちゃったもんね。けど、そこをあえて隠さず堂々と歩いていたら、人間たちも慣れてくれるかもしれない。いつになるかはわからないけど、いつか留学制度が整って、魔の者たちが人間の大陸を歩くようになった時、大騒ぎになったり変な目で見られるのを和らげられるかもしれないし。小さなことからコツコツと、だよね！

「そうだね、頭領。帰りはデートしたかったし、むしろ都合がいいよ。ね、メグちゃん？」

あ、そう言えばそんなことを言っていたよね！　パッと私が顔を上げると、デートだぁ？　というお父さんの低い声が聞こえてきた。なんでそんな過剰に反応するんだ。

「……俺は護衛だから、ついて行く」

「俺たちも護衛される側だからついて行くぞ」

「僕も」

ギルさん、リヒト、ロニーはすぐさま前と同じことを主張した。みんなで街の散策が本当に出来るなんて嬉しいな。ケイさんもそう言われるのがわかっていたのか、仕方ないなぁ、と苦笑を浮かべてから私の耳元に口を寄せた。なんだろう、内緒話？

「じゃ、オルトゥスに戻ったら二人だけでデートしようね？」

「ふぇ……！？」

意味を理解してジワジワと顔が熱くなっていくのを感じる。前世含めてこんなイケメンな言葉を耳元で囁かれたことないんだけど！　ごめんね、枯れてる系女子で！　しかも耳元で囁くなんて反則だよー。ケイさん恐ろしいよー、イケメンすぎるよー。

「おい、何言ったんだケイ？」

「は、華蛇よ、答えるのだ！　メグが真っ赤になって慌てているぞ⁉」

私の様子がおかしいことにいち早く気付いた親馬鹿な二人がケイさんに問い質している。お父さんも父様も反応が過剰じゃない？　特にお父さんは、ケイさんのことを良く知っているんだから大体の想像はつくでしょうに。はー、顔が熱い。

「頭領にも魔王にも関係ないでしょ。女の子を口説くのにまでいちいち首を突っ込むのはカッコ悪いよ？」

一方、ケイさんはそんな面倒臭い二人に凄まれてもどこ吹く風だ。やれやれ、と言ったように軽くあしらっている。すげー、と小さくリヒトが呟いた。うん、私もすごいと思う。色んな意味で。

「……その時の護衛は？」

「聞いていたの？　もう、ギルナンディオまで野暮なことしないでよ。……影から頼むね」

「了解」

こっちはこっちで仕事の契約が成立していた！　ギルさんもちゃっかりしている。しかしこの過保護はいつまで続くのだろうか？　ありがたいけどね！

結局、どうせみんなで鉱山まで向かうのだから、と街歩きも勢揃いで行くことになった。お父さんも父様もギルさんが顔を隠してないことにかなり驚いていたな。それが私のためだって聞いたらすぐに納得していたけれど。そんなイケメンギルさんは惜しげもなくそのご尊顔を晒して歩いているし、ケイさんは人と目が合う度に微笑んで手を振り、道行く人の心を奪いながら歩いているし、父様は映像で映されたから認知度も高い上に、何も気にせず歩いているしで……。本当、かなり目立つ集団である。もちろん私も目立つことは理解しているんだけど、ここまで美形が集まるともはや誰を見ればいいのかわからなくなって、誰か一人が悪目立ちすることもないらしいことがわかったよ。新たな発見である。なんか、一周回って楽しくなってきちゃった。せっかくなので周囲の目は気にせず、思う存分食べ歩きや観光を楽しませてもらっちゃいます！　お店の人はどこか緊張した様子だったけど、皆さん優しくて色々サービスもしてくれたし、炭火焼き鳥も美味しくて幸せ！

オルトゥスの皆さんにお土産としてお饅頭(まんじゅう)のようなお菓子も買ったよ。温泉饅頭を思い出して、これをお土産にしようってお父さんとも意見が合ったのだ。それほど美味いのか、と父様も魔王城へのお土産として購入している。ああ、こうして日本の妙な習慣みたいなのが魔大陸で広がっていくんだな、って思った。

それから私たちは小一時間ほど街の観光を堪能した。街の外に続く外壁に向かいながら、私は改めてこの街をじっくり観察する。何だか新鮮だ。魔術や魔道具が当たり前のように普及しているわけじゃないから、あらゆる仕事が手作業で行われることが多い。洗濯とか掃除はもちろん、料理のための火おこしをするとかね。旅の間中は私も目にしたり実際にやることがあったけど、ほぼ簡易テントの魔道具を使っていたから、実はあまりその苦労を経験してはいないのだ。川の水は冷たいから洗濯も洗い物も大変そうだし、火をおこす作業なんて、私にはかなり難しいと思う。けど、この街の人たち、というかこの大陸の人たちはそれを当たり前のようにこなしている。それがとても逞しいなって思うと同時に、私は便利な生活に慣れちゃっているんだな、って何とも言えない気持ちになった。魔術や道具が悪いわけじゃない。決してない。けど、こうした作業も出来るようになっておくに越したことはないなって思ったのだ。何ごとも経験だし！　オルトゥスに戻ってもっと体力が回復したら、実際にやってみようかな。そんなことを考えている間に城壁に辿り着いたようだ。行きと同じく、一般じゃない方の門なので、並ばずに出られそう。魔王の娘とはいえ、庶民の考えが抜けない私としては、並ばずに通ってしまうことにちょっぴり罪悪感を覚えるんだけどね……。まぁ、皇帝さんの計らいなので、ありがたく恩恵に与るけども。

　門を出る前に一度振り返り、門を出てからも振り返る。何でかって？　この景色を覚えておきたいからだ。私がここに来ることはもうない、とは言えない。だって私は長寿だからね。人生何が起こるかわかんないって学んだし、また来ることがあるかもしれない。でも、今の時代のこの景色は今しか見られないから。人間は私たちよりも短命だ。だからこそ、文明の発展や生活の変化は目まぐるしい。次に来た時は数十年、数百年が過ぎているかもしれないのだから、また同じ景色とは限らないもん。前世で習った歴史を思い出せばそれがよくわかるというものだ。

「メグ、行くよ？　どうか、した？」

　ちょっとぼんやりしすぎたのだろうか、ロニーが声をかけてくれたことでハッと前を向く。みんなもこちらを見て立ち止まり、私を待っていてくれているのがわかった。

「ううん。この景色をしっかり覚えておこうって思って。ごめんね、もう大丈夫。行こう！」

　私がそう言って歩き出すと、ロニーが手を差し出してくれたのでそっと握る。すると、反対側の手はリヒトが握ってくれた。私たちは顔を見合わせて微笑んだ。帰り道が、こんなにも穏やかな気持ちでいられるなんて思ってなかったな。

こっちに来る時に降り立った辺りに辿り着くと、ギルさんが影から行きと同じ大きな籠を出してくれた。帰りは人数が増えているからどうするんだろう、と思って聞いてみると、どうやら父様が魔物型になって飛ぶらしい。つまり空の旅はギルさん便と父様便に別れるってことだね。何も考えずに私が籠に乗り込もうとしていると、クイッと服の裾を引っ張られた。振り向くとそこには、物言いたげな父様が。え、どうしたの？

「め、メグ。その、我の背に乗らぬか……？　ユージンと一緒に乗れば、安全面も問題なかろう？　龍の背は、乗り心地も悪くないと思うのだが……」

モジモジとそう言う父様は何だか可愛らしく見えた。けど、お父さんの反応は冷たく、気持ち悪い、とバッサリしたものである。そ、そこまで言わなくても！　私は、お父さんも一緒なら、乗せてもらうのもいいなって思うんだけど、他の皆さんはどこか困った子を見るかのような目付きで父様を見ている。ギルさんは特に、眉間にシワが寄っていて不機嫌そうだ。いつもギルさんに運んでもらっているもんね。……浮気がバレたような気分になるのはなぜだろう。

「ま、魔大陸に着いたら我はもう、しばらくメグとお別れなのだぞ⁉　このままメグと離れることになっては、我は地獄の仕事漬けの日々を乗り越えられぬ！　生きていけぬぅぅぅ！」

皆が反対であるという雰囲気を察知したのか、父様はついに本音を叫んだ。泣きを入れたとも言う。でも一理ある。確かにしばらく会えなくなりそうだよね。私も身体の調子を取り戻すためにリハビリの続きや訓練なんかもしたいし、父様は魔王城の仕事も溜まっている上に、新たにやらなきゃいけないことが増えたから会うどころじゃないだろうし。そう考えたらかわいそうになってきた……。

「こりゃダメだ。悪いなメグ。俺も一緒に乗るから、ちと頼むわ。これじゃクロンが苦労する」

お父さんも同じように思ったのかな、と思ったら違った。クロンさんの心配だった。父様の仕事の手が止まって一番大変な思いをするのはクロンさんっぽいもんね。他にも、魔王城で働いている人たちは、今もすでに大変なのに父様のご機嫌取りもしなきゃいけなんなんて。長らく魔王城を離れていた上に仕事がさらに増え、その上帰ってきた魔王が愚図っていたら……。うん、父様の背に乗ることくらい何でもない。私に出来る協力はそんなことくらいだけど、それが魔王城の未来のためになるなら喜んで乗ろうと思うよ。

「じゃ、じゃあ、父様に乗せてもらおうかな」

「よ、良いのか！　嬉しいぞ、メグ！」

私がそう答えると、父様は見る見る内に元気を取り戻した。わかりやすい人である。ギルさんが不服そうだったけど、お父さんと父様という最強の布陣に渋々納得したようだ。でも、ギルさんには悪いけど、実はちょっぴり龍にも乗ってみたかったんだよね。一人では絶対に乗れないし、そんなことを頼むのも気が引けたから言わなかっただけで。せっかくなので、父様の背を堪能したいと思います！　ドキドキ。

龍の背に乗る空の旅は、オン・ザ・お父さんの膝でした。籠の中より心許ないけど、安心感は半端ない。絶対に落とされない自信があるもん。父様も厳重に保護の魔術を展開してくれているしね。やりすぎだろ、とお父さんに呆れられるほど厳重に。曰く、もしここで戦闘が始まっても外には魔術的にも物理的にも漏れることはないという。私が手を離して歩き回ったところで落っこちることはないってことだ。それでも遮る物も掴まる物もなく、高速で空を移動する中歩き回るなんて、そんな怖いことは出来ないけどね。あ、そうそう。龍の鱗の触り心地は、想像以上に気持ちよかったよ。ツルツルでひんやりで、何だか癖になりそう。頬摺りをしたら父様が喜びの雄叫びをあげちゃったけど。に、人間の皆さんが気を失っていませんように……！

「ね、お父さん」

「んー？」

飛び立ってからしばらくして、私は気になったことを聞いてみた。お父さんは私の背後から抱え込むようにして座っているので私は真上を向くような体制だ。首が痛いので胸元に寄りかかると、お父さんは私の額に顎を軽く乗せた。

「私を探している時、なんでお城の人たちが嘘をついているって思わなかったの？　噂を聞いただけだったし、皇帝さんたちが本当のことを言っているかは、わからなかったでしょ？」

お父さんサイドからの話を簡単に聞いたあと、ずっとどうしてかなって思っていたのだ。だって、私たちはずっと城の人たちから逃げていたわけだし、どっちが黒幕かなんて片方の主張だけじゃ判断が出来なかったはずだもん。だけど、お父さんたちは迷いなく皇帝さん側を信じたのが不思議だったんだ。私たちは捕まって初めて知ったわけだし。あ、思い出したら気持ちが沈む。今後、騙されないようにするためにも、何が決め手となったのか聞いておきたい。

「そりゃ最初は半分以上疑ってたよ。お前たちと同じで完全に国がクロだと思ってた。いくら前皇帝がいいヤツだったとしても、今の皇帝が同じとは限らねぇからな。人間なんだ。それはわかるだろ？」

メグが攫われたことで、冷静じゃなかった部分もあったし、とお父さんはブツブツ呟いた。お父さんも、自分が頭に血がのぼっていた自覚はあるんだね。

「けど、街で情報を集めるうちに違和感を抱いて、こりゃ調べる必要があるなって。で、皇帝から直接話を聞いて、ようやく七割は信じたってとこだったな」

「それなら、どうして？　それだけで全面的に信じるなんて、お父さんたちならしないよね？」

どれだけ焦っていたとしても、そこだけは念には念を入れて調べてそうだしね。それに、ちょっとでも疑わしいポイントがあったら、あそこまで打ち解けてないだろうし、国側の協力なんて全部断って魔大陸に帰ってきていたと思う。それどころか、今回お父さんたちはこれでもか！　というくらいこの国に残って尽力した。事後処理の手伝いだけでなく、魔道具をホイホイあげたりだとかのあらゆる援助をしたのは、たぶん自分たちをどうぞ信じてくださいっていうアピールだ。それってつまり、お父さんたちは完全にあの国を信じたってことでもあるのだから。

「あん？　そりゃ簡単だ。決定打が現れたからな」

決定打？　そんな都合のいい何かがあったの？　驚いていると、聞いてないのか？　とお父さんに聞き返されてしまう。え？　何を？　誰から？　話についていけずにうーむ、と唸っていたら、お父さんがニヤッと笑ってこう答えた。

「お前の精霊が、皇帝達の前でも平気で姿を見せたんだよ」

「ショーちゃんが？」

思いがけない名前に思わず身体ごと振り返ってお父さんを見た。なんでも、私が助けを呼んできてと頼んだあの時、ショーちゃんはお父さんたちだけでなく、皇帝さんも含めたあの場にいた全員の前に姿を見せたらしい。そ、そうだったの⁉　魔石の中のショーちゃんに確認してみると、そうなのよーというのんびりとしたお答え。えー、なんで教えてくれなかったの？　聞かれなかったから？　まぁ、そうか。何はともあれ、確かにそれなら納得である。精霊は、どこか抜けているように思えるけど、実はかなり慎重な性質を持っている。自然魔術を使う者以外がいくら見たいと思ったところで、精霊自身が自ら姿を見せようと魔力を放たない限り、見ることが出来ない。まず初対面の人の前で姿を見せることはないのだ。それから善悪の心に敏感で、悪の心を強く持つ者の前では決して姿を現さない。それは自然魔術の使い手であっても例外じゃないよ。シェルメルホルンのように、契約した後に悪い考えに染まっちゃった、とかだと例外になるんだけどね。だから精霊が見える、というのはそれだけで善人であることの証明になるのだ。しかしショーちゃんは今回、あろうことか初対面の、しかも人間の前で姿を見せた。緊急だったし、魔力の節約なんかを考えたとしても異例中の異例である。普通はあり得ない。なるほどねー、確かにこれ以上ないほどの決定打だ。

「だから、ある意味お前のお手柄だな」

そう言いながらお父さんは私の頭をくしゃくしゃと撫で回してきた。もー、髪がグチャグチャになるっ！　せっかく蝶のバレッタでまとめてるのにー！　それに、私じゃなくてお手柄なのはショーちゃんだ。きっとショーちゃんはそこまで考えてなかったとは思うよ？　単純に、この人たちは悪い人たちじゃないから見せちゃってもいいやー！　っていうノリだろう。この人には見えるように、でもこの人には見えないように、っていう調整は案外魔力を食うらしいから。とはいえ、ショーちゃんがとてもいい働きをしたのは変わらない。魔大陸についたらご褒美にまた魔力をあげようかな。ま、また容赦なく吸い取られたらどうしよう！……心構えはしておこう。

空の旅は順調に進んだ。途中からは父様も念話でお喋りに参加してきたんだよね。内容は、仕事が落ち着いたら一緒にお茶をしようね、とか、二人でお出かけしようね、といった父様のモチベーションが上がるような話題を選んだよ。私は出来る娘なのである。父様が終始ご機嫌だったのは言うまでもない。お父さんにはよくやった、という意味を込めてサムズアップされました。

鉱山に辿り着いた時、ロニーのお父さんはそこにはいなかった。あんな風に息子と別れてまだ少ししか経ってないから、会うのが気まずかったのかも？　なんて思ったりして。案外それが事実かもしれないけど。なので、鉱山前に立っていたドワーフの一人に、これでこの件は終わりだとお父さんが話した。すると、次回からはまた報酬が発生するとのお答え。そ、そっか。次からは通るのにいちいち報酬が必要になるんだなぁ。あれ、でもそうなると、リヒトは？　これからは定期的にラビィさんに会いに行くんだよね。じゃ、じゃあ、リヒトは人間の大陸に残るってこと？　だって、魔大陸に戻ったらそう簡単に会いに行けなくなっちゃうもん。

「あぁ、まだメグには言ってなかったよな。俺、色々考えてさ、魔大陸に行くことに決めたんだ」

「そうなの⁉」

いつの間に！　驚いていると、リヒトは苦笑を浮かべて話してくれた。どうやら父様から、魔力を持っている者はやはり魔大陸で過ごすのが最も適している、って言われたようだ。事実、魔大陸は魔素が満ちていてとても居心地がいいからそれに甘えることにした、って。

「えっ、じゃあ、リヒトもオルトゥスに来るの？」

一緒にいられるんだ！　と思って喜んだものの、リヒトは困ったように笑っている。あれ？　違うの？　戸惑っていると、その質問には父様が答えてくれた。

「実はな、リヒトは我のところ、つまり魔王城で暮らすことになったのだ」

「えっ、魔王城で？」

予想もしていなかった意外な報告に、私は目を見開く。一体どうしてそんな話に？　かなり驚いたけれど、聞いてみたらそれはもっともな理由だった。

「今後、ラビィに会いに行くにしても、鉱山には近い方がいいだろ？　そう思って配慮してくれたんだよ。それに、奴隷制度の見直しについてはさ。……俺も、何か力になれたらって思うんだ」

奴隷制度の見直しや留学の件について、案を詰めるにあたって、転移陣の通行手形の作成を最優先させるのだ、と父様は言う。それさえ先に出来てしまえば、いつでも人間の大陸に渡ってラビィさんに会いにいけるからね。ただ、移動手段についてはこれから考えなきゃいけないらしいけど。

そっか。色々考えて、これからやるべきこと、やりたいことをリヒトも自分で見つけたんだ。決意の色を瞳に宿したリヒトは何だか男らしく見えた。何かを決断した時の凛々しい顔つきだ。うん、とっても頼もしい。

「そっか。ちょっと寂しいけど、やりたいことを決められたのはすごくいいと思う！」

「ありがとな、メグ。早いとこ制度を確立させて手形を作るのが当面の目標なんだ。手形を作ることで鉱山ドワーフにはどんなメリットがあるか、とかちょっと色々考えててさ。例えば……」

これからのことを話すリヒトはキラキラして見えた。すごいなぁ、もう色々考えているんだね。ロニーに続いてリヒトも、私を置いてどんどん大人になっていくみたいで、やっぱり寂しいや。嬉しいけど寂しい。私も早く成長したいって思うけど、それぞれのタイミングってのがあるんだもんね。ちゃんと応援しよう。そして、力になれることがあるなら力になるんだ。私に出来ることなんて、まだ話を聞くくらいしかないけど、それでもである！

「あ、でも……。まだお前の父さんと、その、例の話はしてないんだ」

「！　そっか、そうだったね！　話、する？」

突然、ヒソヒソと小声になって何ごとかと思えば、例の話でした。忘れていたわけじゃないよ？ただ、知らない間に話が終わっているかも？　そこのところどうなの？　っていう状態だっただけである。言ってもらえて助かったよ！　リヒトが緊張の面持ちで頷いたのを確認して、私はお父さんに声をかけた。

「あん？　なんだ？」

「あのね、リヒトのお話を聞いてあげてほしいの。私、リヒトの家族になってあげたいから！」

「………は？」

私が拳に力を込めてそう告げると、お父さんがなぜか固まった。父様も一緒になって固まっている。あ、言い方が変だったかな？　でも、日本人の転移者、とか大声で言えないし。この世界での家族として居場所を作ってあげたいって思っているのは本当だし。ね？　と思ってリヒトを見ると、顔を青ざめさせていた。あれ？

「っだから！　誤解を招く言い方してんじゃねぇっ！　馬鹿メグぅぅぅぅ！」

「にゅっ!?　ひょっ、ひょめんなひゃぁぁぁぁいっ」

グニグニと頬を抓られながら半分涙目で私に怒鳴るリヒト。うぉぉ、ほっぺが痛いー！　やめてー！　何が悪かったのかよくわかってないけど、とりあえずごめんなさいーっ！　そんな私たちを見て、ケイさんは声を上げて笑い、ロニーもクスクス笑っている。ちょ、助けてぇ！　でも、リヒトは思っていたよりもすぐに私を解放し、慌ててお父さんたちに弁解を開始した。ヒリヒリするほっぺに両手を当てながら、私は涙目である。ぐすっ。

「はー、おっかしかったぁ。でもさ、メグちゃんにもこうやってふざけあえる友達が出来たんだよね。んー、なんかちょっと寂しいかも」

「複雑だ……」

娘の成長を見守る親のような心境なのだろうか。そんな話をしつつも、ケイさんはポンポンと私の頭を撫で、ギルさんが冷たいタオルで私の頬を冷やしながら慰めてくれた。本気を出していたわけじゃないってわかっているから、リヒトが抓ってきたのも黙って見ていてくれたんだよね！　対等な相手じゃなければきっと今頃、保護者たちの鉄槌(てっつい)を下されていただろうし。そっか、リヒトもロニーも私の友達だってことを、きちんと認めてもらえているんだ。それが嬉しくて、心がくすぐったくなる。……でも、もうちょっと加減してくれてもいいんだよ、リヒト。

「おいおいおい、マジかよ。これはもしかして……！　おい、アーシュ」

突然、少しだけ声のトーンが大きくなったお父さんの声が聞こえてきた。どうやら、リヒトはお父さんに自分の出自も含めて全部説明し終えたみたいだけど……。何かあったのだろうか。かなり驚いた様子なのは話の内容的にわかるけど、なんだか、様子が違う？　少し焦っているようにも見える。……どうしたんだろ？

「……ああ。おそらく、いや、間違いなくそうであろうな」

「え？　あの、俺が、何か……？」

お父さんだけでなく、父様も魔王モードな真剣な表情で腕を組んでいる。そんなただならぬ二人の様子に、間に立ったままのリヒトは困惑していた。リヒトだけじゃない。少し離れた位置で待っていたロニーや私、それにギルさんやケイさんも首を傾げている。しばらく何かを考えるように黙り込んだ二人。すると、お父さんがパッと顔を上げ、真剣な表情でリヒトの両肩に手を乗せる。そうして話された内容は、突拍子もないものだった。

「いいか、リヒト。お前は今後、誰よりも強くなる必要が出てきた」

「えっ、え？　強く……？」

あまりにも突然な言葉に、みんなで呆気にとられてしまったよ。誰よりも強く、それはどういうことだろう？　そしてなぜなのか。冗談や軽い気持ちで言っているわけじゃないことは、その纏う真剣な雰囲気でわかる。だからこそ困惑する気持ちが大きいわけなんだけど。

「誰よりも、だ。俺やアーシュと同等のな。わかりにくいか？　そうだな、少なくともそこにいるギルよりは強くならなきゃならねぇ」

お父さんの言葉にギルさんがピクリと片眉を上げた。え、え？　何？　ますますわかんないんだけど!?　でもお父さんだけでなく父様も真剣そのもの。そんな中、誰よりも混乱しているだろう、リヒトが思わずといった様子で声を上げた。

「ギルさん、より……!?　む、無理無理無理無理ッス！　どう考えても無理で……」

「絶対だ！　それが出来なきゃ、俺は、許さない」

「っ!?」

ギルさんの強さは、リヒトも目の当たりにしたもんね。殺気だけで人があんな状態になっていくのを見たら、自分に向けられたものじゃなくても軽くトラウマになっていてもおかしくない。だから、リヒトの反応は当然のものなのだ。だけど、最後まで言い切るより前に、お父さんの鬼気迫るその声がリヒトの言葉を遮った。その勢いに、リヒトがビクッと肩を揺らしている。

「……うむ、我も許せぬな」

静かになったところで、静かに父様も同意を示した。ど、どどどどーいうこと？　なんで突然そんなこと……。意地悪で言っているわけじゃないよね？　だってお父さんも父様も、怒っている様子はなくて、どこか苦しそうというか、悲しそうな顔をしているから。

「……すまねぇ、突然こんなこと言って。だが、嘘や冗談なんかじゃねぇんだ。強制ってわけでもないっちゃないいんだが……。これは頼みだ。俺の、一生に一度のお願いってやつだな」

父様も、お父さんの言葉に神妙に頷いている。強制じゃないとはいえ、この二人からの一生のお願いだなんて、ほぼ強制みたいなものである。ただならぬ様子に暫し言葉を失い、目を丸くしていたリヒトだったけど、少し落ち着いたのかようやく小さな声で口を開いた。

「……あの。理由を聞いても？」

それはもっともだ。なにはともあれ理由が知りたい。なんなら私も知りたいし、この場にいる人はみんなそう思っていると思う。この二人がこんなにも取り乱しているんだもん。よほどの問題があるんじゃないかって思うじゃない。だけど、二人はすぐに答えようとはしなかった。

「……今はまだ、知らない方がいい。こちらとしても、ほぼそうだろうってだけで、確信はないからな。そうだな、お前がもっと強くなった時。俺たち並に強くなったらその時に教えてやる。あぁ、心配しなくても、魔力を持つお前は普通の人間よりは寿命が長い。それが五十年後だったとしても、身体は三十代くらいだろうから」

「うむ、そのくらいが良いだろうな。リヒトよ、我の城で修行を積むのだ。心も身体も、しっかり強くならねば。それも、出来るだけ早く。人間に許された時間は我らよりも遥かに短いからな……」

一体、どれほどの事情なんだろう。すごく気になるし、今すぐ聞きたいけど、この様子じゃ今は誰にも話す気はないんだってわかる。突如、重苦しい話になってしまって誰よりも戸惑っていたリヒト。受け止めるだけでも精一杯だと思う。だけど、リヒトは真っ直ぐな瞳でお父さんと父様を見つめ返し、ハッキリ宣言した。

「……わかりました。事情はすげぇ気になるけど、貴方達は信用出来る。ちゃんと、言われた通り努力はするよ。だから、絶対にいつか必ず教えてください。そして、俺を強くしてください、魔王様！」

　よろしくお願いします、とリヒトはしっかり頭を下げた。前から思っていたけど、本当に心が真っ直ぐだ。こんな風に思えるのって、実はとてもすごいことだよね？　どう考えても納得のいかない提案だもん。それほど、お父さん達を迷いなく信じてくれている。……ラビィさんの件があったのに、だ。

「いい目だな。覚悟も悪くない。こっちが理不尽なことを言ってるってのによ」

　リヒトの言葉を聞いて、ようやく二人が肩の力を抜いた。フッと笑ってリヒトを見下ろす眼差しは、とても優しいものだ。

「これは、我らも心してかからねばならぬな。リヒトよ、必ず我が其方を強くする。鍛錬（たんれん）は厳しくなるだろう。だが、ついてきてほしい」

「おう、全力でバックアップするぞ。お前の事情だってなんでも聞くし、必要であれば俺のことも聞かせてやる。お前は俺と同じ境遇なんだからな」

　お父さん達がリヒトを見る目は、まるで実の子どもを見るような優しい目だった。そのことに安心もしたけど、なぜだか私の心の奥の方で「不安」という重しが落ちた気がした。

「わけわかんねぇこと言ってるのに、信じてくれてありがとな」

「必ずや、その信用に応えると約束しよう」

「……はいっ！　お願いします！」

再び頭を下げ、そして顔を上げたリヒトは、どこか嬉しそうに見えた。気になることはあるけれど、今はこれで良かったんだよね。魔王城という新しい居場所を得たことで、リヒトがまた家族のように思える存在が増えるかもしれないんだから。よし、リヒトにも手紙を書こう。同じ魔大陸にいるとはいえ、なかなか会えなくなってしまうけど……。リヒトが決めた道と、何やら背負ってしまったらしい使命を全力で応援しようと思った。

4　旅の仲間たちのそれから

【リヒト】


もう、何を言われても驚かないぞ。この決意は何度目だろう。メグや、メグの家族と一緒に行動していると、本当に常識って何？　って思うことが多い。でも気にしたら負けなんだって、だんだんわかってきた。だから、いちいち驚いていたら身が持たない。そう思っていたんだ。

「誰よりも強くなる必要が出てきた」

でもさ、さすがに魔大陸のトップっぽい二人にこんなこと言われたら驚くだろうよ。しかも、少なくともギルさんより強くとか、マジ無理。あんな、殺気だけで人を殺せそうな強さなのに！　でも、この二人の有無を言わせないというような雰囲気とか、切羽詰まっている感じを見ていたら、嫌とは言えないって思った。出来るかどうかじゃない、やるしかないんだって、頭の中を鈍器で殴られたような衝撃が走ったんだ。俺の使命だ。やらなきゃならないことなんだって本能で理解した。

変なこと言ってるって思うかもしれないけどさ。しかも、かなり苦しく辛い道のりだと思う。奴隷制度の見直しの件もあるし、すげぇ忙しい日々にもなるんじゃないかって。だけど、ラビィだってこれから頑張って生きていかなきゃならないんだ。俺だって死に物狂いで生きていきたい。負けるもんかっていう対抗意識が出てきちゃったんだよな。我ながらアホな考えだとは思うけど。だからわかりやすい目標として、ラビィと面会する度に、驚かしてやろうって決めたんだ。頻繁には会えないからこそ、変化に気付いてもらいやすいだろ？　会う度にまた成長してる俺に、会うのが楽しみだって思ってもらえるように。長生きしなきゃって思ってもらえるように。ラビィの生きる目的に、ってのは図々しいかもしれないけど、楽しみにはなってやりたいなって思ったんだ。

「じゃあ、リヒトとは一度、ここでお別れなんだね……」

魔大陸側の鉱山に辿り着いた時、しょんぼりしながらメグがそんなことを言った。ったく、甘ったれはそう簡単に変わんねーな。付き合いはそんなに長くないけど、メグやロニーは本当の兄弟みたいだと思ってる。確かに離れるのはちょっと寂しいけど、別に永遠のお別れってわけでもない。

「たまには会いに行くからさ。だからメグも来いよ？　ロニーは定期的に鉱山に来なきゃいけないだろ？　そん時にでも魔王城に寄ってくれよ」

「ん、会いに行く」

「うん！　私も！」

　正直なところ、お互いに忙しくなるだろうから、そう簡単には会えないってわかってる。こいつら二人だってそんなことくらいわかってるだろう。わかっていて二人は嬉しそうに笑ってくれた。

湿っぽい別れよりずっといい。そうさ、もう会えないわけじゃないんだ。この二人とも、ラビィとも。

「リヒトのことは、我に任せよ。優秀な指導係も付けるからな！　あとメグ、我にも会いにきてくれ……」

「も、もちろん！　父様にも会いに行くよ！」

あ、そうか。そうなるとメグとはそこそこ会う機会はありそうだな。しかしメグ、そんな風に慌てて答えて……。絶対、忘れてたよな？　魔王様が不憫(ふびん)でならねぇ。

「じゃあ、またねリヒト！　お手紙も書くからねーっ！」

「ああ！　またな！」

　こうして、メグたちは再び飛び立った。今度はギルさんがみんなを運んでいる。大きな黒い翼を広げたあの人を見てると、気が遠くなってくるぜ。はぁ、あんな人に俺が勝てる日がくんのかよ？

道のりはまだまだ遠い。でも、千里の道も一歩からって言うしな。弱気になってる暇なんかない。

「では、我らも城へと向かうか、リヒトよ」

「あ、はい！」

一方の俺は、龍の姿の魔王様の背に乗って魔王城へと向かうことになった。厳重に魔術をかけられたとはいえ、生き物の背に乗るなんて、ラビィに教わってちょっと馬に乗った時くらいだから緊張する。でも、意外と乗り心地が良かったから、安心して空の旅を楽しめた。それにしても魔王城か。……ちょっと楽しみだ。

城のある街へ着くと、獣耳の人や鱗のある人、尻尾のある人なんかの、いわゆる亜人と呼ばれる人たちがたくさん集まってきた。すげぇ、ファンタジー。メグが言ってたっけ。街に出たらもっと実感出来るって。なるほど、このことか。集まってきた人たちはみんな好意的だった。というか魔王様が好きなんだな。口々におかえりなさい、と笑顔で声をかけている。オルトゥスのある街もこんな感じなのかな？　それともちょっと違ったりするのだろうか。結局、歩く機会はなかったけど、いつか行った時の楽しみにしようと思う。

「魔王様、この子だれー？」

「あれっ、人間？」

集まってきた人たちは、魔王様への挨拶を済ませると俺を見て興味深そうに顔を覗いてきた。ちょ、ちょっと怖い。いや、友好的だけどさ！　慣れてないから……！

「うむ、リヒトという。魔王城に住むことになったのだ。なかなか見所のある若者だぞ。皆、良くしてやってくれ」

魔王様が俺のことをそんな風に紹介してくれたおかげで、みんなが笑顔でよろしくなと声をかけてきてくれた。人間なんかが魔王城に住むなんて、と睨まれるかと思っていたけど、反応はむしろ正反対。魔王様が認めた人間だなんてすごい、といった反応だった。なんていうか、想像してたのよりずっと雰囲気が明るいな、魔王城の城下町。そんな調子で歩きながら声をかけられ続けているからか、なかなか城に辿り着かない。というか、魔王様はわざとそうしている節がある。俺を認知してもらうためってのもあるかもしれないけど、ひょっとして帰りたくない？　城が近付くにつれて、ため息も増えてるし。わかりやすっ。城に着いたのはそれから体感で一時間後くらい。時間かけ過ぎじゃないか？　そんなに遠くもないのに。ついに城門についてしまったからか、魔王様は見るからに気が進みませんって顔してる。仕事したくないって呟いちゃってるし。メグも散々言ってたっけ。父様はやれば出来る人だけど大半は残念な人だって。そんなわけないだろ、とか思ってたけど、すでに納得しかけている。

「はぁ、リヒト。我はその、留守にしていた間のことについて、少し話を通してこなければならぬ。しばし広間で待っていてくれぬか……」

「あ、はい。その、頑張って……」

俺は、決戦に向かう魔王様の背を見送った。

魔王城はコルティーガの王城とはまた雰囲気が違った。きらびやかだった王城とは違って、魔王城はクラシックな印象だ。それからそこかしこで魔力の気配がする。魔道具があちこちで使われているんだろう。それはオルトゥスも同じだったけど、こっちの方が厳かな雰囲気だな。城なんだから当たり前か。城のホールに入ったところで、メイドさんが広間に案内してくれた。だだっ広い中、一人で待つなんて緊張したけど、お茶とお菓子を出してもらったおかげでいくらか落ち着けた。魔王様が戻るまでの間、俺はお茶を運んでくれた老紳士に頼み込んで話し相手になってもらった。オレンジの髪をオールバックにしたその人は、ヒュードリヒと名乗り、自分は宰相なのだと教えてくれる。……えっ！　宰相⁉　そ、それなりにえらい立場の人だよな？　そんな人が俺みたいな子どもにお茶なんか出しててていいの？　ま、まぁ、本人は当たり前のようにここにいてくれているから、いいってことなんだろうけど。そういえば、この人は完全な人型だ。確か、亜人が人型で過ごしているのは、強者の証なんだよな？　なるほど魔王城、働く人も厳選されてるってことか。

ヒュードリヒことヒューさんは、お城での過ごし方や日常のことを色々と教えてくれた。ボロ小屋で育った俺にとってはかなり贅沢な暮らしになりそうでちょっと戸惑う。でも、それも慣れだろうな。俺も人間の大陸について話したりと、なかなか会話も弾んで楽しい時間を過ごせた。魔王様が、誰かを連れてげっそりした様子で戻ってくるまでは。なんかわかんないけど、お疲れ様って声をかけてあげたくなる姿だった。

「リヒト、紹介する。我の側近……」

「ザハリアーシュ様の右腕、クロンクヴィストと申します。お見知りおきを、リヒト」

「あー……。ま、そんなところだ」

魔王様の様子が心配になったのも束の間、俺は紹介してくれた人物を見て、未だかつてないほどの衝撃を受けた。綺麗な水色の髪をきちんと結い上げ、切れ長な瞳を持つその人は、自分を魔王の右腕と名乗り、隙のない丁寧な挨拶をしてくれた。一目見た瞬間、身体中に電流が走ったみたいな感覚が俺を襲う。あまりにも綺麗な人すぎて、俺はその人から目が離せなくなったんだ。いわゆる、一目惚れってやつ。本当にあるんだな、一目惚れって。うわぁ、うわぁ、目が離せない。心臓がうるさくバクバクと暴れまわってる。

「……どうしたリヒト？」

「あっ、えっと、よろしくお願いします！　クロンクヴィストさん！」

「クロンとお呼びください。呼び辛いでしょう？」

愛称で呼ばせてくれるなんて！　というかその呼び名、どこかで聞いたな？　あ、メグが言っていたっけ。無表情な人だけど本当はとても優しいんだって。そっか、この人が……。今後、仕事はこのクロンさんが教えてくれるっていうんだから、俄然やる気が出る！　いつか、もっと俺が強くなった時、振り向いてもらいたいっていう目標が増えた。

「ふむ？……なるほどな。リヒトよ、精進せよ。クロンは手強いぞ？」

「押忍！」

俺の反応を見て、魔王様はいち早く察したようだ。ニヤッと笑ってから激励のお言葉を頂戴した。

「何の話ですか？　無駄な話をせず、早速お仕事の話をしたいのですけど。特にザハリアーシュ様、そろそろ書類で部屋が埋まりますよ」

「そんなにか!?　机の上だけではなく!?」

容赦がないところも、涼やかな眼差しも、全てが魅力的に見える。なんでこんな人がいるんだろう。ずっと見てしまう。あー、ダメだ、ダメだ。しっかりしなきゃな！　こんなんじゃ愛想尽かさ

れる。魔王様も協力的な様子を見せてくれたし、絶対にいつか振り向いてもらうんだからな！　そのためにも、やるっきゃない。

「では、ザハリアーシュ様はとっとと執務室へ行って仕事を少しでも減らしてきてください。先、二十日間は寝なくても大丈夫ですよね」

「酷いぞクロン！　もう少し主人を労われ！」

「お食事とお茶はお持ちします」

クロンさんはそれだけを言うとサッと片手をあげる。するとどこからともなく従者が現れ、魔王様を両サイドからがっちりホールドしてズルズルと引きずっていった。さようなら、魔王様。また会う日まで！　恨みがましい目を向けられても、今の俺の心には響かない。なぜなら……。

「ではリヒト。まずは基本的なことから教えていきます。休憩後、別の専門家を呼びますので、その者と武術や魔術の訓練をします。……貴方は人間ですから時間は貴重です。ビシバシいきますよ？」

今からクロンさんと二人きりなんだからな！　ついてこられますか？　という挑戦的な流し目にドキリと心臓が一際波打つ。よ、よぉし、やってやる！

「望むところですっ！」

こうして、俺の魔王城での生活が始まったんだ。


【ロナウド】

「あ、あの！」

「ん？　どうしたロナウド」

　リヒトと魔王様と別れた後、僕たちは籠に乗ってギルさんに運ばれていた。行き先はたぶん、特級ギルドオルトゥス。ついこの間までお世話になっていたあの場所。何も言われてないけど、きっと僕はこれから、オルトゥスで過ごすことになるんだと思う。けど、それっていいのかな？　ただなんとなくで、そんなにもすごいギルドに入っても許されるもの？　僕は確かにまだ子どもだけど……。その前に、男だ。もうすぐ成人だってする。ケジメっていうか、そういうところをちゃんとしなきゃ格好悪い。人としても良くないと思った。だから意を決してメグのお父さん、オルトゥスの頭領に思い切って声をかけたんだ。

「ぼ、僕を、オルトゥスに置いてください！　仲間に、なりたい……！」

　ちゃんと自分の言葉で、ハッキリ伝えないと。思えば僕は、これまで自分の気持ちを伝えるってことをしてこなかった。我慢してれば楽だったし、我慢するのが苦でもなかった。だけどあの時サウラさんに言われて、思い切り頬を叩かれた気分だったんだ。僕は甘ったれていたって、ようやく知った。自分の望みは、ちゃんと言葉や行動に示さないと誰にも伝わらないんだから。待っているだけじゃ、ダメなんだ。

「その、僕はまだ、自分に出来ることが少ない。弱いし、魔術だって下手だ……。けど、たくさん、たくさん、努力する。誰にも負けない何かを見つけたい。いつか、オルトゥスの、戦力になりたい！」

そうして強くなって、依頼をこなしながら世界中を見て回りたいんだ。いつかまた、人間の大陸にだって行きたい。自然魔術を使う僕には過酷な環境だけど……。今回の経験を生かして、身体をもっと鍛えて、まだ見ぬ景色をたくさん見るんだ。世界がどれほど広いか、もっと知りたい。それが、僕の夢だから。

「お願い、します！」

僕はしっかり頭を下げた。今までの僕は、ただ鉱山の閉鎖的な環境が嫌で、家出したつもりだっただけの子どもだった。そんな単なるワガママな子どもでいたくない。しばらく頭を下げたまま待っていると、後頭部に軽い衝撃と温もりを感じた。頭領の大きな手が、ワシワシと僕の頭を撫でてくれているんだって気付くのに、少し時間がかかった。

「よく言えたな。俺は、お前のその言葉をずっと待ってたんだ」

『んー、そうだね。もしこのまま何も言わずにいたら、君はオルトゥスに入れなかったと思うよ』

頭領に続いて、スルリと僕の膝の上にやってきた華蛇姿のケイさんにもそんな風に言われた。そ、そっか。やっぱりそうだよね。勇気を出して良かった。僕は内心でホッとする。

「努力するってんなら、ロナウドの世話係はケイで決まりだな。安心しろ、こいつは努力の天才だ」

『んー、光栄だね。けど、ロナウド。ボクの修行は厳しいよ？』

なんと、ケイさんが僕を鍛えてくれるという。ただ、魔術の基礎知識はオルトゥスにいるドワーフが教えてくれるそうだけど。鉱山以外のドワーフに会うのは初めてだ。よし、着いたらちゃんと挨拶しに行かなきゃ。

「頑張る。よろしく、お願いします。ケイさん」

『任せて。仲良くやろう、ロナウド』

僕の手に、ケイさんの真っ白な尾が巻き付く。気持ち的にはしっかりと握手だ。受け入れてもらえたことで、肩の力が抜けるのを感じる。僕にも、言えた。後悔せずにすんだ。頭領の今日から仲間だな、という言葉と彼の笑顔を見ながら、僕は昔のことを思い出していた。


僕は、いつも鉱山に運ばれてくる色んな物を見てきた。珍しい物を見るのは楽しかったけど、いつまで経ってもどうしても慣れないのが、奴隷だった。鉱山を通る奴隷は、大体が成人した人で、魔大陸側から来る人は魔力抑止の魔道具が装着されていた。あとは、これはみんな共通だったけど、余計なことを話せないように声を出せない魔道具も。やり過ぎじゃないかなぁって思ったけど、自分は罪のない人なんだって嘘をつく奴隷もいるとかで、これが義務付けられたんだって。今思うと、本当に罪のない人もいたんだろうな。鉱山ドワーフはみんな、余計な詮索は一切しないっていうルールを厳守している。私情を挟むと余計な揉めごとになるってよく知っているからだ。鉱山はどこの国にも属さない。だから、冷たいかもしれないけど、自分たちの身を守るためにも、そのルールが必要なんだってことも理解していた。だけど、僕にはやっぱり息苦しかったんだ。どうしても、直視出来なくて、無関心になれなくて辛かった。その人たちがどこで暮らしてどんな風に生きてきたのか、気になって仕方なくなるんだ。そして、勝手にその人たちの家族や人生を思って、胸が苦しくなる。だから僕はいつも鉱山を抜け出して、森へ行ってた。逃げ出していたんだ。情けないよね。族長の息子として申し訳ないって思う。次の族長としては不適格だって。

　父さんだって、そんな僕の心情をわかっていたと思うんだ。だけど、父さんは転移陣を行き来して商品の通過を見守るというその仕事に、よく僕を付き添わせた。勉強させたかったんだと思う。期待に応えたい気持ちはあったんだ。父さんの手伝いをしたいって気持ちもすごくある。でも、苦痛で、苦痛で、仕方なくて……。ある日突然、僕は発作的に逃げだした。一度逃げてしまったら、どうしてももう戻る気になれなかった。……怖かったから。数十年前のあの日から、僕はほぼ、人間の大陸の森の中で過ごしていた。もちろん毎日鉱山内に顔を出していたけど、それだけ。そんな僕を、次第に父さんは諦めたんだと思う。出口の見えない日々と、どうしようもない自分に嫌気がさしていた時、この転移事件に巻き込まれたんだ。リヒトとメグには悪いけど……。実は僕は、ほんの少しだけワクワクしてた。もちろん、怖い気持ちもたくさんあったよ。鉱山と近くの森以外は外に出たことがなかったんだもん。だけど、世界を見てみたいなんていう、ドワーフにとっては馬鹿げた夢が、思いがけず叶ってしまったんだ。逃走の日々だったし、色々大変だったから、こんな風に思うのは不謹慎(ふきんしん)だったかもしれないけど……。僕は、楽しかった。リヒトやメグ、それからラビィにも出会えたことは、やっぱり僕にとっての宝物。知らなかったんだ。出会いが宝物になるんだってこと。一度この喜びを知ってしまった僕はもう止まらない。進むんだ、自分の足で。

景色が移り変わり、ギルドのある街へと到着した。行きはギルドから直接だったけど、帰りは僕

の希望で街の前で降ろしてもらった。自分の希望を聞いてもらえるだなんて、滅多になかったから
なんだかくすぐったい。
「ロニー、案内するよ！」
「ん、よろしく」
地上に降りれば、メグが僕の手を引いてニコニコと笑っている。本当の妹みたいに思っているよ。
とっても可愛い。守ってやらなきゃって思う。僕たちの後ろから、頭領やギルさん、ケイさんが優
しい眼差しで見守ってくれている。僕の知る家族とはまた少し違って、とっても優しい。僕の家族
も、それはそれでいいものだよ？　強固な絆って感じで。でも、オルトゥスはなんだか優しくてあ
ったかい。これは居心地がいいな。メグがこんなに素直で良い子になったのも、よくわかる。
「メグ、疲れたの？……はい、乗って」
最初は意気揚々（いきようよう）とスキップまでしていたメグが、はふぅ、とため息を吐いたのを聞いて、僕はメ
グの前に屈んだ。まったくもう。まだ身体の調子が万全じゃないのにはしゃぐから……。メグがえ
へへ、と照れた笑みを浮かべながら背中に乗ってきたので、しっかり支えて立ち上がる。前よりち
ょっと軽いなぁ。もう少し食べた方がいいと思う。あとは、筋肉量が落ちちゃったんだろうな。ま
た修行、頑張らないとね。
「ロニーの背中、なんだか久しぶりだぁ！」
でも、無邪気に喜ぶメグを見ていると、今はまぁいいか、なんて思う。ギルドの皆さんが甘やか
しすぎる気持ちが少しわかった。でもメグのためには、たまには厳しくしないとね。今は、その、

甘やかす時間ってことで。

「んー、微笑ましい光景だなぁ。これ、ギルドに着いたら視線を集めちゃうんじゃない？」

「すでに集めてんだろ。新たなファンクラブが発足しそうだな、こりゃ」

ケイさんと頭領の会話が聞こえてくる。魔大陸では子どもは貴重だし、可愛がられるものだけど。

……もうそろそろ、僕も子ども扱いは卒業したいんだけどなぁ。背中に優しい温もりを感じながら、僕はそんなことを思った。


【ラビィ】


生きる意味、ってなんだろうね？

最近、柄にもなくそんなことを考えるようになった。それもこれも、全部リヒトやメグ、ロニーの影響だろう。

「何しにきたんだいっ！　この詐欺師（さぎし）っ！　二度とその面（ツラ）見せんじゃないよっ!!」

あたしは今、村のおばさんにそんな風に叫ばれながら、石を投げつけられている。額から血が流れようが、気にしない。黙って頭をしっかり下げながら、その言葉も行為も受け止めていた。

「暴力行為はおやめください。今度は貴女を捕まえなければならなくなる」

「うるさいっ！　あぁ、アンナ……！　辛かったろう、痛かったろう……？　娘はもっと酷い目に遭ったんだ！　このくらいなんだっていうんだいっ!?」

石を投げつけるおばさんを、騎士団の人たちが取り抑える。別に、止めなくてもいいのに。あたしは殺されたって文句が言えないことをしてきたんだから。ああ、でも。死ぬわけにはいかないんだよね。あたしはこの罪を、このちっぽけな生涯をかけて償っていかなきゃいけないんだから。村の人たちから向けられる蔑みの眼差し、おばさんから向けられる殺意。それらは全て当然のものとして受け止められる。だけど一つだけ、辛くて仕方ない感情を向けられることがあるんだ。

「お母さん。でもね、この人は唯一、私に優しくしてくれたんだよ？　ずっと……」

被害者から向けられる、あたしを擁護する言葉だけは、あたしの胸を深く抉るんだ。まったく、なんだってあたしを庇おうとするんだ。リヒトたちだってそうだ。ちょっと優しくされたからって、信用しちゃダメだってんだよ。いくら親切にしたからって、あたしのしたことが犯罪なのは変わらない。結局は利用して、売り飛ばすんだから。けど、辛くなきゃ償いになんてならないか。これが私への罰なんだと思えば、耐えるしかないね。

こうしてあたしは今日も騎士団と一緒に、取り返した被害者たちを連れてそれぞれの故郷の村へと向かっている。それがあたしの今の仕事だからね。自分で騙して連れて行った被害者を、可能な限り取り戻して元の村へと送り届ける。その際に罵られるのは当然で、保護した全ての人たちを帰すまで、この苦行は続く。リヒトたちは、あたしに……。ううん、あたしたち全員に生きろ、という決断を下した。あたしは、大体それを予想していたけど、甘いもんだねって内心で馬鹿にしたよ。だけど、生きる意味を見出せないあたしにとっては、死ぬより辛い選択でもあった。ゴードンたちはいいよ。まるで自動人形のように、指示されたことをこなしていくだけ。そこに感情の良し悪しなんてないんだから。それが、当たり前。だけど時折すれ違うゴードンは、あたしを見つけると、何か言いたそうな視線を投げてくる。不満そうな、寂しそうな。そんな目だ。まさか、ゴードンにも何か人並みの感情が芽生えた……？　いや、そんなはずないか。それに、今更だ。知ったところでどうすることも出来ないしね。ただ、いつかまた馬鹿馬鹿しい話を一度だけでも出来たら、とは思うんだ。生きていてくれて嬉しいとも。あたしも大概、毒されてるね、これは。


「セラビス、面会の日取りが決まった」

ある日、あたしが寝泊まりしている場所へ、騎士の一人がやってきた。こいつはライガーと名乗り、あたしの面会担当なのだという。なんでも、メグには恩があるんだとか。いつの間にそんな伝手を得ていたんだろうねぇ。ああ、そういえばウーラの街でちょっとヒヤッとしたことが起きていたっけ。今の今まで忘れていたよ。

「今日から月が一巡りした頃、リヒト殿が会いに来るそうだ。時間は限られている。話す内容を決めておくといい」

「……ああ。ありがとうよ」

ここの騎士たちは、みんなあたしたちに丁寧だ。普通、犯罪者や奴隷には、もっと厳しく当たるもんだろ？　優しくされるわけでは決してないが、ちゃんと「人」として扱い、最低限の衣食住を提供してくれるんだから不思議だよ。食事なんかはリヒトと二人で暮らしていた時と変わらないし、三食出されるしね。準備しない分、楽なくらいだ。……まぁその分、他の仕事をさせられるわけだけど。それにしても、面会か。あたしが最後にリヒトたちに会ったのは牢の中。最悪の別れだったと思うんだけどねぇ。もう二度と、会うことはないと思っていたのに。人生ってやつは思うようにいかないもんだね。どの面下げて会えばいいってんだい。あいつは本当にあたしを追い詰めるのが得意なんだから。まぁいい。顔だけ見せて、さっさと帰ってもらえればいいだろ。そう思ってたあたしは、まだまだリヒトのことをよくわかってなかった。

「で、鉱山ドワーフには、転移陣を通る度に対価を支払わなきゃいけないんだよ。参るだろ？　だから俺は考えたんだ！」

面会日当日、あたしがリヒトの待つ面会部屋にやってくると、リヒトは軽い調子でよぉ、と片手を挙げ、ちょっと痩せたな、ラビィ？　って当たり前のように話し始めた。まぁ座れよ、なんてえらそうに言ったかと思えば、聞いてもいないことをベラベラと喋りだす。こんなにおしゃべりなヤツじゃなかったと思うんだけど？

「手形が出来上がるまでは、ロニーからの手紙を預かることにしたんだよ！　そのために何度かやり取りはしなきゃいけないから面倒ではあるんだけどさ。で、鉱山ドワーフ族長に取引したんだ。息子の手紙が欲しけりゃ通らせてくれって。めちゃくちゃ睨まれたけど、どうにかこうにか取引成立したってわけ。俺、なかなかやるだろ？」

……本当に、なんでこんなにノンストップで喋り続けるんだ。ぼんやりその様子を見ていただけだったけど、違和感を覚えたあたしはジッとリヒトを観察した。

「魔王様にも褒められたんだよ。よくあのドワーフの首を縦に振らせたなって！　クロンにもやるじゃないですかって言われたし。あ、クロンってのは俺の師匠みたいな人でさ、最初はクロンさんって呼んでたんだけど、気持ち悪いからクロンでいいって。照れ隠しかなー？　んなわけないか！　あんな美人、今まで見たことないくらい綺麗な人なんだよ。ラビィにも会わせてやりた……」

「ちょっと待ちな、リヒト」

……ああ、そうか。目の前にいるのは紛れもなくリヒトだ。ちょっと顔付きが変わって、逞しくなったな、とは思ったけど、内面まではそう簡単に変わるわけもない。突然、お喋りな性格になったわけじゃないんだ。リヒトなりにあたしを……。

「無理、しなくていい」

「っ、ラビィ……！」

……気遣ってくれたんだろ？　久しぶりに会ったあたしは、あの頃よりずっと痩せていたし、顔色も悪くてさ。不安になったんだろ？　昔、あたしが病気で寝込んでた時も、一度こんな風にお喋りになっていたっけね？　忘れてたよ。まったくあんたって子は。

「なんだよ、なんだよ、ラビィ……！　もっと食えよ、もっと元気出せよ……！　そりゃ、無理かもしんねぇけど……。そんなラビィ、ラビィらしくない！」

あーあ、泣かせちまったね。そろそろ成人も近い男がメソメソすんじゃないよ。本当に、世話が焼ける子だね。

「あたしは、ラビィじゃなくて、セラビスだ」

「違ぇよ！　俺はセラビスなんて知らねぇもん。お前はラビィだ！　なんだよ、セラビスって。変な名前っ！」

リヒトのあまりの暴論に呆気にとられたあたしは、つい吹き出しちまったよ。顔だけ見たら帰ってもらおうと思ってたのに。あーあ、完敗だね。

「ぶはっ、リヒト。あんた世界中のセラビスに失礼だよ！　なんだい変な名前って！」

あたしが笑いだしたのを見て、少しポカンとアホ面になったリヒトは、乱暴に腕で自分の涙を拭い、からかうように口を開く。

「ラビィには似合わないって言ったんだ！　オシャレすぎるよ、セラビスなんてさ！　もう名前、変えちまえよ！」

「あぁ、もう、勝手にしな」

結局、この後も中身のない馬鹿みたいな話だけをして時間が過ぎた。貴重な面会時間だってのに、あたしもリヒトも馬鹿だよね。でも、これでいいって思った。

「では、また面会の予約が入り次第、お伝えに参りますね。……ラビィ」

「！……あぁ、よろしく頼むよ」

担当騎士、ライガーは話のわかるヤツだね。その後もコイツは、人のいる場ではセラビス、二人の時はラビィと呼ぶ気の回しようを見せた。ま、それがなんだって話だけど。

さ、明日も、石を投げつけられに行こうじゃないか。狭い牢の中で、あたしはグイッと背伸びをした。

5　新たな日常

「こんにちはー！　オルトゥスへようこそ！」

　あれから、月日が経った。正確には覚えてないけど、三ヶ月くらいかな？　ようやくいつもの日常に戻ってきたってところだ。私も日常生活は問題なく送れるようになっている。もう、リハビリ大変だったよ！　リハビリそのものがじゃなくて、すぐに休ませようとする保護者を押し切るのに多大なる労力を要したのだ。何度「ひとりでできるもん！」を発動したことか……！

「おはよーメグちゃん。エルフの郷方面の泊まりの依頼とか、入ってない？」

「おはよーございます、ラックさん！　確か、ありましたよ。二つくらいあったかなぁ」

「どんな依頼？」

「旅行客の護衛と、害獣駆除（くじょ）だったかな？　ラックさんの受けてる依頼のことを考えるとー、害獣の方が通り道だよ！」

「覚えてんのか？　すげぇなメグちゃん。ありがとよ！　行ってみる！」

　このように！　ちゃーんとお仕事も通常通り。噛むことが減ったからだいぶスムーズになったと思う。けど何人もが少し残念そうな、寂しそうな顔をしながら頭を撫でていくのは解せない。生き物は成長するものなのだ。受け入れてほしい。

今日は午前中にお仕事、午後からは修行の時間という予定だ。噂話や手紙で、みんなが頑張っている、ということを見聞きしていると、私も負けてられないなって思ったから。やっぱり互いに影響し合える存在って大事だな、って実感するよ。それが私にとってはリヒトとロニーなのだ。ケイさんがロニーの師匠になったことで、ロニーは現在、毎日朝から晩まで秘密の特訓を続けているんだって。内容は知らないけど、一緒に依頼の現場にも行っている様子。お昼ご飯や夕飯の時には、あのロニーがヘロヘロになって戻ってくるので、一体どんな修行をしてきたのか聞くのが恐ろしくもある。もう一度言おう、あの体力オバケなロニーが、である！　それからリヒトと父様からは定期的にお手紙が来る。その度に私は二通のお返事を書かなきゃいけないわけだけど、書くのは楽しいし否やはない。ただ……。父様からの手紙が毎度ボリューミーな上に、私を誉め殺す言葉や会いたいとかの話ばっかりなのがちょっと、ね？　もちろん内容が全部それだけってわけじゃないけどさ。リヒトの様子や魔王城の近況なんかも色々教えてくれるよ？　でもそれが書いてある箇所を探すのにいつも苦労するのだ。ちなみに、私からの返事はいつも、その抜き出した中身のある内容にのみ触れています。だ、だってメグは可愛い、とかすごい、だなんて内容には「ありがとう」くらいしか返せないんだもんー！　にしても、よくこんな論文並みの手紙を毎回書けるよね。スペックの無駄遣いでは……？　クロンさんに迷惑をかけてないといいけど。

さてと。そろそろお昼の時間です！　今日はみんなお仕事で忙しいから、一人ランチと洒落込みます。やっとみんなが一人でのお留守番を許してくれたんだよねぇ。それもこれも、リニューアルされた収納ブレスレットのおかげである。なんと、ミコラーシュさんとマイユさんがコラボして、私のブレスレットを改良してくれたのです！　元々の物に機能を増やしてくれたのだ。ますますこれの価値が上がっていて震えちゃうんだけどね。ちなみに、増えたのは当然、転移対策の機能だ。さすがにいかなる魔術も防ぐというような機能を魔道具には付与出来ないため、持ち主が意識を失ったとか、私が決まったリズムで魔力を流した場合にすぐオルトゥスの受付に連絡がいくっていうものである。世界中どこにいてもすぐに居場所がわかるんだって。人間の大陸でも、だ。すごい。さすがに人間の大陸に関しては大体の居場所しかわからないらしいんだけど、それでも十分だよね。とまぁ、そういうわけで、私一人でも比較的自由に動き回れるようになったというわけ。ありがたや。

「安心しろ。たとえそれがなかったとしても、今はなぜかメグがどこにいて、どんな状態なのかがすぐにわかるからな」

リニューアルされたブレスレットを受け取った時、ギルさんはそんなことを言っていたっけな。なんでも、極限状態で能力が覚醒したようだ、という。それほどの衝撃を与えてしまったのは私なわけだけど、それを喜んでいいのか、申し訳なく思えばいいのかは、よくわからない。

「こんにちはー！　チオ姉！」

「お、お疲れメグちゃん！　今日のランチはちらし寿司だよ！」

「やったぁ！　お腹空いたっ」

食堂について真っ先にチオ姉に挨拶すると、労いつつ本日の献立を教えてくれる。例の一件から、ちらし寿司はオルトゥスでも定番メニューの仲間入りなのだ。個人的にはお祝いメニューなんだけど、日常的に出してくれるようになったんだよね。ちらし寿司は大好きなので大歓迎です！

「チオ姉、スープはどう？　再現は出来そう？」

ランチプレートを待っている間、私はチオ姉に訊ねた。実は、ロニーと共にオルトゥスに帰ってきた次の日、人間の大陸で手に入れたスープをチオ姉に渡していたんだ。レオ爺のスープの味に近いかな、と思ったから渡したんだけど、チオ姉からすれば全く違う！　って思われるかもしれないって内心ドキドキだった。けど、チオ姉は一口飲むなり、目を見開いて私に質問攻めしてきたのだ。あれには驚いたー！　これは完全にレオの味だーって、もうそれはすごい勢いで。

「うーん、もう少しでわかりそうなんだよね。何が違うんだろうなぁ……」

それ以降、チオ姉はずっと研究しているのだ。だけど、どうにも思うようにいっていないみたいで……。何か手伝えればいいんだけど、こうしてたまに調子を聞くことくらいしか出来ない。

「私、チオ姉のスープも好きだよ？」

「ふふ、ありがとうね。それはあたしもさ！　けど、レオの味が再現出来たら、料理の幅も広がるだろ？」

ニッと笑いながらチオ姉は嬉しそうにそう言った。うん、そうだよね！　探究心や向上心を忘れない、それがチオ姉なのだ。

「じゃあ応援する！」

「おっ、心強いね！　出来たら一番に教えるよ」

約束、と私たちは小指を絡ませて笑い合った。チオ姉なら、きっと再現出来ちゃうよね！　その日を楽しみにしよう。……正直、味の違いがわからないのは、この際気にしたら負けである！　素人の舌なんてそんなものなのだ。仕方あるまい。

「さ、出来たよ。しっかり食べるんだよ！」

「はーい！　いただきますっ」

チオ姉のちらし寿司ランチプレートを受け取った私は、空いている席に座って一人のんびりと堪能する。うーん、やっぱり美味しいっ！　ちょっと甘めの酢飯が大好きなんだよね。いつかお稲荷さんも作ってもらえないだろうか。あれも大好きなのである。今度、提案してみようっと。

お腹も膨れたところで、今度は訓練場へと向かいます。動きやすいように戦闘服にチェンジ！　精霊たちにも日頃から魔力を少しずつあげていたので、今日は魔術の訓練も出来ちゃう。でもまずは衰えた体力を戻すために、訓練場にある様々な器具で身体を動かすのだ。準備運動の次にやる基礎練習ってところだね。訓練をする時のお決まりになっている。まぁ、器具っていってもスポーツジムにあるような筋トレグッズの方ではない。私はまだ子どもだからね。じゃあ何をするかというと、私のためにと新たに増設されたアスレチックフロアで遊ぶのである。……訓練だよ？　ちゃんとこれは訓練なの！　楽しいけど、ただの遊びじゃないんだからね！　全身運動にもなるし、筋トレにもなるってお父さんが言ってたもんっ。

「よぉし、やるぞー！」

「お、メグ！　今日も頑張れよー！」

訓練場へ到着して、マットの上を陣取ると、すでに訓練していたギルドの人たちがいつもこうして声をかけてくれる。えへへ、共に頑張ろう。もちろん暗黙のルールにより、それ以上はお互いに声をかけ合わない。各々、トレーニングに集中するためだ。メリハリをつけるのって大事だよね。さて！　本日私の特訓をしてくれる先生はお父さんである。まだ来てないってことはたぶん仕事が終わってないのだろう。それなら先に準備運動だ！　ストレッチをして、アスレチックを何周かこなしていたら来ると思うし。そう考えて、私は入念にストレッチから始めた。ポカポカとほどよく身体が温まったところで、レッツアスレチック！　これが楽しいんだよね。子どもの頃に戻ったみたいにはしゃいじゃう。事実子どもに戻っているんだけどそれはそれとして。しばらく遊んで……、いや訓練していると、予想通りお父さんがやってきた。そこからは効率のいい身体の動かし方や魔力の運用法など、実践を交えてのお勉強となる。さすが、お父さんは教え方が上手い。とってもわかりやすいから助かっちゃうよ。

「環(めぐ)の時とは大違いだなぁ……」

ただし、こういうことを言ってからかってくるのはやめてほしい。悪かったね！　前世運動音痴(おんち)で！　今は身体のスペックが高いからどうにかなっているだけで、鈍臭(どんくさ)さは健在ですが何か？　夕方には訓練を終え、お風呂に入ってから夕食、就寝という流れが、最近の私の一日だ。丸一日お仕事の日も、お休みの日もあるけど、少しの時間でも訓練は欠かさないようにしている。継続は大事！　えへん。

充実した毎日。いつか、簡単な依頼とかも出来るようになる、というのが今の目標。過保護なみんなを説得するためにも、地道にせっせと頑張ることが近道だ。こうして私は今日もまた、程よい疲労感の中、眠りにつくのだ。

次の日はお休みの日だった。今日は午後に約束がある。私はウキウキとその時を待った。約束というのは……。

「この子が僕の精霊、ヒロだよ」

ロニーと精霊たちの紹介をし合うことである！　そういえば精霊たちの紹介をまだしてなかったよね？　と気付いたロニーが、それならこの日の午後なんてどう？　と時間を作ってくれたのだ。ロニーは私より忙しいからね。最近、会えてなかったのもあってとても嬉しい。

『はじめましてぇ、ヒロですー』

紹介された後に大地の精霊さん、と言い当ての儀式をしたことで、ヒロくんは真の姿を現した。クリクリとまん丸な目をしたリスみたいな姿はとっても可愛い。どこかのんびりした口調だから、性格ものんびりやさんなのかな？

「はじめまして、ヒロくん。私はメグ！　この子たちはね……」

『ショーちゃんなのよー！』

『はーいっ！　アタシはフウだよっ』

『オレっちはホムラなんだぞ！』

『皆、慌てすぎなのだ。まったく……。妾(わらわ)はシズクなのだ。よろしくなのだ』

そしてうちの子も順番に紹介をー、と思ったんだけど、自己主張の強いみんなは我も我もと勝手に自己紹介を始めてしまった。自由すぎる。

「ふふ、みんな元気だね？　僕は、ロナウド。よろしくね」

　ロニーは気にした様子もなく挨拶を返すと、一人一人言い当ての儀式をしていく。精霊って本当に自由だもんね。ロニーも扱いには慣れているのだろう。大人な対応、ありがとう。

『知ってるのよー！　ロニーなのよ！』

『ロニーねっ』

『おう、ロニーよろしくなんだぞ！』

『よろしくなのだ、ロニー』

　おおう、賑やかだ。精霊が見える人っていうのは貴重だから嬉しいんだろうな。魔力を使えば、誰の目にも見えるようには出来るけど、余程の理由がないとそんなことしないしね。あ、ってことはヒロくんも、他の人と話せて嬉しいって思ってくれているのかも。よし、ちょっと話しかけてみよう。

「ヒロくん、あの時は助けてくれてありがと！　みんなを足留めしてくれたでしょ？　すっごい魔術だったね！」

『えっ、えっとぉ。うんー、そのぉ。でもぉ、あの時は真名を呼ばれたからぁ。それにー、ちょっとだけだったしー……』

　お礼を言われたのが意外だったのか、ヒロくんは恥ずかしそうにモジモジしつつ、大きな尻尾を抱えるように抱きしめている。か、可愛い……！

「それでも、すっごく助かったもん。本当にありがとう！」

『ふわぁ。え、えへへー。どういたしましてぇ』

指の背でそっと背中を撫でると、嬉しそうに目を細めてくれる。うわぁ、モフモフ。癒しだ。究極の癒しである！　ヒロくんは謙遜しているけど、実際あの時助けてくれなかったら、今頃私は腕がなかったからね？　そう考えると背筋が冷える。

「メグは、本当にたくさんの精霊と、契約しているんだね？」

「あ、そうなの。それについてちょっと聞こうと思ってたんだ。普通は、一人につき精霊も一体だって言っていたけど……。本当？」

「んー、普通はって言われると自信がなくなる。僕は、鉱山の中でしか生きてきてないから。少なくとも、鉱山ドワーフは、一体か、多くて二体だった」

それもそうか。普通は、なんて言われてもわからないよね。私もロニーも、狭い世界で生きているわけだし。私たちの普通なんて正直あてにならない。

「精霊たちに聞いた方が、いいんじゃない？」

「あ、そっか！」

確かにその方が一般的なことがわかりそうだ。契約するのは精霊たちだもんね。そう思って彼らに目を向けると、ショーちゃんは自信たっぷりに胸を張っていた。やる気満々だ……！

『ご主人様の聞きたいことはなんでもお見通しなのよー！　ショーちゃんに、お任せなの！』

なにやら講義を始めるかのように、私たちに並んで座れと指示を出すショーちゃん。私もロニーも、言われるがままに芝生の上に座る。あ、体育座りですか？　拘るなぁ。精霊たちもちょこんと並んでお座りしている。くっ、可愛いっ！

『おほん！　では説明するのよ！　先にけつろんから言うと、種族や個体によって違う、っていうのがせーかいなの！』

ショーちゃんは覚えたてのほんの少し難しい言葉を使いながら、説明し始めた。うんうん、可愛いよ、すごいよ、ショーちゃん！　自分が親馬鹿になっている自覚はあるけどこの愛らしさじゃ仕方ないね。

『ドワーフは種族柄、頑丈だし、たくさんの精霊と契約するひつよーがないのよ。だから、基本は一体か二体になるの！　エルフは自然と共にある種族で、他の種族より身体の作りは弱いの。その分、多くの精霊の力を借りるのよー！』

「えっ⁉　エルフって、身体が弱いの？」

初耳だ。だって、シュリエさんを見ていると、とてもそうは思えなかったから。そりゃあ見た目は儚（はかな）げ美人さんだけど、彼は体術もかなりの腕前だって聞いたことがあるし。

『ギルドのエルフは、とっても努力したのよ？　でも身体を使った後は、たっくさん寝てるはず。他の亜人に比べて、寝る時間は多いと思うのよ？　ご主人様だって、いつも眠いでしょー？』

た、確かに！　私はまだ子どもだし、軟弱だし、疲れやすいからたくさん寝ちゃうんだと思っていたけど……。そもそも種族柄、身体が弱いから、寝ることで無意識に回復していたんだ。目から鱗！　シュリエさんがたくさん寝ているかどうかはわからないけど、ショーちゃんが言うならそうなんだろうな。ほえー、知らなかった！

『その分、エルフは魔力が多い種族。扱うのも誰よりも上手なのよ？　だからご主人様も、身体を鍛えるより魔術を鍛える方が得意なの！』

「うん、それは薄々わかってた」

そうかー。これで、私とロニーの普通が違う理由も納得だ。どちらも正解だったんだね！　ロニーと顔を見合わせて頷き合う。

「でも、身体も鍛えておかないとね。弱点を衝かれたらすぐ負けちゃうようじゃ、オルトゥスのメンバーとしては不十分だもん！」

「ん、僕も。身体だけじゃなくて、魔術も鍛えなきゃ。もう一体くらい、精霊とも契約したい、な」

私とロニーは得意分野と苦手分野が綺麗に真逆なんだね。これって、お互いに教え合えたりしないかな？　もちろん、それぞれ有能すぎる師匠がいるわけだけど、こうしてお休みの日にも情報交換すれば、有意義な時間が過ごせそうだし。

『それなら、ロニーにぴったりの精霊がいるのよー！』

『アタシも知ってるっ！　きっとショーちゃんが言ってるのと、おんなじ精霊だよっ』

すると、ショーちゃんとフウちゃんがそんなことを主張し始めた。なんて幸運。相性が良さそうなのって、精霊同士わかるものなんだねぇ。

『草花のか。少し臆病だが、知識は豊富なのだ。ロニーなら、打ち解けると妾も思うのだ』

「シズクちゃんも知ってるの？　ホムラくんは？　知ってる？」

草花の精霊か。みんな知っているならホムラくんも知ってるだろうと思って聞いてみたんだけど……。

『お、オレっちは、隠れてる……。あの子は、オレっちがいると、怖がって逃げちゃうんだぞ』

そう言って真っ赤な尻尾をしょんぼりと下げてしまった。そ、そっか。草花に火は禁物だもんね。でも、悲しそうにしているってことは、本当は仲良くしたいんだろうなぁ。なんとかしてあげられればいいんだけど。

「だ、大丈夫！　慣れればホムラくんが優しい精霊だってわかってもらえるよ！」

あまりにもしょぼくれているので、元気付けてみた。ホムラくんが目を輝かせて顔を上げる。よしよし、いいぞー！

『でも、ロニーと契約するまでは隠れてててっ！　怖がって契約出来なくなっちゃうもんっ！』

けど、続くフウちゃんの遠慮のない物言いに、再びしょんぼりと項垂れてしまった。あーっ！ホムラくん、元気出して！

『今から行けるよっ？　行くー？』

そんな様子を気にもせずに問いかけてくるフウちゃん。案外ガンガン系よね、フウちゃんたら。悪気はないんだろうけど。

「ん、行ってみる。メグ、いい？」

「もちろん！　精霊たちが行くなら、私も行くよ！」

私たちは立ち上がり、草花の精霊の元へと向かうこととなった。でもその前に立ち寄らねばならない場所があります！　それはもちろん、受付である。ショーちゃんによると、草花の精霊は街の外にいるってことだったからね。さすがに黙って行くのはよくないってことで、私たちはまずサウラさんに相談しに行った。

「街の外の森に行くの？　二人で？　うーん、森には魔物も魔獣もいるし、さすがに未成年が二人だけっていうのはちょっとね……」

そうですよねー。わかってた。サウラさんは頰に手を当てながらうーんと考え込む。今はみんな仕事で出掛けていて、空いている人がいないのだそう。私がいなくなった事件のせいで遠征の仕事が滞っていたため、普段より人が少ないんだって。色んな意味ですみません……！　気持ち的にはまた後日、と言いたいところだったんだけど、精霊の契約っていうのは不思議なもので、今だ！と思ったらすぐに行かないと縁を逃してしまうのだ。だから、ロニーのためにもぜひ今、行っておきたい。

「たっだいまー！　今日も大漁、大漁ー！」

と、そこへギルドのドアを豪快に開けつつ戻ってきたのは……。ジュマ兄だった。

「ジュマ。ジュマかぁ。ジュマが一人で二人を……。うーーーーーーーーーん」

その時のサウラさんは、今まで見たこともないほど、苦悶（くもん）の表情を浮かべておりました。そんなにか。

「し、仕方ない。万が一でも、メグちゃんとロナウドを危険な目に遭わせるわけにはいかないもの」

背に腹はかえられぬ、とはまさにこのことか。決断するだけで少しやつれたように見えたサウラさんは、力なくジュマ兄を呼んだ。それから、私たちの目的を簡単に説明し、護衛としてついていくように話してくれた。

「絶対、余計なことをしないこと！　あんたは黙って二人のことを後ろから見守ること！　いいわね⁉」

「わーってる、わーってる！　まかせとけって！　ほら、さっさと行こうぜー！」

「後ろからって言ってんでしょ⁉　なんで先導してんのよ！　はぁ、もう嫌……」

先頭を行くジュマ兄の後を、私たちはついて行くしかなかった。ジュマ兄は人の話を聞かない。知ってた。私とロニーは顔を見合わせて苦笑しつつ、歩を進めた。


三人で街の外にある森の中ほどまでやってきた私たち。ちょっぴり不安だったけど、ここに来るまでの間で、ジュマ兄が護衛としてかなり優秀だということがわかった。

「行きたい方角言ってくれー」

「えっと、もっと奥。北西の方角、みたい」

「ん、わかった。オレの後ろからついて来いよ？　道が逸れたら教えてくれ！」

サウラさんに注意されていたのに、何があっても先頭を譲らないからどうしてなのかな？　と思って聞いてみたのだ。

「魔王の娘の魔力は心地良いからな！　魔物とか魔獣にとって、まだ威圧も上手く使いこなせないお前はご馳走じゃねーか。匂いに勘付かれたらウヨウヨ寄ってくるぞ。危ねーモンには近付かないのが一番だろ？　オレはだいたいどこに魔物や魔獣がいるかってのがわかるからさ」

つまり感知されないよう、魔物から距離をとるために先頭を歩いてくれていたってことである。ビックリしたよ、ジュマ兄がプロっぽくて！　いや、その言い方は失礼だけどさ、基本的に大雑把なところがあるから、ここまで考えてくれていたとは思ってなくて、つい。やっぱりオルトゥスのメンバーなんだなぁ。

「ジュマ兄、頼もしー！」

「そうだろ、そうだろ！　兄ちゃんはすげぇんだぞ、メグ！」

誉め称えると嬉しそうに犬歯を見せて笑うジュマ兄はやっぱりちょっとお調子者だけど、これなら安心して精霊を探せるなって思ったよ。

「ん、ジュマさん。もっと西の方に行きたい。あと、ちょっと様子がおかしい……？　精霊が、怯えてる」

歩き続けること十分ほど。方角がズレてきたと、案内係のショーちゃんやフウちゃんが言うので、ロニーがそれをジュマ兄に伝えた。それに加えて、進むにつれて精霊たちが怖がってるように見えるから、それも一緒に伝えてみる。

「お、よくわかったな。あっちの方にはちょっとデカめの魔獣がいんだよ。でも、あっちなんだな？」

「うん。魔獣……。僕、直接は見たこと、ない」

なんと、魔獣がいるんだね。魔力を持つ生き物を総称して魔物というんだけど、その中でも特別変異した魔物を魔獣と呼ぶ。簡単な見分け方は異形かどうか。本来の姿ではあり得ない尻尾や角があったり色が違ったりするのだそう。魔物であれば知能があり、理性を保つ個体もいるけれど、魔獣は基本的に理性がなく、本能で生き物を襲うという。なるほど、獣ってことか。この世界に来た日にダンジョンでライオンみたいなのを見たなぁ。ああいうのが魔獣なのだ。怖かったのとギルさんがカッコ良かった、っていうのは覚えているんだけど、実は細かい特徴はそこまで覚えてないんだよね。一瞬で倒されちゃったし。

「おぉ、初めての魔獣ってわけか！　なら、オレが狩るのをしっかり見とけよ？　いつもよりゆっくりやってやるからよ」

ジュマ兄曰く、その魔獣がこの森では強者だから、周囲に他の魔物はいないらしい。だから安心して少し離れてついて来い、と言う。安心して強い魔獣の元へ向かうというこの矛盾。まぁ、ジュマ兄の様子からしても、余裕なんだろうことがわかるけどね。どのみちその魔獣がいる方向に用があるわけだし。ちょっと怖いけど言われた通りにするしかないので、私もロニーもジュマ兄から少し離れてついて行くことに。出来る限り気配を消せとのことなので、修行も兼ねて息を潜めた。精霊たちは怖いのか、それぞれ魔石の中に避難しているみたい。人間の大陸に行った時から、この子達は魔石の中に入るのが習慣になっている。窮屈じゃない？　と聞くと、それがまたいいのだと力説されたんだよね。狭い場所が落ち着くのはまぁ、わかる。しばらく進むと、言っていた通り大きめの魔獣がお食事しているのが見えてきた。猪っぽい姿なんだけど、尻尾は長い上に五本くらいあるし、羊みたいな角が頭の横についているし、開いた口は肉食獣のように牙が鋭いしで猪と呼んでいいのかは謎だ。この世界においても異形な姿である。何か他の獣を食べているんだろうなぁ。遠目だからよく見えないけど、よく見えなくてよかったと思う。でも血みどろなのはわかる。ぐ、グロい……！　弱肉強食だから仕方ないけど！

「解説しながら討伐（とうばつ）すっから、そこから見てろ」

「解説って……。聞こえないんじゃ」

「メグの精霊がいんだろ？　じゃ、しっかり学べよー！」

　確かにショーちゃんなら声を拾えるけど、丸投げかーっ！　私たちの勉強と言いつつ、討伐するのが楽しみで仕方ないっていうのが態度に出ていて隠せていないのが残念である。しかし獰猛な笑顔だな……。狩りをする前の鬼の形相は迫力がありすぎる。

「わ、すごい」

　あっという間に空を駆けるジュマ兄を見て、ロニーが呟く。まるで、空も地面の一部とでも言うような動きだ。そこかしこに見えない壁があるみたいっていうか。私の少ない語彙力（ごいりょく）ではうまく言えないんだけど、とにかく自由に跳び回って移動するその闘い方は、大迫力だ。それでいて魔獣に気付かれないように近付いたジュマ兄は、収納魔道具から取り出したであろう、本人の背丈より大きな剣を片手で振り上げた。なんであんなの片手で振り回せるのか不思議で仕方ない。

「どんな魔獣も出来れば一撃で倒したい、ってのが本音なんだけどよ、それじゃ勉強にならねーからな！　まずは急所っぽい目だ！」

　ショーちゃんによってジュマ兄の声がリアルタイムで届けられる。目視出来るから、かなりスピードを落として動いてくれているのだろう。いつもよりゆっくりやるって言っていたもんね。本当だったら瞬殺しているところを、私たちのためにわかりやすく動いてくれているんだ。足で軽く小突き、こちらに魔獣が振り向いたところで、ジュマ兄がすかさず大剣の柄の部分で魔獣の目を突いた。

「ブモォォォォォ!!」

「と、まぁこんな風に、むしろ余計暴れてちと危ない。だから目を狙うのはやめた方がいいぞー」

魔獣が目をやられたことで、叫びながらあちこちに突進して回っている。すっごい暴れてるぅ……!　確かにこれだけ暴れられちゃ、迂闊に近付けないし、遠距離攻撃も当たりにくくなりそうだね。次第に興奮が収まったらしい魔獣が、ものすごい形相でジュマ兄をロックオンしている。

元々すごい形相ではあるんだけど、気迫っていうのかな？　魔獣からはコイツ、敵！　みたいな怒りの雰囲気が伝わるのだ。怒ってるぅ！　思わず隣にいるロニーの腕にしがみついた。

「大丈夫？」

「だ、大丈夫！　で、でもちょっぴり腕貸してぇ」

「ん、いいよ。いくらでもどうぞ」

ロニーはあまり怖いと思っていないのか、ずいぶん余裕があるようだ。初めて見るっていうのにすごいよ！　驚いてるよ？　とは言っているけどそんな風には見えないからね、ロニー？　ケイさんの仕事について行っているから、似たような光景を見慣れているのかなぁ。くっ、経験の差ぁ！

実戦付き指導はさらに続いた。意外と勉強になるから、怖がってないでしっかり見なきゃ！　ジュマ兄は魔獣の腹部、頭部、などを狙って次々に攻撃していく。

「腹は正直あんまりだなー。的は広いけどこの辺は頑丈だから。頭は狙い所としてはいいぞ。けど一撃必殺出来るほどの威力じゃないとなかなか難しい。中途半端なダメージだと暴れるし、頭を狙ってるってのがバレて逆に返り討ちに遭いやすい。お前らの攻撃威力がわかんねぇからなんとも言えないけどさ、瞬殺出来ないなら最初からは狙わねー方がいい、な！　よっと」

解説をしながら実際に攻撃し、魔獣の反応を見せてくれるおかげで、とってもわかりやすい。というか、魔獣がジュマ兄の言った通りの反応をするからすごい。それに的確だ。私やロニーの攻撃じゃ、まだまだ瞬殺は出来そうにないもん。でも、それならどこを狙えばいいんだろう？

「だから、一撃で倒せないなら、考えるのは動きを止めること、ってわけだ！」

「あ！　足を狙う？」

ショーちゃんを通じることで飛び回るジュマ兄との会話が成立した。なんて便利なの！　ショーちゃんありがとう！　ジュマ兄は私の声に反応して「お！」と声を出し、魔獣の足を狙った。すると、魔獣はその場にガクンと膝をつき、暴れはするもののそこから動けなくなる。

「正解！　まずは動きを封じるってことで足とか、空を飛ぶ魔獣なら羽を狙うんだ！　他にも捕縛系魔術なんかもいいんじゃねーの？　オレはそういうの使えないから知らねーけど！」

倒れて暴れる魔獣の前にやってきたジュマ兄は、ただし油断はダメだぞーと告げ、魔獣に近付いていく。すると、魔獣が口から火を吹いた。……火を吹いた⁉　ジュマ兄に直撃である！　えーっ⁉　大丈夫なの？

モウモウと煙が立ち上り、少し時間をあけて視界がクリアになってくると、様子が確認出来た。あ、うん。まぁ、ジュマ兄だもんね。知ってた。

「こんな風に、魔術で攻撃してきたりするからな！　トドメを刺すまで、絶対に気を抜いちゃダメだぞ？」

無傷でその場に立ち、ニカっと笑いながらこちらを見て講義するジュマ兄。戦闘服だからか、服もまったく燃えていない。それどころか汚れもついてないよ。それを見ていた魔獣が心なしか絶望の光を瞳に宿している。……なんか、魔獣がかわいそうになってきた！

「ま、あんまり苦しめてもかわいそうだから、サクッとトドメを刺しとく。お前らがやる時は、魔術とかに気をつけながら確実に攻撃を当てていくんだ。そうしたらその内、倒せるぜ？」

そう言いながら、ジュマ兄は軽々と片手で大剣を振った。その一撃で魔獣の頭は地面に深くめり込んでいる。ちょっと規格外過ぎませんかねぇ？

「あとそれから、これは特にメグに言いたいんだけどよぉ」

「私？　なぁに？」

討伐を済ませたジュマ兄は、ひとまず倒した魔獣をそのままにして、私たちの目の前にやってくる。そして、魔物とか魔獣を倒すのがかわいそう、とか思わねーこと！　と人差し指をピッと上げてそう言った。思わずギクッと肩を揺らしてしまう。

「メグは魔王の子だろ？　それに精霊がいるから、こいつらの声も知ろうと思えばわかるんだろ。余計そう思いそうだなーって」

ジュマ兄の言うことは当たっている。私はきっと魔物や魔獣を、その、殺したりは出来ないと思う。実は悩んでいたことの一つでもあるのだ。

「けどよ、魔物も魔獣も、人に被害を与え続けるような存在になっちまったら、そりゃもう討伐対象になんだよ。畑や果樹園なんかが食い荒らされたりしたら、オレらだって生きていけなくなんだろ？」

今倒した魔獣なんかはキメラって言って、色んな生き物の特徴が混ざった魔獣なんだって。キメラはそれだけで討伐対象になる危険な存在で、本能的に人や動物、時には魔獣同士でも攻撃をしかけてくるそうだ。し、知らなかった！　だから、ギルドの人たちがせっせと討伐してくれているってことか。それから、数が増えすぎた魔物も数を減らすために討伐することがある。薬の素材として使うため、殺さずに素材だけをもらうこともあるらしいんだけど、なにはともあれ、外での任務をしていると魔物や魔獣と戦う機会はとにかく多いんだとか。そっかぁ……。でも、私が思い描いていたファンタジーの世界みたいに、手当たり次第に殺していくってわけじゃなくて少し安心した。無駄な殺生はやっぱり抵抗があるんだもん。レベル上げのためにガンガン倒すとか、そんなゲームのような世界だったら私、生き残れない自信がある……！

「でもま、メグが乗り気じゃないなら仕方ないけどな！　他に討伐を得意とするヤツがやりゃいいだけだし、無理に倒す必要はねぇもん。ただ、もしもの時があったら覚悟くらいはしとけよって話だ！」

そう言って笑いながらジュマ兄は私の頭を撫で回した。うあー、髪がグシャグシャになるぅー！　だいぶ力加減してくれるようになったけどさっ。でも、言葉はすごく心に染みたよ。私はしっかりと頷いた。

「ロニーは世界を回るのが夢なら、出来るようになってねぇとな！」

「ん、がんばる。また、ジュマさんの狩り、見たい」

「おぉ、いいぞ。なんなら、いつかは自分で倒してみろ！　見てやるよ」

「お願い、します！」

おぉ、ロニーがやる気に満ち溢れている！　そうだよね、世界を旅して回るのが夢なんだもん。一人旅なのか誰かと一緒に行くのかはわからないけど、どのみち戦えるようになってないと安全な旅は難しいよね。私もロニーも身に沁みて実感しているから。よし、応援する！

「じゃ、早いとこその精霊見つけて契約してこいよ！　近くにいるんだろ？　オレはここで今の内に魔獣の解体とかしとくから」

この周辺に魔物も魔獣も今はいないから大丈夫だ、とジュマ兄は笑ったけど、自分がいると怖がって精霊が出てこない可能性があるって思って気を遣ってくれたのかも。やるべきところはちゃんとやる男、それがジュマ兄だね！　私の中の認識を上書きしておくことにします。提案をされた私とロニーは目を合わせて頷き合い、魔石に避難していたショーちゃんとフウちゃんに再び道案内を頼んだ。

『あそこの、木のウロにいるよっ！　草花のっ』

フウちゃんが翼の先で指し示した場所に目を向けると、確かにそこには緑色に光る精霊が確認出来た。視線を送れば、ロニーは力強く頷いて、精霊の元へと向かう。後は、私たちは離れた場所で見守るだけである。

『さっきの魔獣が怖かったみたいなのよー。だから、ちょっと怯えてるの』

けど心配性な私は、ショーちゃんに実況中継を頼むのでした。だ、だって気になるんだもんっ！

一言一句は聞かないよ？　上手くいきそうかどうかだけ……！

『大丈夫なのよ！　ロニーは心がポカポカだから、あの子も安心してるのよ！』

「そっか。うん、わかった。教えてくれてありがと、ショーちゃん。もういいよ」

ショーちゃんがここまで言うのだから、本当に大丈夫なのだろう。そりゃ詳細は気になるけどさっ。ここはロニーを信じて待つ、が正解である！……ウズウズ。

待つこと十分ほど。私が離れた場所で座って待っていると、隣にジュマ兄がやってきた。ジュマ兄はドサっと座ると、小さな声で話しかけてくる。すごい、ちゃんとこういう気遣いが出来るのね！　って、私のジュマ兄に対するイメージってどうなってるの。先入観、ダメ！　さっき見直したばっかりではないか。反省しよう。

「どんな具合だ？」

「今はね、たぶん草花の精霊と交渉中。私の精霊たちも大丈夫だって言っているし、きっとうまくいくと思うの。ロニーを信じて待っているとこだよ」

「そか。ならオレも信じて待つとするわ」

説明を聞いたジュマ兄はあっさりそれを聞き入れ、ニカッと笑うとそのままゴロンと横になった。頭の後ろに手を回して枕にし、目を閉じている。寝る体勢である。こうして、マジマジと観察することは今までなかったけど……。随分、整った顔立ちだなぁ。寝顔が美形だ。黙っていればモッテモテなんだろうけど、その性格が強烈だからなぁ。きっと本人もあんまりモテるかどうかには興味なさそうだよね。しっかしマツゲ長っ！

「お待たせ」

ジュマ兄の寝顔を眺めつつ、ロニーの様子を見つつで待っていると、ついにロニーがにこやかに戻ってきた。肩に乗ったヒロくんと、その横でフワフワ飛ぶ濃緑の光。ということはー！

「おかえり、ロニー！　うまくいったんだね！」

「ん、おかげさまで。ありがとう、メグ。精霊たちも」

嬉しそうに顔を綻ばせたロニーを、私も精霊たちも大喜びで出迎えた。それからお話したい！　という私たちのリクエストに応え、ロニーがそっと草花の精霊さんを紹介してくれた。フワフワ漂う濃緑の光に、私はそっと名当てをさせてもらう。

「わぁ、可愛いーっ！」

濃緑の光は輝きながら姿を変えていき、モッフモフな緑の垂れ耳ウサギさんになりましたー！

ふぉぉ、可愛い。ロニーの肩にはリス姿のヒロくん、そして手の上にはウサギさん。一気にメルヘンな空間と化しました。黄緑の小鳥なフウちゃんも周囲を飛び回っているので余計にである。さ、触りたい……！　でもこの子は臆病なところがあるって聞いているから、我慢！

「この子は、マリム、って名付けたんだ」

「マリムちゃんかぁ。ふふ、よろしくね」

マリム、可愛い名前だ。そして私の脳裏（のうり）に浮かんだのはマリモ……。緑だし、丸まったらまさしくマリモである。ごめん、つい！　でも覚えやすいし可愛いからよしってことで！

『よ、よろしくですの。魔王様の御子様』

うっ！　モジモジしながら上目遣いとか反則ぅ！　可愛い、可愛いよぉ……。私は今すぐ萌え転がりたいのを耐えながら、優しく、優しく、と心の中で唱えつつマリムちゃんに話しかける。

「あの、あの、マリムちゃん。撫でちゃ、ダメ？」

耐えきれず私がそう言うと、マリムちゃんは耳をピクッと動かして背筋を伸ばした。あ、嫌だったかな？　無理ならいいの。ごめんね、そう言いかけた。

『こ、こここここ光栄ですのっ！　ぜ、ぜひその柔肌（やわはだ）なおてテで撫でて、撫で、て……ふぁぁぁぁぁ』

と思ったけどなんだか様子がおかしい。まだ触れてないのに悶絶して転げ回っているマリムちゃん。ど、どうすれば？　むしろ転げ回りたいのは私の方だったんだけど？　すると、様子を見ていたロニーがクスクス笑いながら説明してくれた。

「精霊の間で、メグは有名、なんだよ？　憧れの存在、ってやつ。だから、撫でてあげて。マリムも、喜ぶ」

「そ、そうなの？　なんでだろ……。でも、じゃあ、遠慮なく！」

よくはわからないけど、モフらせてくれるのならお言葉に甘えちゃう。マリムちゃんに近寄ってしゃがみ込んだ私は、転がるマリムちゃんの頬や背中、お腹なんかを優しく撫でた。フワフワで幸せぇ……！

『し、あ、わ、せ、ですのぉぉぉ……！』

幸せに浸っていたら、マリムちゃんの方が幸せだと言い出した。液体か、と言いたくなるほどグデッと全身の力を抜いている。無防備極まりない姿だけどそれがまた癒される。お互いに幸せなんてウィンウィンの関係ですね！　あ、今ならホムラくんを紹介してもいいかな？

「ね、マリムちゃん。私のお友達にね、火の精霊のホムラくんって子がいるの」

『火の、ですの⁉』

火の精霊、という単語が出てくると、ビクッと体を硬直させてしまったマリムちゃん。大丈夫、大丈夫、という気持ちを込めて、さらに撫でてやると、またふにゃんと力を抜いてくれた。

「とっても元気だけど、優しい子だからマリムちゃんとも仲良くしてほしいなって思うの。どうかなぁ？」

『怖くない、ですの……？』

「うんっ！」

少しだけ興味を持ってくれたところで、私はホムラくんを呼び出した。けどホムラくんは恐る恐る、といった様子で、長くて赤い尻尾を私の腕に巻きつけつつ、背中にしがみ付いている。ほんの少しだけ顔を出しているようだ。んもう、うちの子も可愛い。

『うっ。えっと、その……。はじめまして、マリム、ですの』

『お、おうっ。オレっちは、ホムラなんだぞ。そのー、怖くないんだぞ？』

火の精霊、というだけでほんの少し萎縮してしまっている様子のマリムちゃん。でも、たどたどしくも挨拶を交わせたから今はこれで十分だろう。少しずつ慣れて、仲良くなれたらいいな。

「んー……？　終わったか？」

　ホムラくんとマリムちゃんがほんの少し打ち解けたところで、ジュマ兄が起きて伸びをし始めた。おぉ、なかなかいいタイミングだ。

「うん、無事に目的を達成したよ！　ね、ロニー」

「ん、ちゃんと、契約出来た」

「おー、やるじゃねぇか！　ミッション達成だな！」

　ジュマ兄はいつもの笑顔を浮かべると、ロニーの頭をガシガシ撫でた。やはり力が強い。かなり加減してくれるようにはなったけど、ロニーの髪がボサボサである。撫でられた本人は少し嬉しそうだからまぁいっかな？　私はそっと手櫛(てぐし)でロニーの髪を直してあげた。さすがにそのままだと、ね！

「んじゃ、帰るとすっか。もうじき暗くなるしな！　サウラがうるせぇし！」

　空を見上げれば、ほんの少し赤く色付きはじめていた。いつの間に！　時間が経つのは早いなぁ。そういえばお腹が空いてきたかも。帰り道もジュマ兄を先頭にして、私たちはオルトゥスへと戻っていく。新たな仲間も一緒に。

「はぁっ⁉　キメラを狩ってきたの⁉　あの子たちがいるってのに何考えてんのよ！　あれは倒せるのもうちじゃ数人しかいないほど恐ろしい魔獣なのに！」

　ギルドに戻ると、サウラさんをはじめケイさんやギルさんもホッとしたような顔で出迎えてくれた。森まで向かいそうな勢いだったギルさんは、信じて待ちなさい、とサウラさんに止められたそうだ。ブレない。というか、あの魔獣ってやっぱりそんなにヤバいヤツだったんだ？　あまりにもジュマ兄があっさり倒すから実感はないんだけど。

「オレが二人を危ない目に遭わせるわけねーだろー？　それにキメラくらい、どーってことねぇし」

ブー垂れて文句を言い返すジュマ兄に、あの子達が簡単に倒せる相手なんだ、と思うようになったらどうしてくれるのよ！　とサウラさんはお説教をしている。あぁ、安心して。私もロニーも、そんな勘違いは絶対にしないから！　私はロニーと顔を見合わせて苦笑を浮かべた。今回、ジュマ兄には色々と教えてもらったからね。あんまり叱らないであげてほしいのだ。

「サウラさん、とても、勉強になったし、僕はまた、付いていきたいって、思ったよ？」

「うー、ロニーぃ！　それはそうかもしれないけど、それなら事前にそうと知らせて欲しいのよっ！　心配するでしょ？」

最初に庇ったのはロニーだ。その姿にサウラさんが困ったように眉を下げて言う。そうだよね、確かに心配するよね。もし何かあった時に気が気じゃないって言葉に、私も少し反省した。

「サウラさん、ごめんなさい！　心配させて……。ほら、ジュマ兄もまずは、謝って！」

「ええっ⁉　むー、でもメグが言うなら……。悪かったよ、サウラ」

少し不服そうだけど、ジュマ兄も口を尖らせて謝った。うんうん、まずは心配させてしまったことを謝ろうね。

「けどね？　私もとっても勉強になったよ！　今度はちゃんと知らせるから、今日はあんまりジュマ兄を怒らないであげてー？」

「うっ、メグちゃんまでそう言うなら、仕方ないわね……。本当に、危険はなかったのね？」

サウラさんの念押しに、私もロニーも首をブンブン縦に振る。すると、軽くため息を吐いたサウラさんは苦笑を浮かべた。

「わかったわ。でも今回だけよ？　次からはちゃんと事前に言うこと！　特にジュマはそうでなくても事後報告が多いんだから！　この子たちが関わる場合は、些細(ささい)なことでも先に言って！」

「わーったよ！　メグ、ロニー、ありがとな！」

珍しくトラップ地獄を免れたジュマ兄は一瞬キョトンとした後、嬉しそうに笑って私とロニーの頭を撫でようとした。また髪が乱されてはたまらない、と私は直前でジュマ兄の手を両手で止めたんだけど……。隣でロニーも全く同じことをしていたのでつい吹き出した。

「な、なんだよ、お前らぁ」

「だって、ジュマ兄が撫でると髪がぐちゃぐちゃになるもん」

「ん、ちょっと、乱暴」

私たちの抗議に、なんだとー？　と意地悪く笑ったジュマ兄は、そのままぐいーっと腕を肩まで上げた。力持ちポーズである。手を掴んでいたままの私たちはそのまま宙ぶらりんである。

「かなり加減してんのに、まだダメかよー」

そう言いながらジュマ兄は、両腕に私たちを座らせるように抱え直してくれた。片腕でひょいひょいと器用だなぁ。一瞬浮いたけど！　おかげでジュマ兄とロニーと、目線が近くなる。ロニーは抱え上げられることが普段ないからか、少しだけ恥ずかしそうだ。

「ロニー、やっちゃう？」

「ん、賛成」

せっかくの機会なので、私はニヤリと笑いながらロニーをいたずらに誘う。それに対し、悩む間もなく了承したロニー。お主も悪よのぅ。

「あ？　って、おいっ？　うわ、やめろー！」

せーの、の合図で私とロニーはジュマ兄の頭をワシャワシャと撫で回してやった。もう容赦なくグッチャグチャに！　いつもこんな感じなんだぞー？　やられる気持ちはいかがか！　撫で撫で攻撃をされつつも足元はしっかりしており、私たちを抱く腕も動かさないあたりはさすがである。やめろ、と言いつつもケラケラ笑っているしね！　周りで見ていた人たちもいいぞ、もっとやれ、と笑っている。夕方のギルドホールには、みんなの明るい笑い声が響き渡ったのでした！

6　未来の私へ

今日は午前中に看板娘の仕事をして、午後からは訓練をした。いつもだったら訓練の後はヘロヘロになっちゃって、睡魔と戦う羽目になるんだけど、今日は違う。なぜなら、夕ご飯を外で食べる予定が入っているからです！　そのため訓練も少しだけ軽めだったし、時間も早めに切り上げてもらったのだ。おかげで余力は十分である。

「メグちゃん、準備は終わったかい？」

「ケイさん！　終わりましたー！」

着替えを済ませてギルドのホールにやってくると、すでにそこにはケイさんの姿が。そう、今日は二人でデートなのだ。人間の大陸に行った時に約束していた件である。あれから結構時間が経っちゃったんだけどね。お互いに忙しくてなかなか時間が取れなかったのだ。とはいえ、私は時間を作ろうと思えばいつでも作れるから、忙しかったのは主にケイさんなんだけど。仕事に加えてロニーの特訓もしてくれているのだから仕方ない。

「んーっ、いつも可愛いけど、おしゃれしているメグちゃんは一段と可愛いね。ついつい見惚れちゃうよ」

目の前までやってくると、ニッコリと嬉しそうに微笑みながらケイさんが褒めてくれる。相変わらず褒めるのが上手い。ちょっと恥ずかしいけど、今日はそれが嬉しかったり。だってせっかくだから、と思っていつもよりお洒落してきたからね！　もらった服はどれもこれも素敵なんだけど、食事に行くということで色々と考えてチョイスしたから。ちょっぴり背伸びしたデザインの、シンプルながら上品な紺のワンピースで、胸元に二つ金のボタンが付いている。袖がないタイプなので、肩からフワンと白いストールもかけています。それから髪型は、この前もらった蝶々のバレッタでハーフアップにした。

「え、えへへ、ありがとう。ケイさんもすごく似合ってるよ！」

褒めてくれたお礼も忘れません。そして褒め返すのも！　私服のケイさんもやっぱり素敵だなぁ。基本的にオルトゥスの人たちは戦闘服でいることが多いんだけど、休みの日は着替えてオシャレを楽しむ人がそこそこいる。ケイさんもその一人なのだ。ありがとう、とスマートにお礼を言ったケイさんは微笑むと、スッと手を差し伸べてくれた。

「じゃあ、行こうか」

「はい！……あれ？　ギルさんは？」

確か、護衛として付いてきてくれるって話だったと思うんだけど。出された手を取って首を傾げていると、口をへの字にしたケイさんが人差し指で私の唇をそっと押さえた。な、ななな、何っ!?

「せっかくこれから二人きりでのデートなのに、他の人のことを気にするなんて。イケナイ子だね？」

体を屈めて、私の顔を覗き込むようにそう言われてしまっては赤面不可避！　言動がイケメンすぎるよー！　あわあわと言葉にならない声を漏らして口をパクパクさせていると、ケイさんはクスッと笑って答えてくれた。あ、質問には答えてくれるのね。

「んー、大丈夫だよ。ギルナンディオには影で護衛してもらうように頼んでいるから。……だから出てこないで、ね？　違約金(いやくきん)かかるよ？」

最後の一言は恐らく影に潜むギルさんに言ったのだろう。違約金……。しかし、いざとなったら払ってでも構わないからって出てきそうだ。それほどギルさんは過保護なのである！　あの事件の後から余計に心配性になった気がするんだよねぇ。でも、私の居場所が何となくわかるようになったというギルさんの親スキルが上がってからは、比較的自由に行動させてもらえるようにはなったけど。その分、心配性なのも酷くなったっていう。ままならないね！

「さ、お嬢さん。足元に気を付けて」

「わ、ありがと、ケイさん！」

それはさておき。今はケイさんとのデートを楽しもう！　お姫様扱いしてくれるからウキウキしちゃうな。スマートなエスコートに対し、私はぎこちない動きになってしまっているけど、そこはご愛敬(あいきょう)ってことで。ギルドを出て、少しゆっくりと歩く私たち。ケイさんが私に歩幅を合わせてくれているのだ。助かります！　迷いなく進んでいくので、行き先は決まっているのだろう。どこに行くかは聞いてないからお楽しみなんだけど、食事って言っていたからケイさんの行きつけのお店に向かっているんだと思う。途中、通りかかった小さなお花屋さんで、ケイさんが淡いピンクの小さな花束を購入した。それをそのまま私にはい、と渡してくれる。えっ、私に!?

「いいんですか？」

「もちろん。君によく似合う花束を、って前もって注文していたんだよ」

デート慣れしている……！　完璧だ。これで落ちない女の子なんているのだろうか？　いや、いまい！　そりゃあ「ケイさんくらいの方じゃないとお付き合いなんかしたくない！」だなんていう苦情がサウラさんのところにくるのも頷ける。これが打算で動いているわけではないってところがポイントなんだよねー。単純に、相手の喜ぶ顔が見たいから、という純粋な思いだからこそなのだ。この行動を真似(まね)したくらいじゃあ、心は動かない。なんて罪深いんだ、ケイさん。誰も悪くない、悪くないのだ。私はありがとうと言って花束を受け取ると、顔に近付けて花の香りを堪能した。ほんのり甘い、いい香りがした。

それから歩くこと数分。オープンテラスのお洒落なお店が目に飛び込んできた。薄暗くなってきた時間帯に、ライトアップされているテラス席がとてもいい雰囲気だ。フワフワと漂う照明は、まるで精霊の光みたいでなんだか馴染み深い。いつもこの道を通る時は、明るい時間だからこんなに幻想的な光景は初めて見るよ。店内へと続く通路がこれまた植物と光のトンネルになっていてうっとりと見惚れてしまう。ぼんやりしていたから、ケイさんのここだよ、と言う声にハッとなった。

え？　ここ？　ちょうど今、いつか行ってみたいなって思っていたところだったから嬉しい！　ワクワクしながら植物と光のトンネルを潜り、慣れた様子のケイさんと店内へ入っていく。ドアを開けるとお店の人がすぐにこちらに気付いて歩み寄ってきてくれた。

「いらっしゃいませ。ケイ様、メグ様。お花はお食事中、花瓶（かびん）に飾りましょうか？」

「んー、それはとても素敵な提案だね。ぜひ頼むよ」

「お、お、お願いしましゅ……！」

自然体なケイさんとは対照的に、どもるわ、噛むわ、でダメダメな私。だって仕方ないよね？　ね？　もっとスマートに優雅に対応したいものだ。くすん。

「ふふ、可愛らしいお客様。どうぞ、リラックスしてくださいね。すぐに料理を運びます。とても美味しいですよ」

「わぁ、はい！　楽しみでしゅ！」

緊張を解そうとしてくれる店主さん、素敵！　でもまた噛んじゃったけど。それに、自分の店の料理を、自信を持って美味しいと言えるのも素敵。よぉし、いっぱい食べちゃおう。案内された席につき、ケイさんと談笑していると、テーブルの中央に綺麗なガラスの花瓶に活けられた花束が飾られた。ライトがいい感じに花束を照らしていてオシャレさを増している。今宵プロポーズされてもおかしくない雰囲気作りである。そうこうしている間に次から次へと美味しそうな料理が運ばれてきた。最初に、ケイさんの前にはお酒の入ったグラス、私の前にはジュースの入ったグラスが置かれ、私たちは乾杯をする。それから食事を楽しんだんだけど、そのどれもこれもが本当に美味しかった！　琥珀に輝く、透き通るようなスープに舌鼓を打ったり、彩り豊かなサラダにはしゃいだり。メインのお肉は最初から私のは食べやすいように切ってくれていたので、気遣いに感謝したり。幸せー。

「メグちゃんは、将来どんなことをしたいって、考えていたりするのかな？」

それから、食事の合間にそんな会話をしたり。将来、かぁ……。まだまだ先のことすぎて、ちゃんと考えられないっていうのが正直なところだ。でもそれじゃダメだよね。主に意識の問題で。リヒトもロニーも、将来の目標に向けて頑張っているのに、私は宙ぶらりんのままなんだから。

「違ったらごめんね？　もしかしてメグちゃんは少し、ううん、かなり悩んでいたりするんじゃないかな」

「えっ？　そんなにわかりやすかったかな……」

「んー、やっぱり悩んでいたんだね？」

「あうっ」

言い当てられたことで動揺した私は、うっかりその通りですと言わんばかりの反応をしてしまった。あれぇ？　態度に出さないようにしていたんだけどなぁ。私がわかりやすいのか、ケイさんの洞察力が鋭いのか。

「メグちゃんのことが大好きだと思っている人は、きっとみんな気付いていると思うな」

うっ、そうなんだ。それってやっぱり私がわかりやすすぎるのかな。でも、気付いていて誰も聞かないでくれたんだ。心配かけたかも……。あ、そうか。だから、ケイさんがこうして聞き出してくれているのかな？　確かにケイさんは、こういう話を聞くのが上手そうだもんね。話しやすい雰囲気があるし。

「ボクでよければ聞くよ？　それに、きっとギルナンディオもどこかで聞いてる」

クスッと笑ってケイさんはそう言った。そうだよね、ギルさんだって心配してくれてる。今も影の中で聞いてくれているんだって思ったらホッと心が温かくなるのを感じた。うん、ちゃんと相談しよう。このまま一人で悩んでいたって、またみんなに心配をかけてしまうだけだもんね。

「あ、あのね……？　私、自信がないの」

私は、ポツリポツリと話し始めた。次期魔王と言われてもピンとこないこと。いずれ強くなると言われても実感がないこと。リヒトやロニーが目標を決めて頑張っているのを見ると、焦っちゃダメだってわかっているのについ焦ってしまうこと。私は誰よりも長生きな種族だから……。いつかはみんなを、見送らなければならないのだということ。そのどれもが心に重くのしかかっていて、まだ先のことだから考えないようにって思っても、ふとした時に脳裏に過(よぎ)って悲しくなるのだ。

「それに、私、本当は……」

「？　本当は？」

一番の本音を言う直前に、口籠る。これは、言ってはいけないことなんじゃないかなって思ったから。すると、何かを察したケイさんが、そっと私の手を両手で取った。

「ここだけの話だよ、メグちゃん。この話を聞いているのは、ボクとギルナンディオだけ。ね？」

それは、他の人には言わないよって意味だと悟った。優しさが嬉しくて、ほんのり視界が滲む。優しいなぁ。この優しさに、今は甘えてしまいたい。私はゆっくりと口を開いた。

「ほ、本当は……。魔王には、なりたく、ないの……」

私はずっと、オルトゥスにいたい。オルトゥスのメグでいたいんだ。だけど、私が魔王になることは決定してる。これだけは変えようがないのだ。だって魔王の血が流れているから。同じ時代に魔王の特性を持つ者は二人と現れることはないんだって聞いた。血縁者以外には、誰も。でも魔王を討てば、どういう原理なのかその特性が受け継がれて倒した人が次期魔王となる。強い者こそが魔王だからだ。今は父様が圧倒的な強さを示しているから誰も挑んでくる人がいないけど、私が魔王になったら？　自分こそが魔王になるんだって人たちが私を倒そうと勝負を挑んでくる、そんな未来がいつか来てしまうかもしれないのだ。責任が重いとか、自信がないとか、全てただの言い訳だってわかってる。でも、どうしようもなく怖い。その重圧に耐えられないから逃げたいって思っているんだ。だけどね？　魔王になるのが嫌だって訳じゃないの。その時が来たら受け入れたいっていう気持ちもあるんだよ？　魔王国の人たちは好きだから。みんな親切だし、協力的だし、守りたいとも思う。だからこそ、すごく怖くて……。今の私がまだまだ幼くて、無力だから余計にそう感じるだけかもしれないけど。そんなまとまりのないゴチャゴチャとした気持ちを私はひたすら伝えた。聞いている方は何を言っているのかわからなかったかもしれない。そのくらいまとまりがなかったと自分でも思う。

「うん。よく言えたね、メグちゃん。自分がちゃんと魔王として務まるかが不安なんだね？　嫌だってわけじゃないのもわかるよ。わかってる、大丈夫だよ」

だけど、私の気持ちをちゃんと察して、優しい言葉をかけてくれるケイさんを前に、ポロポロと流れる涙を止められなくなってしまった。うぅ、せっかくの楽しい時間が台無しになっちゃう。泣くつもりなんてなかったのにな。収納魔道具からタオルを出して涙を拭いながら、私はごめんなさいと呟いた。

「謝らなくていいんだよ、メグちゃん。謝りたいのはボクの方。メグちゃんのその悩みを解決するのはとても難しいことだ。いいアドバイスが出来たらいいんだけど、上手いこと言えなくてごめんね？　でもさ、こうして本音を言って、時には涙を流す時間は絶対に必要だって思うんだよ」

涙とともに苦しい気持ちも、時々流してしまわないと、いつか心が耐えきれなくなってしまうよ、とケイさんは言う。うっ、おっしゃる通りだ。私は悩みを人に話すのが苦手で、自分の中に溜め込みがちだっていう自覚がある。だから仕事も休めず増えてばかりで結果、過労死してしまったんだから。反省して改めればいいのに私ってヤツは！　こういう性分なんだろうなぁ。死んでも直らないなんて厄介すぎる。

「だから、またこうして誰かに気持ちを伝えて泣いてほしい。ボクはいつでも歓迎するし、ギルナンディオだって同じように思っているはずだよ」

ケイさんはそんな言葉を残し、私が落ち着くまで頭を撫で続けてくれた。足元の影からも、なんだか温かい気持ちが伝わってきたから、きっとギルさんも励ましてくれているんだろうな。私はとても幸せだ。こんなにも頼りになる人たちに囲まれているんだから、もっと頼らなきゃ。それと同時に、切ない気持ちにもなった。結局、自分で乗り越えるしかないのに思い悩むことしか出来ない腑甲斐なさで。焦っちゃダメだ、そう思えば思うほど気に病んで、馬鹿みたいだよね。でも仕方ないじゃない。悩んじゃうんだもん。だけど、今はかなりスッキリしたよ。やっぱり気持ちを吐き出して泣くのって大事なんだなって実感する。おかげでその後はまた楽しく食事を進められたしね！ 話す内容は他愛のないことで、それを一緒に笑い合いながらデザートを食べた。アフターケアも完璧なケイさんは本当に憧れるな。感謝の気持ちでいっぱいです！

「さ、デザートも食べたし、そろそろ帰ろうか。遅くなると、良くないしね」

そう言って、ケイさんは飾ってあった花を花瓶ごと私に手渡した。えっ、花瓶も!? さっきこっそり買い取った、だなんてさすがに予想外である。

「今日の記念に」

ウインクとともに放たれたそのセリフに、私の心が射貫かれたのは言うまでもない。それを誤魔化すように、私はそっと花瓶の花を収納ブレスレットにしまった。気持ち的には持って行きたかったんだけど、落としてしまったら嫌だからね。帰ったらベッド横のサイドテーブルに飾るんだ！

私は今日の全てのことについて、何度もケイさんにお礼を伝えた。言い過ぎだよ、とケイさんは眉尻を下げていたけど、いくら言っても足りないくらい嬉しかったのだから仕方ない、と押し切りました。困った様子のケイさんは貴重だったのでじっくり堪能させてもらっちゃった。えへへ。


　こうして二人でギルドへ到着すると、一歩ホールに足を踏み入れた瞬間、私の影からギルさんが出てきた。契約はギルドに戻るまでだったという。とても忠実である。

「ありがとう、ギルナンディオ。おかげでなんの不安もなくデートを楽しめたよ」

「メグも楽しそうだったからな。問題ない」

　このタイミングで出てくるのがわかっていたのか、ケイさんは特別驚くこともなくギルさんに微笑みかけた。理解し合っているなぁという感じである。ポンッと私の頭にギルさんが手を置いたところで、視界の端にエメラルドグリーンが見えた。サウラさんが出迎えに来てくれたようだ。

「ギルの基準はいっつもメグちゃんよねぇ。知っていたけど」

　呆れたように笑うサウラさんは私の近くまでやってくると、楽しかった？　と問いかけてくれる。私はすぐに顔を上げてうん！　と答え、こんなところに行った、料理も美味しかった、などあれこれ話して聞かせた。ちょっぴり泣いちゃったことは、黙っておいた。

「それでケイ、どんな風にメグちゃんを楽しませてあげたのかしら？」

「んー、知りたいのかい？　サウラディーテ。それなら今度はサウラディーテがボクとデートする？」

「私は美味しいお店を教えてくれたらそれでいいわ。自分で行くもの」

興味本位で聞いただけよ、とそっぽを向くサウラさんに対し、つれないなぁ、とケイさんは笑う。

だけどやっぱり気になるらしく、今度はギルさんに実際どうだったのかを聞き出そうとしていた。

私の説明では足りなかったらしい。別に普通だった、と答えるギルさんに不服そうなサウラさん。

何が聞きたかったんだろう？　実際、普通だったと思うよ？　通常運転のケイさんだったってだけで。

「で？　どう普通だったんだ？」

すると、今度は背後からお父さんの声が聞こえてきて驚いて振り向いた。ど、どこから現れたんだろう。気配を感じなかったよ！

「もう、頭領まで？　みんな知りたがりだね？」

これにはさすがに呆れたのか、ケイさんが肩をすくめて首を横に振っている。気付けば私たちの話に注目しているのはこの場にいるメンバーだけではなくなっており、周囲にいた人たちも興味津々で集まってきている。……って！　どんだけ気になるの、皆さん⁉　あれかな、ケイさんのデート術を学びたいとかそういうこと？　いや、サウラさんやお父さんは違うだろうけど。ケイがただ食事に行って帰ってくるだけのはずがない、だとか、メグに悪影響は与えてないだろうな、だとか、色んな声が飛び交う。なるほど、情操教育がどうのという心配をしていたわけだ。前世の分の知識もあるんだから今更なんだけどなー。

ワイワイと一気に賑やかになるギルドホール。そろそろお部屋に戻ってお風呂入って寝たいな、とぼんやり考えている時、ふと足元の影が揺れているのに気がついた。さっきギルさんが出てきた私の影だよね。まだギルさんの影の魔術と繋がっているみたいだ。……ほんのちょっぴり、好奇心が疼いた。これ、中ってどうなっているんだろう。実はいつも気になっていたのだ。ギルさんは当たり前のように影に出入りしたり荷物を収納したりしているから。みんなはまだ私とケイさんのデートについての話で盛り上がっている。これは、チャンスなのでは？　勝手に触ったりしたら、怒られちゃうかな。ドキドキしながら私はしゃがみこみ、ギルさんの魔術と繋がった自分の影を観察する。真っ黒な水面のようになっていて、ユラユラ動く影はまるでこっちにおいでと私を誘っているようだった。ほんのちょっぴりなら、覗いてみてもいいかな？　だって、これはギルさんの魔術だもん。私の影にかかった魔術なら、危険なんか絶対にないって確信があるのだ。でもやっぱり見つかったら怒られるかもしれないから、ほんのちょっぴりだけにしよう。そう決めて、私はそーっと影に顔を突っ込んだ。お風呂のお湯に顔をつけた時みたいに温かいけど、濡れたりだとか息が出来ないなんてことはない。

「……真っ暗だ」

そう、ただ真っ暗な空間がそこには広がっていた。けど不思議と怖いとは思わない。どっちが前か後ろかもわからないくらいの闇なのに、恐怖を感じないのはやっぱりギルさんの魔術だからかなって思った。私って本当、無条件にギルさんを信頼しちゃっているんだな。そのことにクスッと笑ってしまう。けど、この中をギルさんは自由に行き来しているんだって思うとこれもまた不思議である。どっちに目的地があるのかとか、どこに収納した道具があるのかとか全部わかっているってことだもんね。術者だけにはわかるとか、そういうものなのかもしれないなぁ。

「……っ⁉」

「えっ、何？　どうしたのギル⁉」

「な、おい。どうした、ギル。いきなり硬直して……。ってメグ⁉　お前、何やってんだ⁉」

あれこれ考えていたら、突然サウラさんやお父さんが慌てる声が耳に飛び込んできた。しまったバレた！　と思うと同時に、ギルさんに異常が⁉　と思って私は慌てて影から顔を上げた。色々考えてはいたけど、覗いていたのはほんの数秒なのに、まさかこんなにあっさり見つかるなんて。

……いや、普通に考えて自分の魔術に異変があったら気付くのが当たり前か！　ギルさんならなおのことである。そんなことにも気付かないなんて、私って間抜け……。

「お、おい！　メグ、大丈夫か⁉　馬鹿野郎、ギルの影に入るなんて死ぬ気か⁉」

「えっ、そんなに⁉　私は大丈夫だけど……。ご、ごめんなさい。そんなに危ないなんて思わなかったの」

お父さんが鬼気迫る様子で肩を掴んで揺さぶってくる。そんなに大変なことをしちゃったのかな、私？　何がなんだかわからなかったけど、みんなのただごとではない様子にだんだん罪悪感が膨れ上がってきた。シュン、と身体を縮こまらせて返事をしたら、なぜかお父さんがポカンとしていることに気付いた。見ればサウラさんやケイさん、他の人たちも同じように呆気にとられているではありませんか。え？　何？

「お、お前、ギルの影を覗いて、大丈夫だったのか……？」

「え？　うん。ほんの少し顔をつけただけだったし。広くて真っ暗だけどあったかくて、でも、それだけだよ？」

普通は大丈夫じゃないのかな？　むむむ、と私は首を捻る。一方、驚愕の表情を浮かべて暫し停止していたお父さんは、すぐにハッとして今度はギルさんに問い詰めはじめた。

「お、おい！　ギル！　お前は大丈夫だったのか⁉」

「あ、ああ……。俺も、驚いている」

「なんだそれ？　影に入っても大丈夫なヤツなんていんのかよ？　なんか心当たりねぇのか？」

ちょ、ちょっと待って。お父さんのそのニュアンスだと、影に他の人が入ったらもれなく酷い目に遭うって聞こえるんだけど？　何ごともなかったし知らなかったとはいえ、私ってばかなり危険な橋を渡っていた？　みんなもそれを知っていたから、こんなにも慌てていたんだ。う、うわぁ。私ってば勝手な行動でまたしてもみんなに心配をかけちゃったんだね。しかも、私だけではなくギルさんにも悪影響があるっぽいじゃない。猛省である！

「心当たり……？」

お父さんの質問に、困惑したように考える素ぶりを見せたギルさん。大丈夫かなぁ？　具合が悪くなっていたりしないだろうか。心配になってギルさんの顔を見上げると、数秒後にその顔が一気に赤くなっていくのが見て取れた。……えっ⁉　赤くなったぁっ⁉　ギルさんが⁉

「え？」

「ギルナンディオ？　まさか……」

「えぇっ⁉　ギル⁉」

「て、てめぇ、まさかギル……」

カァッ、と音が鳴りそうなほどの赤面ぶりを見せたギルさんは、片手で顔の下半分を覆い、サッと後ろを向いた。えっ、何？　何？　もしかして私ったら、ギルさんのデリケートな問題に首を突っ込んだりしていたのかな⁉　影の内部はプライベート空間とかで、見られるのはちょっと恥ずかしいことだったり？　いや、でもただ真っ暗な空間なだけだったからさすがにそれはないか。けど、あのギルさんがこんなにも赤面しているんだから、それだけの事情があるわけで……！　ええい、この際理由は後回しだ。私も含めてギルドのホールではみんなが大騒ぎである。だって滅多に感情を表に出さないギルさんが、ものすごく動揺しているんだもん！　本当に大丈夫かな？　心配になってきたよ。

「ギルさん……？」

そっと私も声をかけてみる。だけど、ギルさんともあろう人がそれに気付かず、相変わらず顔を覆ったまま時折、いやまさか、とか、さすがに違う、とかブツブツ呟いている。完全に取り乱しているよね、これ。な、なんか本当にごめんなさい！　私が顔を青ざめさせていると、落ち着きを取り戻したのか、ギルさんは振り返って一言だけポツリと告げた。

「…………何でもない」

その一言で大混乱に陥っていたギルド内が静まり返り、今度はざわめきが広がっていく。当のギルさんはすでにいつも通りの表情で知らんフリだ。いや、まだ少しだけ顔が赤い気もするけど。でも体調には問題なさそうだ。良かったぁ、一安心である。

「な、何でもないわけないでしょぉぉぉ!? 絶対に口を割ってもらうわよ! ギル!」

「そうだねぇ。ボクもすごく気になるかな。ふふ、相談ならのるよ?」

「絶っっっ対に許さんぞ、ギル! このやろぉぉぉ!!」

と、思ったけど。まだ落ち着いてない人たちがいた。この三人に触発されて、ギルド内のメンバーみんながギルさんに注目しているし。あれ? まだ続いていたの? サウラさん、ケイさん、お父さんに取り囲まれ、ギルド内のみんなに注目され、何やら問い詰められているギルさん。……話題についていけなくなってきちゃった。それに長くなりそうだなぁ。申し訳ないことに、私はそろそろ眠さの限界である。仕方ない。今は近寄れないから明日改めてギルさんに謝るとして、今日は先に寝させてもらおう。私はふわぁっ、と一つ欠伸をすると、騒がしいホールを後にした。


——翌日。

いつもと変わらない平和な朝。私専用の受付で、元気に挨拶を交わし合う。よく見る顔や、たまに見る顔、初めて見る顔が行き交うホールで、今日も私は笑顔を心掛けてお仕事に励んでいます。人通りが多くて忙しい時間帯が過ぎるとようやく一息がつける。その時に自分の席でホットミルクを飲むのが至福の時間であった。いつもこの席にくる前にカフェスペースで買って、収納ブレスレットに入れておくのである。私のお給料の使い道は今のところそのくらいだ。本当は、そのくらいは買ってあげるよ、と色んな人から言われているんだけど、自分のお金で買うからいいんです!

と言い張ったのだ。皆さん、子どもを甘やかすのも程々にね？　ただ、私には出世払いしなきゃいけないものがたくさんあるので、貯金もしてるよ！……いつ全額返せるのかとか、そもそもこの長い人生をかけても返し切れるのか、なんてことは考えてはいけない。めげちゃうからね！

ホットミルクを飲み干してふぅ、と幸せなため息を吐いていると、ギルドの奥の方からギルさんがやってくるのが見えた。いつもこの人は人混みを避けるため、もっと早い時間にギルドを出るか、こうして少し遅らせてくるのである。オルトゥス内なら慣れているとはいえ、やっぱり人の多いところは苦手みたいなんだよね。ギルさんは私に気付くとフッと目元を和らげ、こちらに向かって歩いて来る。私も挨拶をしようとギルさんが来るのを待っていたその時、突然どこからともなく私の前に髪の長い女の人が現れた。何かを探しているかのようにキョロキョロと周囲を見回す、フワフワとした淡いピンクの、長い髪を持つ女性。……あ、これ、現実じゃない。直感でそう思った。これは予知夢だ。起きている時に視るのは久しぶりだなぁ。となると、この人は誰だろう。どこかで見たような気がするんだよね。そう考えて最初に思い付いたのは母様だ。ハイエルフのイェンナリエアル。一度、夢で視たことがあるメグの母親に似ている気がした。でも、ちょっと違う。髪の色は淡いピンクだけど、母様はサラサラとしたストレートロングだったもん。それに目の前の女性は、眼の色が紺だ。ということはもしかして……。

「私……？」

私がそう呟くと、女の人はこちらに振り向いた。予知夢のはずなのに、しっかりと私を見ている。私と目を合わせるとその女の人、おそらく未来の、大人になった私はふわりと笑った。それはもう、とても幸せそうに。その途端、フッと心が軽くなるのを感じた。理解したのだ。

「そっか。……なぁんだ。なぁんだ！」

「ん？　どうした、メグ」

いつの間にか目の前に立っていたギルさんに不思議そうに声をかけられたことでハッと我に返った。私は何でもない、と笑顔で首を振り、いつも通りギルさんに朝の挨拶をする。チラッとさっきまで見ていた先に目を向けたけれど、未来の私はもういなくなっていた。とても不思議な体験だったな。未来のことを視ていたというのに、目が合うだなんて。疑問に思うことはあるけれど、気にはならなかった。だって未来の私が笑っていたのを見ただけで、心の奥底でずっとウジウジ悩んできたことがぜーんぶ嘘みたいに消えていっちゃったんだもん。それはつまり、未来の私が幸せにやっているってことなんだから。それがわかっただけで十分だ。

将来、私は魔王になっているかもしれないし、オルトゥスにいるのかもしれない。色んな問題が起きて、たくさん辛いことが起こるかもしれないし、思うようにいかないこともあるかもしれない。でもそんなこと、もう気にしない。きっと乗り越えられるって自信がついたから。この先どんな未来を選んだとしても、私は幸せでいられる。ううん、その幸せを現実にするために、今を精一杯生きていこうじゃないか。

「じゃあ、俺は仕事に行く」

「はぁい！　ギルさん、気をつけて行ってらっしゃい！」

行ってくる、とふわりと微笑んだギルさんを見送り、私も再び仕事に精を出す。オルトゥスの入り口に目を向けると、不安そうに辺りを見ている人が目に入った。初めての依頼かな？　よし！

大丈夫、なんの心配もいらないよ。

待っていてね、未来の私。今はただ、笑顔でいつもの挨拶を口にしよう。

「特級ギルド、オルトゥスへようこそ！」

出会った場所で

「メグ、次の休みの日に時間をもらえないか」

ギルさんからそう言われたのは先週のことだ。突然の申し出に少し驚いたけど、私にギルさんの頼みを断るという選択肢はない。当然のようにわかったと返事をしたものの、それから特に何かを言われることもないまま、休日の前夜になった。そのうち連絡が来るだろうな、と思って気にしてなかったんだけど、さすがに何か聞きに行かなきゃダメかな？　でも、ここ最近のギルさんは仕事が忙しそうなんだよね。だから大人しく待っていたって部分もあるんだけど……。うーむ、と腕を組みながらお風呂に入ろうと大浴場に向かっていると、向こうからタタタッと駆け寄ってくるサウラさんが目に入ってきた。

「ああ、いたいた。メグちゃん！」

「サウラさん！　どうしたんですか？」

どうやら私を探してくれていたらしい。目の前までやってきたサウラさんにそう訊ねると、ギルさんから伝言を預かっているとのこと。それだけで明日のことかな？　と察しがついたので、黙って続きを待った。

「明日は朝から部屋に迎えに行くそうよ。動きやすい服装で、持ち物は特に気にしなくていいって。なぁに？　明日はギルとデートでもするのかしら？」

「へっ⁉　ううん、明日は予定を空けておいてって言われていただけで、特に何も聞いてなくて……」

デート？　デートなのかなぁ？　思いもよらなかったその単語にちょっぴり驚いたけど、でも、それならどこに遊びに行こうとか言ってくれると思うんだよね。まぁどんな予定であれ、ギルさんと一緒ならまったく不安にもならないんだけど。私が答えると、サウラさんも不思議そうな顔で頰に手を当てて、何も言わないなんて珍しいわね、と言う。やっぱりサウラさんもそう思う？　だよねだよね、珍しいよね！　ギルさんに限ってうっかりミスはなさそうだもん。だから、二人でうーんとしばらくその場で唸り声を上げた。

「ま、ギルなら問題ないでしょ！　あんまり考えられないけど、単純に言い忘れただけってこともなくはないものね！」

でも、悩んだのは一瞬だった。そしてサウラさんの出した結論も私と一緒だったことにクスッと笑う。ですよねー！　ギルさんへの信頼感は他の人の比ではないのである。じゃ、明日帰ってきたらまた教えてちょうだいね、とだけ告げて、サウラさんは仕事に戻っていった。伝言を言うためだけに抜け出させちゃったのは、ちょっと申し訳なかったな。でも、心配していたことが解消されてとても助かりました！　サウラさんの後ろ姿に向かってお礼の言葉をかけてから、私も再び大浴場へと歩みを進め、その日は出来るだけ早く寝支度を済ませることにした。

「お、メグ。もう寝るのか」

お風呂から上がって部屋に戻る途中、お父さんに声をかけられた。いつもより少し早い時間に湯上りでホカホカしていたから気になったのだろう。そうだよ、と返事をすると思い出したようにお父さんがポン、と手を打った。

「そういや、明日はギルと出かけるんだったな」

「え？　知っているの？」

「おー。昨日、ギルがそんなことを言っていたからな」

まだどこに行くのかは聞いてないんだよね、という私にそうなのか？　とお父さんは片眉を器用に上げた。それから、なら俺が言っちまうのは良くないかもしれねーなー、と言う。なるほど、お父さんは行先を知っているようだ。特に口止めはされてないし、単純にまだ言ってないだけとは思うけど、せっかくだから楽しみにしておけ、とお父さんは私の頭を撫でる。うー、確かに気にはなるけど、ここで明かされるのも違う気はする。うん、明日の楽しみにしよう。

「動きやすい服装でってサウラさんから伝言を聞いたの。戦闘服じゃ大げさかな？」

「いや、それでもいいとは思うぞ。だがまぁ、そこまでの性能は必要ねーだろ。万が一、何かあったとしてもギルが一緒なんだ。お前は抱えられているだけになるだろうし、まったく問題ない」

抱えられているだけって。いや、事実そうなりそうなのは私もわかるけどさ。それはそれで情けないじゃないか。でも、そうだよね。お父さんの目から見ても、ギルさんの評価はそれほどまでに高いのだ。ギルさんさえいれば、どんな危険地帯でも私が無傷で帰ってくるっていう信頼があるのである。さすがに危険な場所には行かないとは思うけどね。……行かないよね？

「お前にとってもいい経験になると思うぞ。ま、安心して出かけてこい」

「うん、わかった！」

最後にお父さんはそれだけ言うと、ゆっくり寝ろよと笑いながらその場を去って行った。特級ギルドの頭領にも問題ないと言われたから、本当になんの心配もいらないね！　最初から何も心配はしてなかったけど。どちらかと言うと、楽しみで今日ちゃんと寝られるかの方がよっぽど心配である。いやいや、明日を万全な状態で迎えるために、早く寝るぞー！　部屋に戻った私はすぐにベッドに潜り込み、電気を消した。

次の日、私はいつもより早めに起きて身支度を済ませておいた。だって、朝迎えに来るって聞いただけで何時くらいになるかはわからなかったんだもん。ギルさんなら、時間が早い場合はその旨も伝えただろうし、たぶんいつも私が起きて部屋を出る時間と同じだろうな、とは思うのだ。でもほら、待たせたくはないし。……というのは建前で、実は楽しみすぎて早く起きちゃっただけなんだよね。心配していたようになかなか眠れない！　ってことにはならなかったけど、その分早くに目覚めちゃった、という。し、仕方ないよね！　だってギルさんとお出かけってだけで楽しみすぎるんだもん！　それに、早起きしたのだって何も悪いことじゃない。服を選ぶのに時間がかかったからだ。いつも通りに目覚めていたらバタバタと準備することになっていたと思う。落ち着いて考えられたのは大きい。そうして選んだ本日の服装は、首元にリボンが付いているクリーム色の半袖シャツに、濃いブラウンのキュロットスカートである。それからたくさん歩いても大丈夫なように、靴は歩きやすい運動靴にした。ちなみに、この服装を選んだポイントは動きやすさだけではない。どことなくお上品さも兼ね備えた物をチョイスしたのだ。要するに、おしゃれも意識したのである。だって久しぶりにギルさんと二人で出かけるんだもん。ちょっとは気にしたいじゃない？　えへへ。あと、持ち物は気にしなくていいっていうから特に確認はしてない。でもあの事件以降、私の収納ブレスレットはかなり中身が充実しているので、そういう意味でも問題はないと思う。ソワソワしながら待っていると、ついに待ちわびていた人の声がノックとともに聞こえてきた。

「メグ、俺だ。起きているか？」

起きているどころか準備万端ですともー！　声が聞こえた瞬間に椅子から飛び上がった私は、小走りでドアに向かった。

「おはようございます、ギルさん！　準備も出来てるよ！」

勢いよく飛び出した私に少し驚いたように目を見開いたギルさんだったけど、危なげなく私を受け止めてすぐにフッと笑う。飛び出したら危ないだろう、と言いつつも優しく頭を撫でてくれるギルさんはやっぱり親馬鹿と言えるかもしれない。私もごめんなさーい、と言いつつ、へらへら笑っているからいけないのかもしれないけど。だって忙しかったギルさんにこうして会えるのは本当に久しぶりなんだもん。嬉しさが爆発しちゃったんだよね！　さながら、主人の帰りを待つ犬のようであった自覚はある。

「詳しいことを伝えられずにすまなかった。直接言った方がわかりやすいと思ってな。朝食を摂りながら話そう」

「お仕事が忙しかったんでしょ？　気にしないで！　お疲れさま、ギルさん」

こうして時間を取ってくれたのが何よりも嬉しいんだから。そう言うと、ギルさんはありがとうと微笑んでくれた。ふおぉ、朝から眼福である！　ギルさんの手を取り、私たちはさっそく食堂へと向かった。食事のトレーを持って席に着き、朝食を摂りながら聞いた話はこうだ。今日、予定を空けてくれたのは単純に、最近二人で話せていなかったから、だそう。うんうん、私も色んなお話したかったよ！　仕事や訓練についての近況報告とか、最近あった面白かったこととか、何気ないおしゃべりがしたかったんだよね。それだけの理由で時間をもらってすまない、とギルさんは言い、少し照れ臭そうにする姿に萌えたのは言うまでもない。イケメンな上に可愛いだなんて反則だと思います！

「まぁ、行先はゆっくり話せるような場所ではないんだが……。ただ、以前からいつか連れて行ってやろうと思っていた場所になる」

「連れて行きたかった場所？」

それはどこだろう。見当もつかないなぁ。どこかの公園とかお店かな？　なんて思っていたんだけど、ギルさんが告げたのは思ってもいなかった場所だった。

「ダンジョンだ」

「ダンジョン!?　それってもしかして……」

それは、私とギルさんが初めて出会った、あの場所？　そう問い返すとそうだ、と頷かれた。そ、それはまた予想外すぎる。なんでまたそんな場所に行くんだろう。ギルさんが意味もなく危険な場所に連れて行くとは思えないし、攻略してお宝をゲット！　なんてことはないだろう。修行だというなら、戦闘服を着てくるようにってあらかじめ言うだろうし……。理由はともかく、確かにこの世界に来てからダンジョンというのがどんな場所なのかは気になっていたから、一度は行ってみたい場所であるのは事実だ。魔物の習性や戦い方、気を付けるべきことなんかも、ダンジョンに行けば生息地に足を運ばなくてもあらゆる魔物のことを知れるからね。もちろん、全てではないけど。

「本来、子どもを連れていくような場所ではないんだがな。しかし魔術が使える状況であれば、お前には自衛の手段があると判断した。あの時とは違い、心も成長している。それに、俺がいるしな」

あれこれ言ってくれたけど、結局のところは最後の言葉が全てだと思います。ギルさんがいれば魔物などもはや脅威ではないってわかるもん。そりゃあ目の前でズバッ、とやられてドバァッっと血しぶきが上がるのを見るのはいまだに抵抗があるけど、身の危険はないと断言出来る。それに、いつまでも魔物討伐を見るのが怖いとかいってられないしね！　決意を固めたように拳を握っていたら、ギルさんには苦笑を浮かべられてしまった。どうやら、私が思っているような目的ではないらしい。あれ？　勉強のために行くんじゃないのかな？

「魔物は出来る範囲で近寄らないように配慮はするからな。そうではなく、ただ……」

ギルさんはそこで一度言葉を切って、続きは小さな声で呟いた。ただ、私と初めて出会った場所に、改めて二人で行ってみたかったのだ、と。それを聞いた瞬間、なぜか顔に熱が集まっていくのを感じた。なんでだろう？　キュンとした。これが一体どんな気持ちなのかはわからないけど、どうにもこうにも恥ずかしいというか嬉しいというか、なんとも複雑な心境になったのだ。というか！　その言い方はある意味口説き文句じゃない!?　私が年頃のレディだったらこう、色々と勘違いしそうになるセリフだよ！　まったくもって恐ろしいイケメンである。ドキドキが収まらないので、私もわかったと小声で答えるのが精一杯だったよ……。気恥ずかしさを誤魔化すために、朝食のスープを急いで口に運んだ。

朝食後、私たちはすぐにギルドの外に出た。ダンジョンまでは安定の影鷲、コウノトリ便で向かうのだそう。行先を聞いた時からその移動手段はわかっていたので、慣れた調子で出された籠に乗り込む私。ギルさんも籠と布の準備は手馴れたものである。時折すれ違う顔見知りの皆さんに、気を付けて行って来いよー、などと声をかけられた。皆さん暗黙の了解で行先を聞くことはないのがさすがである。

『行くぞ』

「うん!」

影鷲姿のギルさんに念話で言われて元気に返事をすると、すぐに籠が地面を離れていく。浮遊感を覚えると徐々に高度が上がっていき、あっという間にオルトゥスの建物がミニチュアになった。その光景を慌てず騒がず見られるようになった私も、だいぶ成長したなぁなんてしみじみ実感しちゃう。慣れただけなんだけど、これが当たり前かのように受け止められる自分が不思議だなぁって思うのだ。自分はこんなファンタジーな世界に馴染むことはないんじゃないか、帰る場所だなんて思える日は来るんだろうか、って不安になっていたあの頃の私に、大丈夫だよって声をかけてあげたい。空から見る魔大陸を見下ろしていたら感慨深くなっちゃったな。ここ最近、この籠に乗る時は誰かと一緒だったのに今は一人だからかも。

それにしてもダンジョンか。実は、未だにこれぞ異世界! っていうファンタジーな場所だな、くらいの認識しかないんだよね。特級ギルドであるオルトゥスにとっても、あまり馴染みのない場所だからかもしれない。というのも、この世界におけるダンジョンっていうのは、力試しや訓練場所、宝探しの場という認識なのだ。すでに実力もある上に宝探しをするよりも稼げてしまう特級ギルドのメンバーにとっては、行ってもあんまり意味のない場所ってことだね。ちなみにこのダンジョンっていうのは、ある日突然、魔物が湧き出る穴のような物が出来たのが始まり。そこを人の手で整備して、探索しやすくしたのがダンジョンなんだって。調査の結果、魔力の溜まりやすい場所にその穴が出てくることがわかり、今ではそれを予測して対処する機関もあるという。小さい穴なら消すことが出来、大きい穴なら再調査の上、ダンジョンの整備をするそうだ。今から向かうダンジョンは、かなり昔にオルトゥスのメンバーで整備したらしい。お父さんやギルさんも参加していたって……。何それ初耳っ！　ギルさんが言うには、日々ダンジョンも成長したり変化することもあるから断言は出来ないけれど、これから行く所は、比較的まだ慣れてない者達でも攻略しやすい場所で、数あるダンジョンの中でも、実力アップに適した場所で有名なんだって。対象レベルは初級から中級ギルドに匹敵する実力者だろうとのこと。修練の場所っていうルールのようなものが出来上がっているので、実力者は行かないように気を配っているそうだ。オルトゥスが外部から来た人用に、簡単な依頼を受けないようにしているのと理由は一緒だね！　成長の場を奪わないための配慮ってことである。ギルさんがあの時あのダンジョンにいたのは、異常が発生していたからだもんね。その原因は私だったわけだけども。そういう時の対処でもない限り、特級ギルドのメンバーは基本的に向かわない場所ってことである。

『いずれ、メグもダンジョンで訓練する日が来る。その時のための下見も兼ねよう』

　おう、そうなりますか。だよねー。この世界で生きていくわけだし、オルトゥスの一員なんだから、もっと強くならなきゃだし。ダンジョンの魔物は魔力の塊（かたまり）らしいから、倒してもグロテスクな光景は一瞬で、スゥッと消えていってくれるのがありがたいかな。というかむしろ、実践訓練をするにあたって私にちょうどいい場所といえよう。でも今はまだ怖いから無理だ。生き物を傷つけるって思うと手が震えるんだもん。はぁ、先が思いやられるね。

そうこうしている間に見えてきました、懐かしい光景が！　一瞬しか見てないから覚えてないかもって思っていたけど、案外覚えているものだ。懐かしいなぁ。あの時は目にするもの、体験すること、その全てが不思議で、ちょっと怖くて、信じられなくて、現実についていくのがやっとだったっけ。わけがわからない状況の中、接してくれる皆が優しかったからなんとか心を保っていられたんだよなぁ。それを思ったら鼻の奥がツンとしてきた。だって、私はとっても恵まれていたんだなって実感するんだもん。お父さんやリヒトがこの世界に来たばかりのことを知った後だから余計にね。

森の入り口付近で高度が下がっていき、少し開けた場所に着地するギルさん。籠もしっかり地面に降ろしてもらったところで、私は自分で籠から出る。よじ登って転げ落ちる、なんてことはしません。風の自然魔術でフワリと華麗に着地しましたよ！

「ふむ、メグも魔術を使いこなせるようになってきたな」

「そりゃあね！　オルトゥスのメグだもん！」

たったそれだけのことなのに褒めてくれたのが嬉しくて、私も調子に乗って胸を張った。えっへん。籠と布をギルさんが一瞬で収納したところで、私たちはダンジョンのある街まで並んで歩き始める。あの時はこの道を、ギルさんに抱っこされて森まで来たよね。隠蔽の魔術がかけられていたから、声を出さないように黙ってたなー。あっという間にたどり着いたような気がしたけど、それはギルさんの早歩きだったからか。私も急げば、と思ったけど、足の長さがまず違うんだから、街に着くまであの時の倍は時間がかかると思っておいた方が良さそう。

「……抱っこしていくか？」

「いーきーまーせーんー！」

私が歩くスピードを上げたことに気付いたギルさんにからかわれてしまった。私の考えていることなどお見通しってことですか。もうっ！　でも、そういう冗談を言ってクスクス笑うギルさんも珍しいから許します。私はちょろい幼女なのだ。

「こ、これはオルトゥスの……!?　な、なにか問題でもありましたか!?」

街に入り、どこにも寄り道することなくダンジョンの前に行くと、受付の男の人がギルさんを見るなり驚いたように声を上げた。やっぱり有名人なんだなぁ。しかもどことなく恐れられている。オルトゥスのある街と違って、あまりここには来ないからギルさんの怖そうなイメージだけが強く残ってるんだろうなぁ。黒ずくめでマスクもしている長身男性だからわからなくもない。なんなら、私も初めて見た時は不審者かと思って怖がったし。

「いや、今回はこの子を連れてきたかっただけだ」

「この子？　わ、かっわいい……！」

ギルさんが私を示したことで、受付の人はようやく私の存在に気付いたようだ。可愛いだって。照れちゃう。

「こんにちはー。いつか修行に来たいので、今日は下見に来ました！」

せっかくなので自分でも挨拶をしてみる。笑顔を忘れずにね！　適当なことを言っちゃったけど、これで良かったかな？　チラッとギルさんを見上げると、目を細めて頭を撫でてくれたので正解だったっぽい。ホッ。

「うっ！　そ、そうなんですね！　貴方が一緒なら問題ないでしょう。ただ……」

何やら顔を赤くしていたけど、受付の人はギルさんが一緒ということであっさり許可をしてくれた。顔パスである。だけど、後半に表情を曇らせたのが気になる。何か、注意点でもあるのかなぁ？　受付の男性が言葉を濁していたのを見かねて、ギルさんが察したようにその言葉を引き継ぐ。

「ああ、他の者たちのことも考えて、周囲の魔物が逃げ出してしまわないように気配は調整するつもりだ」

なるほど。ギルさんは強すぎるから、存在を確認しただけで魔物が逃げ出しちゃう恐れがあるんだね。でも、ダンジョンには魔物を倒すために修練に来ている人がいるわけだから、それじゃあ周りの人に迷惑をかけてしまう。そのあたりの配慮も抜かりないってことか。だけど、受付の人が気にしているのはそこではなかったらしい。

「あ、いえ。その点の配慮については心配していません。特級ギルドの方々は心得ていますから。その、実は少し前に、三人組がダンジョンに入っていきまして。そのうち二人は子どもだったんですよ。一人は成人したばかりの青年だったのでルール的には問題なかったんですが……。少し心配で」

子どもだけでのダンジョンへの入場は当然、禁止である。今回入っていった三人組は、昔から何度もここに来ては早く入りたいと騒いでいた有名な子たちらしい。その内の一人が最近になってようやく成人したということで、今日ついに入場を許可したんだって。一応、第一、第二層までなら問題ない実力を持っていることは確認しているという。なーるほど。確かにそれは心配になる。念のため、一定の時間が過ぎたら様子を見に行くつもりだったらしく、そろそろ誰かに依頼をしようと思っていたんだって。そこにタイミングよく私たちが来たってわけか。

「わかった。ついでになるが、様子を見て来よう」

「ありがとうございます！　助かります！　報酬はギルドの方に……」

受付の人が最後まで言い切る前に、ギルさんは手でそれを制した。報酬は受け取らない、という意味だ。それに慌てたのは当然、受付の人である。そういうわけにはいかない、と両手をブンブン横に振っている。あー、気持ちはとてもよくわかる。でもね、こちらにも事情が一応あるのです。それを教えるため、今度は私が口を開いた。

「今日はお休みの日だから。仕事をしちゃうと怒られちゃうんだよね」

だから内緒で、という意味を込めて私は人差し指を口の前で立てた。報酬をもらうということは、それは仕事である。休みの日は仕事をせずに休む、というのがオルトゥスのルールである以上、破るわけにはいかないもんね！　ま、実のところそこまで細かいことは誰も気にしないんだけども。

受付の人は呆気にとられたように私を見て、目を丸くしている。ちなみに、もちろんそれが理由の全てではない。単純に、この程度のことは仕事じゃなくてもするものだ、と思っているのである。たぶん、ギルさんもね！　だって、見ていて危なそうだなって思ったら、助け合うのが普通って感覚を持ち合わせているから。こういう仕事をしている人や、ダンジョンに来る人の多くは、大体そういう意識があるんじゃないかなぁ？　むしろ仕事じゃないから助けない、だなんて寂しいよ。助け合い精神はオンの時もオフの時も持ち合わせていたいものだ。そういう意図を正しく理解して受け取ってくれたのだろう、受付の人は一度しっかりと頭を下げ、再び顔を上げた時には笑顔を浮かべてくれていた。

「では先輩として、たまたま未来ある若者に会いましたら、助言をお願いします！」

「ああ、わかった」

そうそう、先輩として！　ちなみに、その子たちは今日が初めてのダンジョン探索だそうなので、テンションが上がりすぎて注意力が散漫になる可能性が高いんだって。あー念願叶ってようやくダンジョンに入れたんだもんね。それは嬉しいはず。うーむ、これは早いところ見つけておかないと。そのくらいの年齢の子たちって、自分たちは大丈夫っていう謎の自信があったりするんだよね。今の姿の私に言われても説得力はないだろうけどさ、これでも一度は成人して大人の社会を生きた経験があり、色んな黒歴史を量産してきているものですから。ああっ、あの時の自分を殴りたい。記憶に蓋をしなければ。うっ、心の古傷が疼く……。

「では、お気をつけて！」

勝手に昔を思い出してダメージを受けている間に、受付での手続きは終わったようだ。いよいよ、ダンジョン探索である。いや、攻略目的ではないんだけど、前回はここがダンジョンであることさえ知らなかったんだから初めて来たようなものなのだ。緊張するのも当然でしょ？　しっかりついてくるんだぞ、と言うギルさんの言葉に頷き、はぐれないようにと気を引き締めて一歩踏み出した。

受付を通り過ぎ、十段くらいの小さな階段を下りた先に大きな扉があるのが見えた。四、五メートルくらいの高さはあるんじゃないかな。どうやって開けるんだろう、と思っていると、扉の横に水晶玉が置かれているのを発見。あれは見覚えがあるぞ！　たしか、ボスらしき魔獣を倒した後、ギルさんが触れたら一瞬で外に出てこられたんだよね。なるほど、水晶に魔力を流すことで中に転移されるって仕組みか。入り口に扉があるのはこの水晶に問題があった時に物理的に開けられるようにとのこと。なるほど、ちゃんと対策が施されていたんだね。でもこんなに大きな扉を物理でって……。無理じゃない？　って思いかけたところですぐに自ら否定する。一人で開けられそうな人の顔がいくつか浮かび上がったからね。いやはや、オルトゥスのメンバーは恐ろしいですね！

さて、水晶に手を触れたことで一瞬にして中へと転移したギルさんと私。外から見た限りだと洞窟の中だったのに、中に入ると見上げれば青空で、足元には草原が広がっている。完全に外だよねー。本当に不思議な空間なんだなぁ、ダンジョンって。それとももしかして、この空や草原は魔術で作り出しているものなのだろうか。

「まぁそうだな。魔物が住みやすい環境を整えることで、意図的に下に行くごとに倒すのが困難な魔物が住む、という状況を生み出している。そうでないと、初心者が初手で躓くからな」

穴から生まれてきた魔物の生態を調べ、生息地に近い環境を人の手で作り出したってことか。そうじゃないと、強い個体が弱い個体を襲い、ダンジョン全体が強い個体で埋め尽くされてしまうのだそう。それもそうかー。けど、それだけでは対策は不十分。ということで、整備の際は意図的に強い個体を下層へと、人の手でも移動したんだって。そうすることで、同じ魔物は同じ階層で生み出されるようになった、っていうからこれもまた不思議な現象である。でも時々、上の階層で強い個体が生まれることもあるらしいから、このダンジョンを管理している人たちが毎日巡回しているようだ。おぉ、安全管理が行き届いている。ちなみに、私を見つけたのは三階層。あと二つ下りたところだね。そこは岩山エリアで、中級レベルの人たちがグループで行動してなんとか攻略出来るくらいの難易度なのだそう。えっ、そんなところに幼児が一人でスヤスヤ寝ていたの？　そりゃあ、さすがのギルさんだって焦るし驚くよね。よくぞ見つけてくださいました。マーラさんの特殊体質によって安全な場所に転移してもらったのだから、ギルさんが見つけてくれるのは必然ではあったのだろうけど、それでも感謝してもしたりないよ！

「このエリアにはどんな魔物がいるの？　あんまり見かけないけど」

「そうだな、この辺りは街道を歩いていても見かけるような魔物ばかりだ。メグもほぼすべて見覚えのある個体だろう」

ウサギに一本角が生えたようなのとか、ネズミや蛇みたいなのとかかな。少し大きいとヤギとか猪系の魔物？　あ、中型はもう少し奥か一階下ですか。まだここは入り口付近だもんね。それからあんまり見かけないのはここが入ってすぐの場所だから人の出入りが激しいことを魔物たちも知っているからだそう。学習能力もあるとは、魔力で出来た魔物とはいえ侮れない。

「あとは俺がいるとどうしても気配を察知して近付いてこないのだろうな」

ああ、強者の気配を感じたら逃げるのが普通だもんね。少し気配を弱めるか？　と聞かれたのでお願いしますと答える。だって、これじゃあただの草原散歩だもん。前回もボス以外の魔物は見なかったから、外で見る魔物とどう違うのかも見ておきたかったんだよね。ボスもあれは魔物ではなく、厳密にいうと魔獣というワンランク上の存在だったし。

「あ、いた！　あれは見たことある！」

ギルさんが気配を抑えると、さっそく少し先の草むらが揺れたので目を凝らすと、よく見るウサギ型の魔物の姿を確認出来た。全体的に黒っぽくて目に光がないのが魔物の特徴で、普通の動物との違いだ。何度見てもあの光のない目が怖いなぁ。加えてダンジョン内の魔物はどうも魔力のモヤが体全体から出ているように見える。身体が魔力で出来ているんだもんね。だから、物理的な攻撃をした時は手応えが少し違うってギルさんが言っていたな。その点の違いを理解してないと、外で遭遇した時に戸惑う、とも。ふむふむ、ここは確実に魔物が現れてくれる分、修行にはもってこいだけど、ここでの訓練だけになっちゃうのも問題だってことか。要はバランスだよね。

「倒してみるか」

「うっ、無理かも。やっぱり生き物ってだけで怖いもん……。もっと色々と割り切れるようになってから挑戦したいな」

「そうか。まぁ今無理する必要はない。今日は修行のために来たわけではないしな」

気を遣わせてしまった。ごめんなさいー！　でも、ギルさんには引き続き気配を弱めたままでいてもらうことにしたよ。こちらに危険が及びそうな時だけ、ギルさんに対処してもらう。まぁ、弱めているだけで消してはいないので、近寄ったら魔物の方が逃げて行くだろうけど。ちなみに、この魔物は倒すと基本的にはすべて消えてしまうんだけど、時々その魔物の牙とか角や毛皮だけが残ることがあるらしい。そういうのをお宝って呼んでいるのだ。それなら外で狩って自分で解体するのと同じでは？　と首を傾げていると、ダンジョンの魔物は魔力の塊であるためか、倒すと魔石も同時に残るのだそう。強さに応じてその大きさは変わるけど、質に関しては鉱山で採れる魔石とそう変わりはないんだって。加えて、死体の処理や解体もせずに素材が手に入るのは、手間もかからずいいこと尽くし。解体も処理も時間がかかりそうだもんね。汚れるし。それなりの腕もないといい状態で手に入らなかったりもするし、確かにダンジョンの方が効率は良さそう。毎回落とすわけじゃないっていうデメリットはあるけどね。

「……この階層にはいないようだな」

魔物が遠くの方で現れるのを見ながら何ごともなく進んでいると、しばらくしてギルさんがポツリと呟いた。影を使ってこのフロア全体を探っていたみたいだ。魔物にも気付かれることなく調査をし、私とも普通に会話しながらそんなことをしていたとは。相変わらずとはいえ、器用すぎませんか？

「もう一階下にいるのかなぁ」

「それならいいんだが……」

二階層までは今いるフロアと出てくる魔物はそう変わらないという。ただ、ここよりもっと木が多くあるために視界が遮られるのと、魔物の数が少し多いんだって。だけど大抵は問題なく対処出来るので、中途半端に自信がついてもう一階くらい下りても大丈夫だろうって思う人が多いらしいのだ。受付ではあらかじめ、成人前の子どもがいるパーティーは、二階層までで引き返しなさいと言われているはずなんだって。けど、初めてのダンジョンでテンションが高くなっているのなら、自分たち結構いけるんじゃゃない？　なーんて考えちゃってもおかしくないよねぇ。話を聞いただけだけど、まんまとその思考になってそうって予想がついちゃうよ。

「三階層は、ちょうどお前を見つけた場所になる。そこから少し魔物の強さも上がるんだ。油断した者が痛い目をみる場所だな」

いい勉強になるとは思うよ。それも経験だし。ただ、いくら受付があって整備された場所だからって、決して安全な場所ではないんだ。入る前に、怪我や事故、命を落とした場合でも自己責任って内容の誓約書に名前を書いているからね。子どもの場合は引率する大人が書くわけだけど、子どもだって説明は聞いているはず。私も聞いたし。つまりどういうことかというと、最悪の場合死ぬことだってあるってわけ。そうなると、いい経験だなんて言ってられないよね。特に、三階層からは一撃で致命的な攻撃を放ってくる魔物もいるっていうから恐ろしい。一、二階層は基本的に小型の魔物だし、怪我をしたらすぐに引き返せる位置なのもあって、大怪我を負うことはあっても命の危機にまではならない。その感覚で下りてしまうから、痛い目に遭う人が跡を絶たないのだ。

「なんだか心配。ねぇ、ギルさん」

「ああ。少し急ぐか。悪いな、メグ」

「ううん！　何もなければいいんだけど」

　こういう予感って当たるんだよねー。フラグってやつ？　当たってほしくないのに、そうかもって思い始めたらもう心配で仕方なくなってしまう。そうと決まれば急がなくっちゃ。何もなかったらよかったね、で終わるんだから。すぐに風の自然魔術を使って背中を押してもらい、走って二階層へと続く階段まで進む。飛んでいけたら良かったんだけど、まだ魔力量と制御の腕が心許ないもので。そ、それでも背中をグングン押してもらえるとすごく速く走れるんだからねっ！　転ばなければ！

　二階層に下りた瞬間、今度はギルさんがすぐさま影による探索を行った。ここで見つけられれば焦る必要はないからね。でも見つけられなかったら、それは彼らが三階層に下りてしまったことを意味する。そうなるともはやのんびりしている暇はない。一刻も早く三階層にいって保護しないといけなくなる。ドキドキしながらギルさんを見つめて待つこと数十秒。顔を上げたギルさんはその表情を険しくして首を横に振った。ああ、嫌な予感が当たっちゃったんだね……!?

「悪い、メグ。緊急だ。抱えて走らせてくれ」

「う、うん。ごめんね、足手纏い(あしでまとい)になっちゃって」

　ギルさん一人なら影を通ることで瞬時に彼らの元に行けるだろうに、私を一人ダンジョン内に残すわけにもいかないため連れて行くしかない。せめて、一人でも待っていられるほどの強さがあればよかったんだけど、そんなこと言っていたって仕方ないもんね。

「いや、お前がいてくれた方がその三人組も安心してくれるだろう。その時は頼んだぞ」

けど、ギルさんがそんな嬉しいことを言ってくれたから気持ちが上向きになる。私は単純な幼女。そ、そういうことなら喜んでついていきますとも！　お役に立てるように頑張ります！　それからすぐにギルさんはひょいっと私を抱き上げると、しっかり掴まっていてくれと声をかけた。きっとすごいスピードで駆け抜けるだろうから、首に腕を回してしっかりと抱きつく。それからいいよ、と告げた瞬間、ギルさんは私を抱く腕の力を少し強めてから地面を蹴った。

も、も、ものすごい速さだぁ！　これは予想外。もはや景色を見る余裕もないくらいだよ！　ただ、話に聞いていた通り二階層は木が多いためか、森の中を疾走しているような気はする。真っ直ぐではなく、何かを避けながら走っている感覚はあるからね。十中八九、木を避けて走っているんだろう。予測しか出来ないほどのスピードってなにさ。ギルさんのハイスペックぶりはいつも私の想像の遥か上をいくよ。でもまぁ、そのおかげであっという間に三階層に向かう階段まで到着した。二、三分ってところかなぁ。一階層から二階層に来るまでで三十分くらいはかかっていた気がするんだけどな。は、ははっ。気にしたら負けである。

「三階層では気配を戻す、いや、少し魔力を放出する。他の探索者には申し訳ないが、そうも言っていられないからな」

「緊急事態だもんね。もし近くで襲われていたら、魔物が逃げてくれるからいいと思う！」

それだけで危険を減らせるならやった方がいいもん。一斉に魔物が逃げちゃうだろうから、戦っている最中の人がいたら迷惑をかけちゃうけど、何か苦情があったらごめんなさいすればいいのだ！　人命優先！　私を抱えたままギルさんは階段を下り、そして三階層に足を踏み入れた瞬間、魔力を放出した。目に見えるわけじゃないけど、感覚でギルさんの魔力が波紋のように三階層のフロアに広がっていくのを感じる。ザワザワッと魔物たちが動き出す音が聞こえたり、逃げ出す気配も感じ取れたよ。ああ、この景色はちょっと懐かしいな。見覚えがある。木や草なんかほとんどなくて、ゴツゴツした岩ばかりで砂ぼこりが舞っている。あの時の私は喉が渇くわ、お腹が空いたわ、疲れたわで、力尽きて倒れちゃったんだよね。魔術で水が出せるって知った時は、もっと早く知りたかったって思ったっけ。って今は感慨に耽（ふけ）っている場合ではない。えーっと、肝心の三人組はどこだろう？

「見つけた。近いな」

しかしそこはさすがギルさん。魔力の放出とともに居場所を探っていたようだ。それらしい三人がまとまっている気配を見つけたという。どうもその場から動く気配がないから怪我をしているかもしれないとのこと。それはいけない！　急がなきゃ。ギルさんも一つ頷くと、すぐに三人のいる方へと駆け出した。

三人組はすぐに見つかった。白銀の髪をお下げにした少女と、癖のある空色の髪をした少年が、金髪の青年の周りで座り込んで泣いているみたいだ。その金髪の青年をよく見ると、赤い血のようなものを確認出来た。足を怪我したのかな⁉

「大丈夫か」

彼らの元に近付いてギルさんが声をかけると、空色の髪の少年がギルさんを見上げてしゃくり上げながら助けてと泣き出してしまった。かなり混乱しているみたい。わかるよ、わかる。身近な人が血を流しているとパニックになるよね。私もそんな経験があるからすごくよくわかる。少しでも落ち着かせたいと思った私は、トントンとギルさんの肩を叩いて下ろしてもらい、もっと三人に近寄った。

「怪我の具合を見せて？　きっと治るから。ね？」

出来るだけ優しく、を心掛けながらそう言いつつ、シズクちゃんに頼んで霧状の薬を怪我に吹きかけてもらう。収納ブレスレットに薬はあるけど、この方が満遍(まんべん)なくかけられるからね。出血が収まったところで洗い流すと、傷口がだいぶ塞がっているのがわかった。良かった！　でも応急処置をしただけだから、この後すぐにお医者さんに診てもらってね、と言うのも忘れない。所詮(しょせん)、私は薬を吹きかけて洗い流したりするくらいしか出来ない素人なのだ。

「あ、ありがとう……。痛みもなくなってきたよ。君、まだ幼いように見えるけど、すごいんだな。あれだけの血を見たというのに冷静で」

金髪の青年は私の言葉を聞いて目を見開いて驚いていた。あ、そうか。普通はこの二人のように泣きじゃくったり戸惑ったりするよね。でもあいにく、私は見た目通りの幼女ではないし、最近もっと酷い怪我を見た、というか自分が負ったばかりなものだから、このくらいでは動じないのである。強くなったよね、私も。痛みが引いたからか、金髪の青年は事情を説明してくれた。小型のウォルグ、つまり狼型の魔物が五頭ほどの群れで襲い掛かってきたのだそう。青年はとっさに子ども二人を背に庇って逃がそうとしたらしいんだけど、その際に足をやられてしまったんだって。もうダメかもしれないと思った時、突然どこからともなく力強い魔力を感じ、それを受けて魔物はみんな逃げ去ったのだという。おぉ、危ないところだった！　あと一歩遅かったら、もっと大怪我をしていたかも。未然に防げて本当に良かったよ。

「た、タビタぁ。ごめんなさい。わたしが、三階層も見てみたいってワガママ言ったからぁ」

「ピーアだけじゃないよ！　僕も、このフロアの魔物が見たいって言っちゃったもん」

「違うよ！　マイケは止めてくれたもん！　タビタだって……」

一方、怪我がどうにかなるとわかった子ども二人は、少し落ち着いたのか今度は謝罪合戦を始めて泣き出してしまった。ああ、なるほど。そのやり取りだけでいい子たちなんだなってすぐにわかった。ただ、好奇心に勝てなかったんだね。よくあることである。ちょっとだけだから、と言い出した子どもを宥めるのはなかなか難しいことだ。成人したばかりらしい金髪の青年が止められなかったのも無理はない。

「マイケ、ピーア。悪いのは俺だよ。大人は俺だけなんだから、もっと強く引き留めるべきだったんだ。……俺も、見たいって気持ちがあったから。二人を危険な目に遭わせて、本当にごめん！」

そっか、そっか。この青年、タビタも成人したばかりなんだもんね。成人したからといって、中身まで急に大人になれるわけじゃないのだ。もしここで反省してなかったらギルさんによる雷が落ちていただろうけど、ちゃんとわかって反省しているのなら、今回はいい勉強になった、で済むかもしれない。

「……三人とも。もうわかっているとは思うが、ダンジョンは遊び場じゃない。それをもう一度しっかり頭に叩き込め」

大先輩であるギルさんが、三人に向かって厳しめにそう告げると、三人とも一度ビクッと肩を震わせたものの、何度も頷いてそれぞれ素直にごめんなさいと謝った。素直で大変よろしい。ギルさんが受付に影鳥を放って連絡をしたというので、もうすぐダンジョンを管理する係の人が迎えに来てくれるという。手配も抜かりのない男、ギルさんである。それならば、と私は収納ブレスレットから飲み物を出し、三人に飲ませてあげた。気持ちを落ち着かせるのにいいと思って。その効果もあってか、一時間ほどで迎えがやって来たその時には笑顔も見られるようになったよ。ふぅ、一安心である。係の人と三人組に何度もお礼を言われた私たちは、そのまま姿が見えなくなるまで見送ると、同時に長いため息を吐いた。あまりにも息がピッタリ合ったので、二人してクスッと笑う。

「想定外のことがあったが、気を取り直して目的地まで行こう」

「目的地？」

ギルさんの言葉に首を傾げる。ダンジョン自体が目的地だったのではないの？　そう言うと、あと少しで着くとだけ言われ、ギルさんは私の手を引いて歩き始めてしまう。どうやら着いてからのお楽しみらしい。それならついて行きましょう？　忘れていたワクワクが戻ってきて、足取りが軽くなった。


「ここだ」

たどり着いたのは、これまでと変わらない岩山だった。というか、このフロアは行けども行けども、全然景色が変わらないんだよね。だから、ここだと言われてもここがなんなのかが皆目見当がつかない。でも、もしかしてって思うことはある。チラッとギルさんを見上げてその予想を口に出してみた。

「ひょっとして、ここに私が倒れてた？」

私がそう聞くと、ギルさんはすぐに目を細めて当たりだと答えた。やっぱりそうなんだ！　代り映えがない場所なのによくピンポイントで覚えていたなぁ。そう言うと、僅かに魔力の流れが違うからな、とのお答え。そんな僅かな違いを感知出来て、なおかつ覚えているのがすごいと思うよ？ブレないハイスペックぶりに感嘆していると、ギルさんはおもむろにマスクとフードを外し始めた。あれ、いいの？　まぁ今は近くに人はいないけど、あの時とは違っていつ人が来るかわからないんじゃ。私の考えていることが伝わったのか、ギルさんは軽く微笑みながらいいんだ、と頭を撫でてくれた。その眼差しがいつも以上に優しくて心が温まる一方で、いつもと少し様子が違うことに戸惑いも覚える。

「今日、お前とここに来たかったのは……。初心を思い出したかったからだ」

「初心を？」

その場に腰を下ろしたギルさんは、そう言いながら空を眺めた。私も隣に座り、同じように空を見上げながら訊ねる。この空は、偽物だというのに本物みたいでとても綺麗だな。偽物だからこそ、美しいのかもしれないけれど。

「お前がいなくなった時、俺はいまだかつて感じたことのないほどの焦りを覚えた。あれほど余裕がなくなったのは生まれて初めてだった」

それからギルさんは、私が人間の大陸に飛ばされた時のことを語ってくれた。冷静に物事を考えられなくなって、サウラさんに迷惑をかけてしまったこと、恐ろしくて全身の震えが止まらなかったこと、そして思い出すのはあの日、私と出会った時のことだった、と。

「こんなにも小さくて、弱い生き物が存在するのかと、驚きの連続だったな。力加減を間違えれば、すぐに消えてしまいそうな命だと。俺はお前を守ろうと努力していたが、同時にいつか傷つけてしまうのではないかと恐れてもいた」

「それは、初耳かも……」

「今初めて言ったからな」

ギルさんは、とにかく優しい。無口で無表情だから、考えていることはよくわからないかもしれないけど、その行動は大体、人のためであることが多い。とても強くて、常にもっと上をと努力していて、自分のことを多くは語らない。とっつきにくさはあると思う。でも、誰よりも優しい人だって私は思うんだ。だからこそ、私のような弱っちい生き物と出会って、悩んだり戸惑ったりしてくれたんだと思う。優しくなかったら、そんな風には考えないだろうから。

「守れなかったと何度も悔やんだ。辛い思いや、苦しい思いなどさせたくなかったのに、結果としてどちらもさせてしまった。全ての悪しきものから守ろうと思っていたのにな。無力さを痛感した。だが」

ギルさんがこちらに目を向けたのがわかったので、私もギルさんの方を見る。頬にソッと伸ばされた手は、とても温かくて、私もその手に自分の手を重ねた。

「あれだけの思いをしながら、お前の目は曇りがない。ハイエルフの郷の時も思ったが、お前は心が強いんだな。何度でも立ち上がる強さを持っているのだと、改めて気付かされた」

な、なんだか照れるなぁ。強さ、か。諦めが悪いのは自覚しているよ。だって、このままじゃ終われないって思っちゃうんだもん。ただの負けず嫌いともいえる。でも、それをそう評価してもらえるのは素直に嬉しい。私は頬に触れてくれているギルさんの手に軽くすり寄った。甘えちゃえ！

「むしろ、俺の方がお前に、何度も心を救われていると思った。全てのものからお前を守ろうなど と、烏滸がましい考えだったな。すまない」

「えっ、そんなことないよ！　私だって、いつもギルさんに守ってもらってるよ？　身の安全はもちろんだけど、心だって。ギルさんがいてくれるってだけで、安心感がぜーんぜん違うんだから！」

珍しいギルさんの心情の吐露に、なんだか私の方が慌ててしまう。本当にどうしちゃったんだろう。心当たりがあるとしたら、転移事件だよねぇ。あれからだいぶ経って、落ち着いたからこそ思うところがあった、ってとこかな。改めて話されると気恥ずかしいね。へへ。

「……しい、と思う」

「え？」

スルッと頬を撫でられたかと思うと、ギルさんは何かを小声で呟いて、再び空を見上げた。なんて言ったんだろう。よく聞こえなかったな。独り言？

「……いや。ここでお前に出会えて良かった。俺自身、まだまだ成長することが出来ると思えたからな」

私と出会ったこの場所で、この話をしたかったのだとギルさんは微笑んだ。自分にとって第二のスタート地点のような気がするのだ、と。第二のスタート地点、か。それを言ったら私の方こそである。私にとってはまさに、この世界に来て初めて降り立ったのがこの場所なのだから。文字通り生まれ変わったんだもん。環からメグへと。

思えば、ずっと過去を引きずっていたように思う。子どもらしい振る舞いや感情に振り回される度に恥ずかしいって思ったり、うまく回らない舌にやきもきしたり。年齢通りの子どもだったら気にもしないだろうことを気にして、ずっとチグハグだった。身体と心が一つになった後はかなり落ち着いたけど、それでも知識があるから理性が働いて、ふとした拍子に我に返っちゃうこともあったりしてさ。なんだかんだと今も環の記憶を引きずっているんだなって感じてる。けど、それでいいとも思ってるんだ。環の記憶と知識があるからこそ、ギルさんや色んな人に対する感謝の気持ちを忘れないでいられるから。ほら、子どもの頃って色んなことをしてもらっているのに、反発したりわがまま言ったりしちゃうじゃない？　それを大人になってから気付いて、その時はすでに遅かった、なんて後悔したりするんだ。あの時もっと感謝すればよかったって何度思ったことか。それを、子どもである今出来ていることがすごく貴重だなって思うんだ。子どものうちにたくさんの愛情を注いでくれた皆さんへの感謝をその時その時に伝えられる喜び、そしてそういった記憶を忘れないでいられるのが、今とても嬉しい。特に、ここでギルさんと出会った日のことは生涯忘れたくないなって思うよ。

「ギルさん。私もね、ギルさんに出会えて良かった！　おかげでこの世界でも家族が出来たんだもん。私に家族をくれて、ありがとう」

まさか、異世界で帰る家と家族が出来るなんて思ってなかった。ずっと一緒にいたいって思える人たちと出会えたのも、お父さんと再会出来たのも、全てはここでギルさんと出会えたからなんだもん！

「家族をありがとう、か。それを言うなら俺もだな。メグという家族が増えた。おかげでオルトゥスには笑顔が増えたように思う」

「ギルさんも笑うようになった？」

「ふっ。ああ、そうかもしれないな」

本当に柔らかい笑みを見せるようになったよね、ギルさん。出会った頃から時々見せてはくれたけど、その微笑みはかなり貴重なものだったから見られた日は喜んだものだ。でも最近はその頻度も増えているからレア度は下がったかな？　もちろん、見られるのは嬉しいのでウェルカムですが！　私はスクッと立ち上がり、ギルさんの前に回り込んだ。それからギルさんの両手を取って宣言する。

「私、これからもたくさんギルさんの笑顔が見たい！　ずっとずっと、一緒にいようね！」

私たちの人生は長い。それはもう元人間の身としては気が遠くなるほどの長さだ。それでも、ギルさんやオルトゥスの仲間がいてくれると思えば、きっと幸せだって思えるから。そりゃあ、いつかは私を残して皆はいなくなってしまうかもしれないけど、それもまだまだ先の話。それまでの間に、たくさんの思い出を作っていけるんだからきっと大丈夫……。

でも、やっぱりギルさんは特別だから、私がおばあちゃんになるまで離れたくないなぁなんてワガママなことを考えちゃうな。

「ずっと、か」

私の言葉を噛みしめるように呟いたギルさんは、一度私の手を離して腰を上げる。そのまま立ち上がるのかと思いきや、片膝をついて私の手を取った。き、騎士っぽいぞ⁉ かっこいいっ‼

「約束しよう。この命が尽きるまで、メグのそばにいると」

どうしよう。ギルさんのかっこよさが止まる所を知らない。一気に顔に熱が集まっていくのを感じた。だ、だ、だって、こんなかっこいいことを言われる機会なんてケイさん以外にないから！

でも、どこか胸の奥が痛む部分もあった。命が尽きるまで、か。じゃあ、その後は？ って。……ううん、やめよう。いつかのことを考えていたらキリがないもん。寿命が長すぎるのも考えものだね！ 余計なことについ意識が向いちゃってさ。胸の奥が妙にざわついて、なんだか落ち着かない気持ちになっちゃったじゃないか。せっかく素敵な言葉を贈ってもらったというのに、そんなんじゃもったいない！ だから私はふぅ、と小さく息を吐いて、ギルさんの言葉に答えたんだ。

「私も約束する！ これからもよろしくね、ギルさん！」

そのままえいやっ、とギルさんにダイブする私。もちろん、ギルさんは難なく受け止めて、抱きしめてくれた。はー、ギルさんテラピーは最高だね。悩みとか不安とか全部が吹き飛んでいってしまう。私を抱きしめたまま立ち上がったギルさんは、そろそろ戻ろうと来た道を歩き始めた。今回

はボス部屋を通らないらしい。そのことに安堵しているとどっちでもいいぞ、とからかわれてしまう。くっ、そんなに考えが顔に出てたかなぁ？　二階層はほぼ素通りしたから帰り道にゆっくり見学するの！　と抗議すると、わかった、わかったと軽くあしらわれ、そのことに私が頰を膨らませた。それから、クスクスと笑い合う。

ああ、幸せだ。こんな些細なやり取りが、本当に幸せ。早く強くなりたいとか、出来ることを増やしたいって気持ちはある。置いて行かれてしまうっていう焦りもある。みんなに追いついて、もっとオルトゥスの一員として役に立ちたいから。

だけど今はただ、温かな幸せの中でゆっくり成長していこう。そう思った。

あとがき

皆様こんにちは。まずはお馴染みとなりつつある、いつもの挨拶をさせていただきます。あとがきへようこそ！　阿井りいあです！

この挨拶も六回目。そして特級ギルドの物語も大きな区切りとなる巻となりました。そうなのです、ついに幼女編が完結となったのです！　ここまで本として出せるとは……！　とてもとても感慨深いです。その気持ちの表れからか、書き下ろしはメグとギルの出会いを振り返るような内容になりました。一緒に振り返って、懐かしんでいただければと思います。

裏話をさせていただきますと、実は途中まではここで物語を終わらせる予定でした。けれど、読者様の続きが読みたい、というありがたすぎるお声をいただいたことにより、少女編として続きを書くことを決めました。書籍化のお声をかけてもらったのは、ちょうどその頃です。小説家になろうさんの「今日の一冊」で紹介していただけることになったのも同時期でした。色んなことが綺麗にカチカチとはまっていく感覚と言いますか、タイミングがとても良かったと言いますか……。なんとも不思議なご縁だな、と感じたのをよく覚えています。

今、改めてそこで終わらせずに書き続けてよかったなぁと思っています。頼りなさすぎる幼女だったメグと一緒に、書き手としても成長していける気がするからです。その成長速度はメグの方が遥かに目覚ましいものがあり、私の成長など亀の歩みではあるのですが。もはや我が子の成長記録のようなものなので、メグが大人になるまでずっと書き続けたいな、と今では思っています。出来ればその時まで、本としてお届け出来るのが今の私の夢ですね。この世界の謎や、なぜ日本から転移、転生してしまったのかの謎などを、メグとともに知っていってもらいたいです。他にも、キャラたちの変わっていく関係性や新たな出会いなど、まだまだ書きたいことは多いので！

それでは最後に、六巻の出版をするにあたって尽力していただいたTOブックス様、担当者様や、今回も素敵なイラストを描いてくださったにもし様、ご協力くださった全ての皆様に感謝を申し上げます。コミカライズを担当してくださっている方々、漫画家の壱コトコ様にも心からの感謝を。いつも本当にありがとうございます。

そして何より、お読みくださるすべての読者様にも最上級の感謝の気持ちを。

どうかこれからも、特級ギルドの物語が皆様の癒しの時間となりますように。

おまけ漫画

コミカライズ第4話

漫画：壱コトコ

原作：阿井りいあ

キャラクター原案：にもし

Welcome to
the Special Guild

……ねぇシュリエ？
私は女だし
きっとメグちゃんも
気兼ねしないで
済むと思わない？
それに
私は同じエルフ
ですから
それこそ気兼ねは
いらないと
思いませんか？
……おや
まだ子どもですから
気にしなくても
いいんじゃない
ですか？
男の人には
いろいろ知られたく
ないことって
あるのよ？
女心が
わかってない
わねぇ？
小さくても
女の子なんだから
少し配慮が
足りないのでは
なくて？
訓練でだいぶ
仲良くなりましたし
なんと言っても
私はメグの師
ですからね
寝食共にするのは
師弟として
なんら不思議では
ありませんよ
今
私が今夜寝る
部屋について
話し合いを
してくれている
…のだけど

やだ いくら師でも 男じゃないい！
年頃になっても 同じことを 言うつもり？
ニコ ニコ
ニコ ニコ
今決めるべきは 先のことではなく 今夜のことでしょう
議題を すり替えるのは あなたの常套手段でしたよね？
ゴゴゴゴ
お互いに 笑顔で牽制し合っている とても怖い！
ゴゴゴ
んんー？ そーんな 怖い笑顔して なんの話ー？
スッ

ねボクも混ぜてよ
!!

全然気配感じなかった
んー っ
そんな顔してたらせっかくの可愛い顔が台なしだよ？
……そうやってすぐ気配消して背後に忍び寄るのやめてくれない？ケイ

ごめんごめんだってボクが出ている間に可愛い仲間がオルトゥスに来たって言うじゃない
悔しくなってちょっとイタズラしたくなってしまったんだよ
ちら っ

キミが噂の子だね？
うわぁ本当に可愛いな

初めまして
ボクはケイだよ
好きに呼んでね
モー
ギルド1の
イケメンだからって
こんな幼い子にまで
イケメンっぷりを
発揮しないでよ！
じっ

メグでしゅ！
よろしく
おねがいしましゅ
にこっ
ドキーーッ

でも ほんっと
ケイは気配消すの
達人級よね
私やシュリエでさえ
気を張ってないと
気付けないもの
じーー…
まあ そういう
種族だからね
……ギルドで
いちばんの
〝イケメン〟
しゃん？

ちょっとサウラディーテ
メグちゃん混乱してるよ
イケメン…？どう見ても女性…
？？？
だって本当のことだもの
街の女の子たちが口を揃えて理想はケイだと言うって泣き入れにくるギルド員の多いこと多いこと
そういうのを私に言いにくるのよ営業妨害もいいとこなんだから！
モー
それこそボクに言われてもねぇ
エーー
ボクはボクで普通に生きているだけだし
まあそれはさておき
話は聞かせてもらったよ
今日のメグちゃんの泊まる場所で揉めてるんだね？
…
…

今日知り合った人って条件ならボクも対象に……
ならないっ！
なりません！
ま 冗談は置いておいてさ
ボクにいい案があるんだけど
…まあ聞かせてもらうわ
ビク
可愛い顔が台なしだよ？
クイッ

サウラディーテは
笑った顔が
1番似合う
キラキラ――――ッ
う…
ああ
かあぁぁぁ
いやあぁ
ああぁあっ!!
なるほど
イケメン!!!
きゃー っっ
はぁ…

だから
あんたが
苦手なのよっ！
頭じゃ
わかってるのに
小っ恥ずかしすぎて
無理いいいいっ！
イヤ〜〜!!!
んー
やっぱ可愛いな
サウラディーテは
サイズ感といい
その反応といい
……ボク好みだ
ハッ
だから
やめろってのよっ!!
さあ
そろそろ
いい案とやらを
お聞かせ
願えませんか？
シュリエレツィーノも
せっかく綺麗な顔
してるんだから
そんなムスっとした
顔してないほうが
いいのに
キッパリ
私にそういうのは
結構ですから
この子
メグちゃん
…

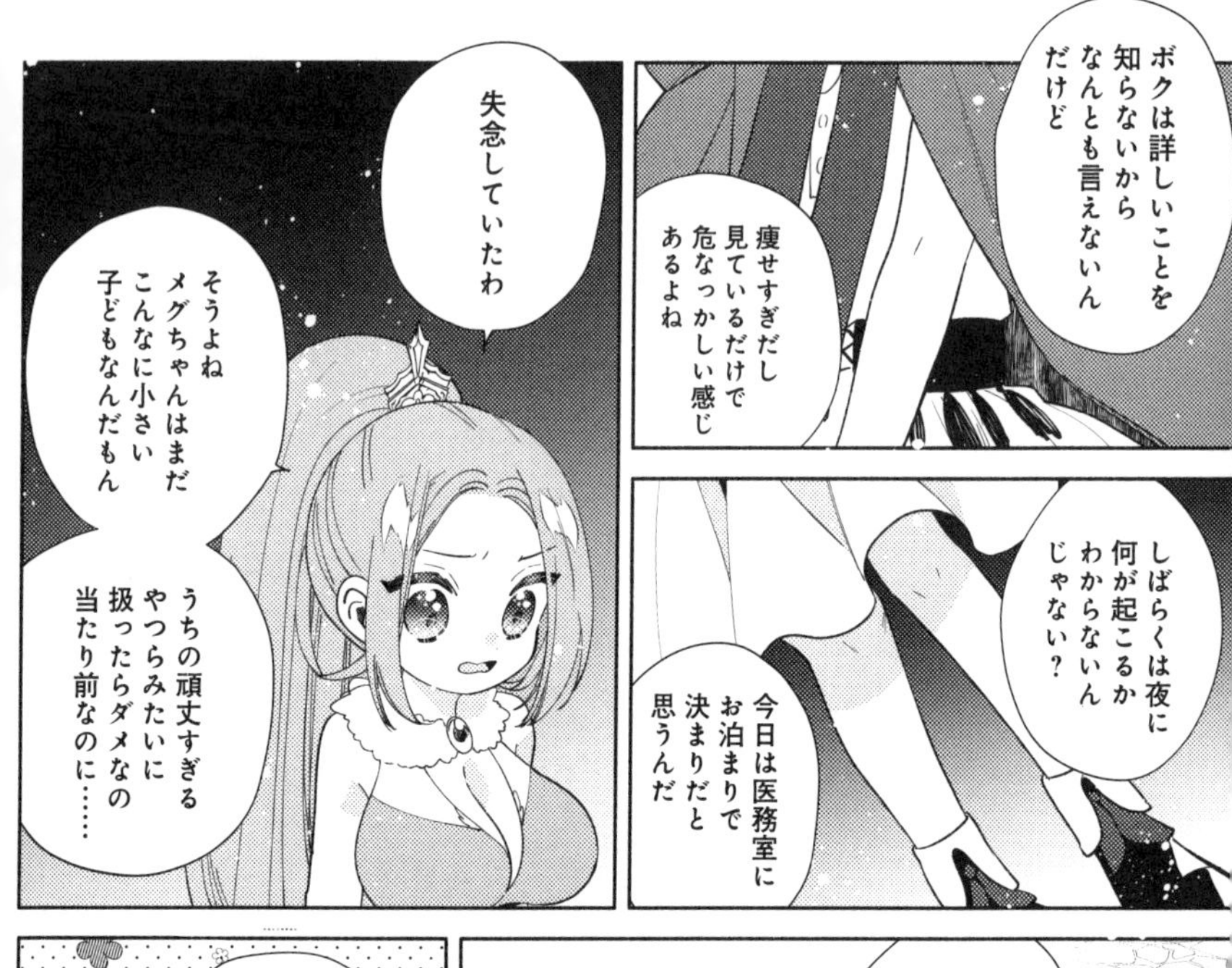
ボクは詳しいことを知らないからなんとも言えないんだけど
痩せすぎだし見ているだけで危なっかしい感じあるよね
しばらくは夜に何が起こるかわからないんじゃない？
今日は医務室にお泊まりで決まりだと思うんだ
失念していたわ
そうよねメグちゃんはまだこんなに小さい子どもなんだもん
うちの頑丈すぎるやつらみたいに扱ったらダメなのに……

そうですね……子どもと関わる上でも注意点をしっかり調べる必要がありますね
それができなければメグと共にいる権利はありません
しかたないさ幼い子どもなんて珍し過ぎて恐らくこの中の誰も縁がない生き方してただろう？
だからその可愛い顔をあげて？

まあ そういうわけで 明日以降のことは……
ボクたちの勉強次第 かな
……そうですね そうしましょう
ルドなら適任かもしれません
よし じゃあ私は ルドに伝えてくるわ！
ケイさんって客観的に物事を見られる人なんだなぁ
サウラさんは医務室へと向かう前に私の替えの服類を大至急用意せよとケイさんに指示を出した
私のためにみんなどうしてこんなに必死になってくれるんだろう
子どもというのは本当に
それはもう本当に貴重なんですよ

私たちのような種族や亜人は基本的には身体が丈夫なのですがそれでも病気や事故でその命を失うことは少なくありません
それに 幼少期いかに愛情を注がれたか幸せだと思えたかによってその後の長い人生が変わるのですよ
私たちにとって子どもとは宝です
周囲の大人が力を合わせ何に変えても守らねばならないと誰もが思っているのです
……手始めにボクがとびっきり可愛い服を用意してこよう
それでまた今度直接お店に行って好みの生地を選んだりしよう？
その手のことはケイに任せれば間違いありませんね
……あいありがとーごじゃいましゅ
ぎゅ
優しくされるのが久しぶりすぎて
そして会う人会う人みんなが優しくて
涙が溢れてくるのを我慢することができないんだ

子どもに
なったからって
泣き虫じゃない？
私恵まれてるなぁ…
拾ってくれたのが
ギルさんで
オルトゥスでよかった
それから
私の簡単な採寸を
終えたケイさんは
颯爽とギルドを
去っていった
また後でね
足音あんまり
しないけど
いったいなんの
亜人さんなんだろ？

そして
シュリエさんも
居なくなって
しまった
すぐ
戻りますっっ
はふぅ
みんな
忙しそうなのに
私のために時間割いてまで
一緒に居てくれて
申し訳なさがすごい
せっかくだし
精霊さん
観察してみようかな
こうしてみると
1つ1つの光に
個性があるのが
よくわかる
動きが活発な
子もいるし
じっと同じ場所で
動かない子もいる

もし声が聞けたら
楽しいだろうな
やっぱり
話しかけて
くれてるのかな?
どんなことを
話して
くれてるんだろ?
おはなし
できたら
いーのにね
ごめんねー
声までは
きこえないの
簡単な感情なら
伝わるみたい
なんだよね
ふふっ
なんだか
可愛い!

片隅でずっと
動かない
小さくて
ピンク色の光
光も弱いけど…
もしかして
具合が悪い？
精霊も
体調崩すことって
あるのかな
見に行って
みよ…
よいしょっ…と

フカ
モフ
ばいんっ
ばいん
ばたばたばた
ひとりで
降りられない！
フカフカすぎて
わーーっ
ばたばた
ぬ

何遊んでんだぁ？
ちびっころ！
……デカっ!!

嬢ちゃん
初めて見る
顔だなぁ？
どこから
来たんだ？
親は？
ずぅぅぅ〜ん

ほげー…
きっと
ライオン系の
亜人さん
なんだろうなぁ

トタタタタタ

どどどど
ちょ
サウラさん
顔……！
ゴゴゴゴ

ニカ！
ちょっと
メグちゃんが
怖がっちゃう
じゃない！
もう少し
自分の容姿と
声の質を
自覚してよねっ！
ガミガミガミガミ
ん？
怖がらせ
ちまったか？
そいつぁ
悪かったなぁ
嬢ちゃん！

あ えと
大丈夫でしゅ！
こわくない
でしゅよ！
おう サウラよ
どうしたんだ
このちんまいの……
えっらい
可愛いじゃねぇか
この野郎
あら 珍しい
メグちゃんの
可愛さに
混乱してるわね
俺のこたぁ
成人した男でさえ
初見でビビる奴
ばっかりなのになぁ！
ちびっころ！
お前度胸
あるんだなぁ
見直したぞ！
ガバ
ちびっころじゃ
ないでしゅよー！
ぷん
ぷん
メグって
言いましゅ！
おお すまんな
メグよ
俺ぁ
ヴェロニカってんだ
ニカって呼んでくんな！
ニカしゃん！
よろしく
お願いしましゅ！

メグちゃんについてはあなたにもきちんと説明するから
今の依頼を終えたら私のとこに来てちょうだい
バリ
おおそうか
んなら夕飯かっ食らってさっさと終わらしてくらぁ！
ガハハハッ
ズシッ
ズシッ
ふふっメグちゃんってば本当に肝が据わってるのね
私も驚いちゃった！
あとでくわしく説明するから待っててね
もしやもがいてたのもずっとサウラさんに見られてた……？
は恥ずかしい！
がーん
……っていうかそうだった！遊んでたわけじゃないのよっ！

誰かおろしてぇっ！
バタ
バタ
バタ
バタ
メグちゃんただいま
ひょっ!?
この声はケイさん？

ひょーーーっ!?

いやぁぁぁーっ!
ヘビさん
噛まないで
ぇぇぇーっ!
ガタ
ガタ
ズルズル～…
ガタ
ガタ
ガタ
ガタ

ぐず
スッ
ひっ
っく
ごめんごめん
驚かせちゃったね?
メグちゃんの
反応が可愛くてつい

人を
おどろかせるのを
楽しむヘビしゃんは
キライでしゅっ！
でも……
やさしー
ヘビしゃんなら
しゅきでしゅ！
そっか
そうだよね
……ごめんよ
メグちゃん
もうしないよ
ヘビは苦手
だったかい……？
なら
しゅきでしゅ！
ふふ
ありがとう
ところで
何をしようと
してたんだい？
ひょいっ

ソファから
下りたがってたし
何かしたいことが
あったんだろう？
ストン
私が
もがいてたの
気づいてたんだ
……！
うわぁ
恥ずかしい！
じゃなくて
そうだ！
すっかり忘れてた
あれ
いない……
誰かを
探して
いるのかい？
気になる
精霊しゃんが
いたんでしゅけど……
どこかに
いっちゃった
みたいでしゅ

精霊……
そっか
メグちゃんは
エルフだもんね
また
見つけられると
いいな……
しょん…
ボクには
精霊のことはあまり
わからないけど……
メグちゃんが
会いたいと
思っていれば
きっとまた会えると
思うよ
あいっ！
今度はちゃんと
目の前で
会いたいでしゅっ！
その精霊が
羨ましいね
はぁ…
なぜだ

あ そうだ
メグちゃんの服を
貰ってきたんだよ
新しい下着と
寝間着と明日着る服
メグちゃんのことを
話したら大喜びで
仕立ててくれたんだ
もっと可愛い服を
作りたいから
今度連れてきて
ほしいって
言われたんだ
もちろん
でしゅ！
早っ！
服を頼んだのって
ほんの少し
前なのに？
でも
お金ない
でしゅ……
やだなぁ
そんなこと
気にしてたの
服くらい
ボクに
買わせてよ
ボク以外にも
メグちゃんに
着て欲しい服を
勝手に用意する人
たくさん
いると思うよ
それならっ
出世払い
するでしゅよっ！
あははははっ
もう
可愛いなぁ
本気なのに!!!

うん
わかったよ
楽しみに
してるね？
期待してて
くだしゃい！
貰った洋服は
どれもシンプルだけど
可愛くて
触り心地が抜群だった
お店に
行った時には
真っ先に
お礼しなきゃ！
わーい

…少しボクの
話をしよう

……ボクはね
華蛇(はなへび)の
亜人なんだ
視力が弱い
種族でね
あと言っても
不便はないよ
熱を感知するから
必要ないのさ

でも
人の顔はほとんど
判別できないんだ
オルトゥスに来て
腕の良い職人たちに
この眼鏡を
作ってもらった時は
本当に感動したよ
世界はこんなに
綺麗だったのかって
人の顔とは
なんて興味深いん
だろうって
それからさ
可愛いものに目が
なくなったのは
おかしいだろう？
フフッ
亜人って
なんとなく人間より
ずっと優れてるって
イメージがあったけど
そうじゃないんだ
それぞれに
特徴があるって
だけなんだよね
つまりは個性だ
それにしても……
はなへび
でしゅか……
あ初めて
聞いた？
はい
あははっ
珍しい
種族だから
知らなくて
当然だよ

いわく
「はなへび」とは
白い鱗のところどころに
紅色の鱗が混ざっていて
その模様が
花のようだというのと
その動きが
華麗なダンスを
踊っているようだと
いうのが
名の由来らしい
確かに
スルスルと
地面に降り立つ
白蛇の姿は
綺麗だったなぁ
つまり
文字どおり
「華蛇」ってことね
その後も
ケイさんから
いろんな話を
聞かせて貰った
ここのギルドに
所属している者は
みんなそれぞれ
担当していることが
違うらしい
いわゆる
部署みたいな
ものかな?
ヘビは飛べないからね
ケイさんは
ギルさんと同じ
情報や諜報担当だけど
移動に時間がかかるため
国内専門

逆にギルさんは
国外専門
なるほどねぇ
でもそうなると
ギルさんは
外出多そうだ

ちょっと
寂しいな

サウラディーテは
統括だな
受付業務や事務
書類系の仕事が
多いんだ
シュリエレツィーノは
裏方ってところ
根回しとか裏工作とか
策略を考えたりとか
いろいろやるんだ

ジュマや
ヴェロニカなんかの
脳筋たちは
実行部隊ってとこかな
指示さえ出せば
なんでも
やってくれる

あとは
医療担当や
食事担当
武器や設備を
用意する人たちや
交渉する人
ふん
ふんっ
清掃などの
施設の維持をする
専門までいるんだとか
ほんと 会社みたい

ギルド内の
あれこれを
おもしろおかしく
話してくれるので
わかりやすくて
飽きない
わくわく
しゅごい
わくわく
でしゅねぇ!!!
ケイさんの
話術はすごいなぁ
これは
イケメンぶりに
よるものなのか
メグちゃんは
ほんと
かわいいねー
諜報としての仕事の
影響なのかは
定かではないけども
こうして
あれこれ話
している間に
あっという間に
時間は過ぎて
いったのだった

女神様の本……
一体どんなのだろう？
読んでみたいな。
「祠巡り」
貴族院に浮かぶ「巨大な魔法陣」
真のツェントになるのはわたくしですもの！
ィナンドを
か・・・？
迫る「次期ツェント候補」

「地下書庫」での作業
「英知の女神
メスティオノーラの書」とは?
本好きの下剋上
司書になるためには
手段を選んでいられません
第五部 女神の化身Ⅴ
香月美夜
miya kazuki
イラスト:椎名 優
you shiina
2021年
春
発売予定!
冷静になれ…
フェルデ
救える

特級ギルドへようこそ！6
～看板娘の愛されエルフはみんなの心を和ませる～

2021年2月1日　第1刷発行

著　者　阿井りいあ

編集協力　株式会社MARCOT

発行者　本田武市

発行所　TOブックス
〒150-0002
東京都渋谷区渋谷三丁目1番1号　PMO渋谷Ⅱ　11階
TEL 0120-933-772（営業フリーダイヤル）
FAX 050-3156-0508

印刷・製本　中央精版印刷株式会社

ISBN978-4-86699-106-1